폭식의
Berserk of Gluttony
르세르크 III
나만 레벨이라는 개념을 돌파한다
잇시키 이치카 지음
fame 일러스트
천선필 옮김

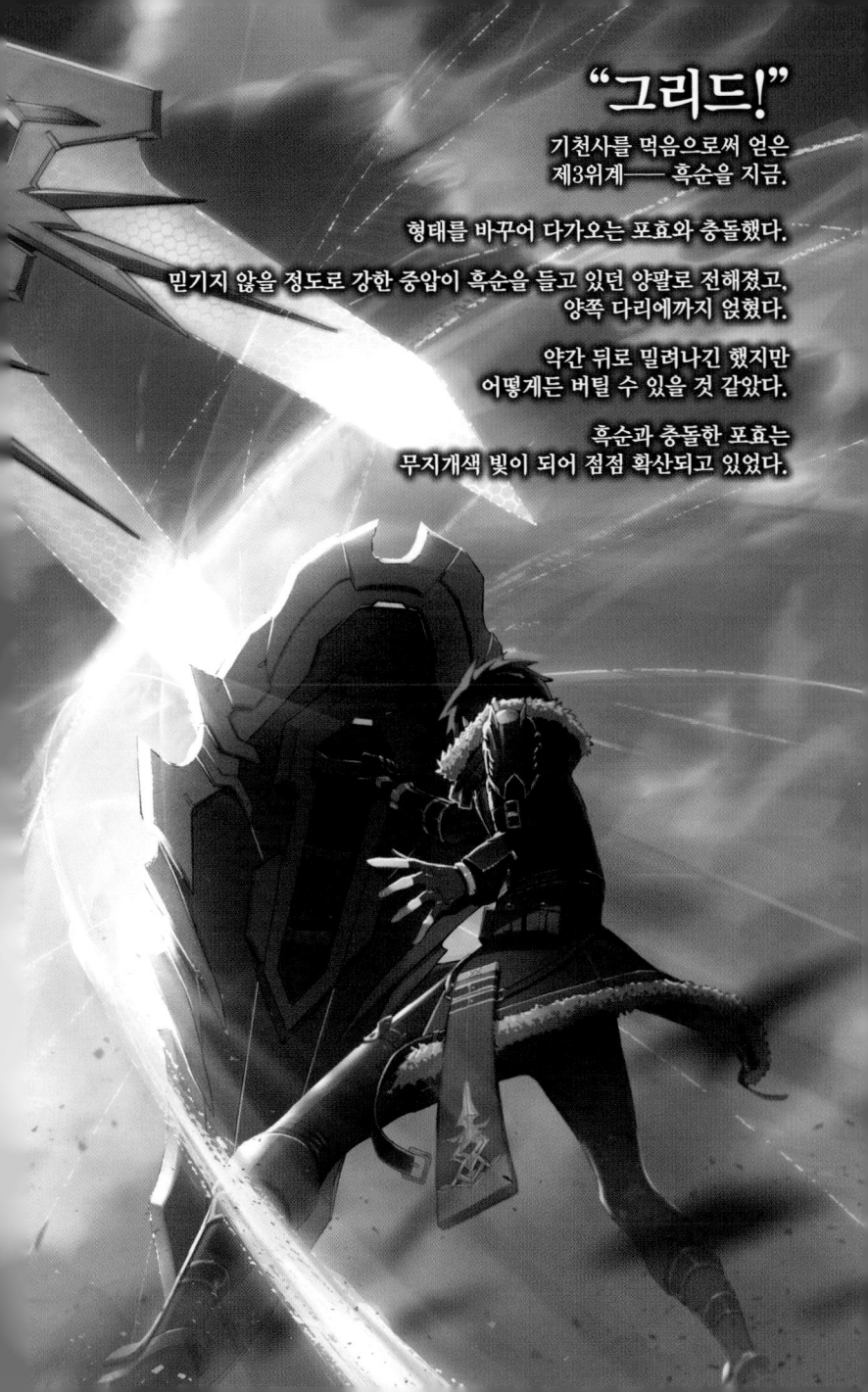

"그리드!"

기천사를 먹음으로써 얻은
제3위계 ── 흑순을 지금.

형태를 바꾸어 다가오는 포효와 충돌했다.

믿기지 않을 정도로 강한 중압이 흑순을 들고 있던 양팔로 전해졌고,
양쪽 다리에까지 얹혔다.

약간 뒤로 밀려나긴 했지만
어떻게든 버틸 수 있을 것 같았다.

흑순과 충돌한 포효는
무지개색 빛이 되어 점점 확산되고 있었다.

"무쿠로 씨는 왕도에 가본 적 있으신가요?"

나는 록시 님을 따라 왕도에서 가리아로 왔으니 솔직하게 말하자면 있다.
이야기가 어떻게 굴러갈지 모르니 피하는 게 나을까, 아니면 또 거짓말을 하는 게 나을
이것저것 생각한 끝에 왕도에 있었다는 것 정도는 이야기해도 될 거라 생각했다.

"있어."

"그런가요! 그러면 상업 지구에 있는 인카운터라는 술집 아시나
크기가 크진 않지만 정말 따스한 곳이거든요."

윽……, 그 술집은 내가 록시 님을 데리고 갔던 곳이다.
그때는 백성들의 삶을 알고 싶다고 했기에 단골 술집을 소개했었다.
내가 조용히 고개를 끄덕이자 록시 님이 기뻐하며 계속 말했다.

잇시키 이치카 지음
fame 윤강호 그림
정성영 옮김

III

가혹한 운명을 개척하는 폭식의 베르세르크

폭식의

베르세르크

Berserk of Gluttony

Contents

폭식의 베르세르크
~나만 레벨이라는 개념을 돌파한다~
III

Berserk of Gluttony
III
Story by Ichika Isshiki
Illustration by fame

제1화 하얀 성기사와의 재회

해골 마스크를 쓴 나는 마인과 헤어진 뒤 왔던 길을 다시 북쪽으로 거슬러 올라가며 방어도시 바빌론을 향해 갔다.

해가 지기 시작하고 있다. 완전히 지기 전에 도시 안으로 들어갔으면 좋겠는데.

그 소원이 이루어진 건지, 운이 좋게도 마물의 스탬피드와 마주치지도 않고 가리아와 왕국의 국경선까지 돌아올 수 있었다.

건너편은 왕국…… 대지가 황폐해지지 않았다. 지면에는 풀과 꽃이 군데군데 자라나 있고 바람에 흔들리고 있었다.

그리고 내가 지금 있는 곳은 가리아. 피비린내 나는 공기와 문드러진 것 같은 대지가 펼쳐져 있다. 그야말로 죽음의 나라라 할 수 있는 곳이다.

그런 가리아에서 한 발짝 바깥으로 나서면 친숙한 왕국의 공기가 입을 통해 폐로 스며든다. 역시 이 신선한 공기를 맡으면 마음이 편해진다.

가리아에 발을 내딛기 전에도 생각한 거지만, 정말 국경선을 넘기만 하면 완전히 다른 세계다. 이 정도로 공기까지 차이가 나다니, 이상하다.

마인과 함께 싸웠던 기천사(키메라)처럼 이 대지도 가리아의 고대 기술로 인해 어떤 영향을 받았을지도 모르겠다.

뭐, 가리아가 멸망하고 4000년이라는 기나긴 세월이 흘렀는데 아직도 그 원인을 왕국에서조차 알아내지 못했으니 내가 알아낼 수 있을 리가 없겠지.

그런 것보다 지금은 방어도시 바빌론으로 가야 한다. 배도 고파졌으니 서둘러 가야겠다.

오, 보인다. 벽으로 둘러싸인 도시가. 저 벽은 가리아에서 몰려드는 마물들을 막아내는 제방 역할을 하는 모양이다. 그 때문에 정말 높아서 하늘을 찌를 것만 같다. 마치 탑 같은 느낌이다.

그것이 도시 주위를 동그랗게 둘러싸고 있다.

나는 벽 근처로 가서 살며시 만져보았다. 어떤 금속…… 합금으로 만들어져 있었다. 철이 아닌 건 분명하다.

촉감으로 보니 마물이 부딪히더라도 꿈쩍도 하지 않을 정도로 단단한 합금이었다.

"이봐, 그리드. 이거 꽤 단단한 것 같은데. 너라 해도 베지 못하지 않을까?"

『뭐?! 아다만타이트 따윈 이 몸의 상대가 되지 못해. 정 그렇다면 베어볼까?』

"아니, 됐어."

호오~. 그리드가 한 말에 따르면 이 외벽은 아다만타이트라는 합금인 모양이다.

수천 년에 걸쳐서 가리아에서 몰려드는 마물을 막아냈다고 하니 다른 금속이나 합금과는 강도가 전혀 다른 것 같다.

그런데 이 아다만타이트 정제법은 현재 소실되어서 가리아에 버려져 있던 것들을 모아서 만들었다고 한다.

"가끔은 도움이 되는 걸 가르쳐주네."

『흥, 이 방어도시는 이 몸에게도 추억이 있는 곳이다. 먼 옛날 일이지만 말이야.』

"호오~, 신경 쓰이는데. 말해달라고 해도 안 되겠지?"

『잘 아는군. 그리고 들어봤자 재미도 없는 이야기다.』

아마 그리드는 이 방어도시가 만들어졌을 무렵을 알고 있는 것 같다.

그런데 그리드는 무기다. 그렇다면 과거에 그리드의 사용자가 있다는 건데. 그 사람과 함께 방어도시가 건설되었을 때 함께 온 거라 할 수 있다. 추억이 있다고 했으니까. 혹시나 여기서 그 사용자와 함께 뭔가 했는지도 모르겠다.

그런 생각이 드니까 신경 쓰이는데. 그리드의 사용자라…… 이렇게 탐욕스러운 무기를 다룰 수 있는 사람은 나 같은 대죄 스킬 보유자가 아니면 힘들 것이다. 툭하면 내 스테이터스를 거의 통째로 빼앗아가니까.

일반적인 스킬 보유자는 그리드를 다룰 수가 없다. 만약 성기사라 해도 스테이터스가 금방 바닥나버릴 것이다.

음~.

혹시 과거에 나와 마찬가지로 폭식 스킬 보유자가 있었을지도 모르겠다.

"이봐, 그리드. 예전에 네 사용자였던 녀석이 있었어?"

『갑자기 왜 그러지?』

"그 정도는 가르쳐줄 수 있잖아?"

그리드는 둘러대지 않았다. 잠시 뜸을 들인 다음에.

『……있었지.』

"그 사람은 나중에 어떻게 되었어?"

『죽었다. 이 몸을 두고 어이없이 말이야. 뭐, 그것도 나름대로 그 녀석답긴 했지.』

그렇겠지. 그렇지 않다면 지금 내가 그리드를 가지고 있을 수 없었을 것이다.

『이제 만날 수 없을 거라 생각했다만, 설마 또 만나게 될 줄이야.』

"폭식 스킬 보유자 말이야?"

『그래. 자, 이런 곳에서 시간 낭비하지 말고 얼른 안으로 들어가라.』

옛날 일이 떠오르자 쑥스러워졌는지 그리드는 그렇게 말한 다음 아무 말도 하지 않게 되어버렸다.

그런데 방어도시 바빌론으로 들어가는 정문은 어디일까.

일반적으로 생각하면 가리아 반대쪽인 북쪽에 있을 것이다. 그렇지 않다면 마물의 대규모 스탬피드인 데스 퍼레이드가 거센 파도처럼 방어도시를 덮쳤을 때 강도가 약한 문이 붕괴할 우려가 있으니까.

정말 높은 외벽을 따라 나아가다 보니 찾고 있던 문이 보였다. 예상했던 대로 정문은 북쪽에 있었다.

정말 큰데……. 대규모 군대가 단번에 진격할 수 있게끔 만들어져 있다.

지금 열려 있는 정문으로 사람들이 바쁘게 드나들고 있었다.

무인과 상인, 화려한 의상을 입은 여자를 태운 마차가 여러 대 보였다. 저 마차는 군대의 마차일 것이다. 왕도군의 문장이 달려 있으니 알아볼 수 있었다.

뒤쪽 도시에서 물자와 사람들을 실어나르고 있는 건가? 그중에는 이곳에서 돈을 잔뜩 벌려고 온 사람도 많이 있는 것 같았다. 마차를 타고 있는 사람들 중 대부분이 눈을 반짝이고 있었다.

나도 방어도시에서 살아갈 테니 그런 녀석들 중 한 명이라는 건가? 돈은 많이 있으면 있을수록 좋으니까. 많이 있다고 문제가 되지는 않는다.

그럼 정문을 지나가 볼까……, 그렇게 생각하고 있자니 뒤쪽에서 말발굽 소리가 잔뜩 들려왔다.

100마리 정도가 아니었다.

뭔가 하고 돌아보았는데…… 아아아아.

왕도에서 온 군대였다. 들고 있는 하얀 장미를 본떠 만든 문장은 바로 하트 가문의 문장.

나와 마찬가지로 그것을 보고 눈치챈 사람들이 길을 비켰다. 새로운 방어도시의 주인이 온 것이다.

해골 마스크 너머로 바라보며 그녀를 찾아보았다. 어디야…… 어디 있는 거지?!

선두에 선 군인들이 정문을 지나기 시작했다. 아직 록시 님을 찾지 못했다. 어서 보고 싶다는 마음을 억누르고 허리에 차고 있던 흑검 그리드를 꽉 쥐었다.

그런 내게 그리드가《독심》스킬을 통해 말했다.

『너무 초조해하는군. 진정해라!』

"시끄러워."

나도 안다고. 하지만 진정하고 싶어도 그럴 수가 없어.

『이 기척……, 온다. 뒤쪽을 봐라.』

"뒤쪽………… 앗?!"

나도 모르게 얼빠진 듯한 목소리가 나와버린 것 같다.

그리드가 한 말대로 뒤쪽을 보자 그녀가 백마를 타고 있었다.

하얀 경갑주를 입은 록시 님이 금빛 머리카락을 나부끼면서 길가에서 새로운 주인을 환영하는 사람들에게 손을 흔들어 답하고 있었다.

평소보다 더 씩씩한 표정이다. 왕도에 있었을 때보다 더 야무진 것 같은 느낌이 들었다.

뭐라고 해야 하나, 그녀가 두르고 있는 분위기가 달라졌다.

나와 마찬가지로 방어도시 바빌론으로 오는 도중에 무슨 일이 있었는지도 모르겠다. 그런 경험이 록시 님을 더 성기사답게 바꿔준 걸까?

그런 생각이 들 정도로 그녀의 존재가 한층 더 멀리…… 느껴졌다.

넋이 나간 상태였던 내게 그리드가 실실 웃으며 말했다.

『페이트, 손은 안 흔드나?』

"흔들겠냐고."

록시 님은 백마를 탄 채 내 앞을 지나쳤다. 그때, 그녀의 푸른 눈동자가 잠깐 내가 있는 쪽을 보았다.

하지만 바로 앞을 보며 백마를 몰았다.

한순간 들켰다고 생각해서 초조해했는데, 쓸데없는 걱정이었던 모양이다. 해골 마스크에는 인식 저해 기능이 있다. 이걸 쓰고 있는 한, 록시 님은 내가 페이트 그래파이트라는 것을 절대로 인

식할 수 없다.

만약 그럴 수 있다면, 정말······.

록시 님이 정문 안으로 들어갔다. 이것이 나와 록시 님 사이의 거리다. 이제 왕도에 있었던 무렵처럼 함께 무언가를 하지는 못한다. 각자 독립한 상태다.

그녀 뒤에는 아직 군인들의 행렬이 이어지고 있었다. 얼굴 생김새, 몸을 단련한 상태를 보니 다들 실력 있는 무인이라는 것을 알 수 있었다. 몸놀림도 문제가 없었고.

왕도에서 많은 사랑을 받고 있는 하트 가문의 당주여서 그런지 사기가 높은 무인들이 모여든 모양이었다.

록시 님이 이끄는 군대 모두가 방어도시 바빌론으로 들어올 때까지 꽤 오랜 시간이 걸렸다. 그래서 구경하던 내가 하늘을 올려다보니 이미 어두워져 있었다.

뭐, 됐어. 록시 님의 건강해 보이는 얼굴을 볼 수 있었으니까.

자, 오늘부터는 여기가 내가 살 도시다. 우선 머물 곳부터 정해야지. 여관은 어디로 할까······ 식사가 그럭저럭 맛있고 그리 비싸지 않은 곳을 찾아봐야겠다.

제2화 여기에서 시작된다

방어도시 바빌론은 세 구획으로 나뉘어 있다.

원형 형태인 도시의 남쪽 절반을 차지하는 군사 지구. 이곳에 록시 님이 이끄는 군대가 주둔하고 있다. 또한 이곳에는 돈을 많이 벌 수 있기에 고용된 용병들도 있다는 모양이다.

용병이란 무인 중에서도 전투 실력이 뛰어난 자를 일컫는 말이다. 대부분 평민 출신이지만 그중에는 성기사 가문에 태어났는데도 성속성 스킬을 얻지 못한 사람들도 있다고 들었다. 그리고 왕도에서 출세 경쟁에 패배한 성기사 출신도 극소수 있다고 한다.

그렇기 때문에 용병 중에는 왕도의 성기사라는 지위에 원한 같은 것을 품고 있는 자도 존재한다. 그런 사람들을 어째서 고용하는가. 그 이유는 가리아에서 몰려드는 마물을 토벌하기 위한 일손이 부족한 상황이기 때문이다.

싸울 수 있다면 다소 문제가 있다 해도 관대하게 넘긴다. 그것이 방어도시 바빌론 스타일이다.

만약 문제가 있는 무인이라 해도 강하기만 하면 이곳에서는 용납된다. 마물만 쓰러뜨려 주면 평소 태도가 좋지 않더라도 불평하지 않는다. 보수는 제대로 지급한다.

뭐, 록시 님이라면 괜찮겠지만…… 그녀의 올바른 마음 때문에 걱정이 된다.

나는 문제가 없다. 강하기만 하면 된다니, 내게 딱 맞는 곳이다.

신에게 버림받은 이단의 힘—— 폭식 스킬을 이용해 적의 혼을 먹고 스테이터스를 계속 올리면서 눈에 띄게 되더라도 이곳이라면 괜찮을 것이다. 방어도시 바빌론에 이익을 가져다주는 한, 나라는 존재는 용납된다.

그렇기에 여기서 더 위로 올라가는 것을 목표로 삼는다. 다가올 그 날을 위해 할 수 있는 것들은 해두어야 한다.

뭐, 그런 이야기를 제쳐두더라도 방어도시 바빌론은 크기가 꽤 크다. 왕도와 비슷한 정도 아닐까.

많은 군대와 용병, 그리고 흘러들어온 무인들이 모여드는 곳. 싸움이 벌어지는 전선이라 그런지 왕도와는 전혀 다른 압박감이 들었다. 뭐라고 해야 하나, 거친 사람들이 한곳에 모여 있기 때문일 것이다.

정문을 지나 지금 걸어가고 있는 큰길 좌우로 펼쳐져 있는 것이 일반 지구다. 그 너머에 군사 지구가 있다.

일반 지구는 일확천금을 꿈꾸는 상인이나 무인들이 모여 있고, 크게 두 지구로 나뉜다. 동쪽에는 상업 지구, 서쪽에는 주거 지구가 있다. 숙소를 잡으려면 주거 지구로 가야 한다.

간단히 정리하자면.

· 군사 지구 (남) : 왕도에서 온 성기사, 군인들이 주둔하고 있다. 또한 현지에서 고용된 용병들도.

· 상업 지구 (동) : 무구 상점, 식당, 술집 등 왕도 못지않게 가게들이 많다.

· 주거 지구 (서) : 거의 대부분이 고급 여관이다. 다른 지역과

비교해서 무인들의 수입이 많기 때문이다.

　이렇게 나뉘어 있다. 군사 지구는 일반인이 마음대로 들어갈
수 없다. 지금도 건너편에서 무섭게 생긴 아저씨들이 문 앞에서
눈을 번득이고 있다. 아무래도 록시 님은 저 건너편으로 가버린
모양이었다.

　그럼 나는 주거 지구로 가서 머물 곳을 확보해야지.

　여관들이 전부 다 호화롭게 지어져 있네. 시험 삼아 한 곳으로
들어가 봐야겠다.

　안으로 들어가자 까만 옷을 깔끔하게 차려입은 남자가 미소를
지으면서 다가왔다. 이 여관의 종업원인 것 같다.

　"어서 오십시오, 숙박하러 오셨나요?"

　"네."

　해골 마스크를 쓴 모습을 보고도 미소가 전혀 무너지지 않았
다. 그렇구나, 방어도시에서 이 정도는 일상다반사인가?

　"이 마스크를 보고도 아무렇지 않으시네요."

　"그렇습니다, 그건 인식 저해 마스크죠? 이곳에는 정체를 감추
고 있는 사람이 많이 있으니 상관없습니다."

　내가 예상했던 대답이 돌아왔다. 예전에 왕도에서 성기사였던
사람들이 있기도 하니까. 그중에는 왕도에서 큰 문제를 일으키고
추방된 사람들도 있다.

　이걸 보고 깜짝 놀라면 일을 할 수가 없기 때문일 것이다.

　"여기서 하루 머무르려면 얼마인가요?"

　"네, 목욕과 세 끼 식사를 합쳐서 하루에 금화 5개입니다."

"네?!"

너무 비싼 가격에 깜짝 놀라서 입이 떡 벌어질 것만 같았다. 금화 5개라니, 바가지도 정도가 있지.

이곳과 비슷한 정도의 여관이라면 왕도에서는 금화 1개로 충분할 것이다.

여전히 동요하고 있던 내게 종업원이 말했다.

"보아하니 손님께서는 바빌론에 처음 오신 무인님이신 모양이로군요. 대부분 그렇게 놀라곤 하십니다. 서쪽으로 더 가면 이 여관보다 비교적 저렴하게 묵을 수 있는 여관이 모여 있는 곳이 있습니다. 그쪽으로 가보시는 건 어떨까요?"

"그렇게 말씀해주시니 감사합니다. 그런데 왜 이렇게까지 잘해주시는 거죠?"

"간단한 이유 때문입니다. 지금은 금전적인 문제로 저희 여관에 묵지 못하시더라도 가리아에서 몰려드는 마물을 토벌하며 착실하게 벌다 보면 언젠가는 여기서 묵으실 테니까요. 속셈이 있어서 베푸는 친절이죠. 그때가 되면 부디 이곳으로 와주십시오."

"그렇군요……."

만만히 볼 사람이 아니다.

숙박하지 못하는 손님이라 해도 매몰차게 내쫓지 않고 장래를 생각해서 친절을 베푸는 건가? 대단하네……, 이 도시의 사람들은 왕도와는 마음가짐이 다른 것 같다.

"가르쳐주셔서 감사합니다. 언젠가 또 뵙죠."

"네, 기다리겠습니다."

크게 고개를 숙이는 종업원에게 나는 고맙다는 인사를 한 뒤 그가 가르쳐준 곳을 향해 갔다.

걸어가다 보니 거리의 모습이 점점 변하기 시작했다. 붉은 벽돌로 신축한 고급 여관에서 낡고 하얀 벽돌로 경치가 바뀌었다.

아마 지었을 때는 새하얀 벽돌이었을 것이다. 그리고 풍화되어 조금씩 얼룩이 생긴 모양이다.

새로 지으려 해도 가리아 국경 부근까지 물자를 싣고 오려면 돈이 많이 든다. 수리할 자금을 항상 갖추고 있지 못하는 여관은 외관을 유지하지 못하는 것 같다.

안쪽으로 나아갈수록 여관의 격이 떨어지는 거구나. 보기만 해도 알 수 있었다.

내가 가지고 있는 자금은 마인 때문에 꽤 줄어들어 버렸다. 지금 가지고 있는 돈은 금화 4개와 은화 30개……, 많이 써버렸네.

한때는 금화를 40개 넘게 가지고 있었는데. 낭비도 정도가 있지. 생각해보니 마치 금화에 날개가 돋아나서 날아가 버린 것 같은 느낌이다. 무시무시하네……, 앞으로는 조심해야지!

그런 생각을 하고 있자니 벽돌에 금이 간 여관이 늘어서 있는 곳에 도착했다.

음, 어떤 여관이 좋을까. 전부 다 똑같은 것 같은데.

"너! 혹시 여관을 찾고 있니?"

갑자기 기운찬 여자 목소리가 들렸기에 돌아보았다. 나보다 나이가 조금 더 든 것 같은 여자였다.

남자처럼 시원스럽게 웃으면서 내게 다가왔다.

"그런데요……."

"역시 그랬구나. 그렇다면 말이지. 내 여관으로 와. 싸게 해줄게."

"얼마인데요?"

"은화 50개!"

음~, 물가가 5배라고 생각하면 나쁘진 않다. 자금은 마물을 토벌해 나가면 금방 해결될 테고, 마인처럼 내게서 돈을 빼앗아가는 존재도 없으니까.

그리고 이 여주인의 시원스러운 성격이 마음에 든다.

"알겠습니다. 부탁드릴게요."

"호오, 내 여관을 보지도 않고 바로 정해도 되는 거야?"

"상관없어요. 그 대신 바로 식사를 할 수 있게 해주세요."

나는 그녀가 두 손으로 들고 있던 식재료를 보면서 말했다. 감정 스킬로 조사해보니 전부 다 신선했다.

이것도 여관을 선택한 이유 중 하나였다. 식재료를 고르는 눈썰미가 있다면 요리도 잘할 것이다.

"그래, 알았어. 그럼 따라오렴."

"절반 들어드릴게요."

"그래도 되나? 미안한데. 하지만 깎아주진 않을 거야."

"저도 알아요. 그냥 식사를 빨리하고 싶을 뿐이거든요."

"하하하하, 그럼 오늘도 요리 솜씨를 발휘해야겠네."

정말 기대된다. 기다리다가 못 참고 배에서 소리가 날 것 같다. 아니, 소리가 나버렸다.

꼬르르르르르륵……

"뭐야, 그렇게 배가 고파? 그럼 이 빵이라도 먹을래?"

"그래도 되나요?"

"나중에 따로 돈을 받을 거지만."

빈틈이 없네. 하지만 딱히 거절할 이유가 없었기에 먹기로 했다.

따뜻하다……, 이제 막 구운 빵이었다. 입에 넣자 달콤한 맛이 퍼져나갔다. 왠지 지금까지 쌓인 피로가 조용히 빠져나가는 것 같았다.

"맛있네요. 이런 빵은 처음 먹어봤어요."

"마음에 들었다니 기쁘네. 이 빵은 여동생 부부가 만든 거야. 우리 여관에 머무르는 동안에는 계속 먹을 수 있어. 그밖에도 이 것저것 많고."

"그거 매력적인데요."

"우리는 고급 여관처럼 운영할 수가 없으니까. 이런 걸로 승부하는 거지. 자, 도착했어. 여기가 내 여관이야!"

오오, 예상했던 모습이었다. 금이 간 벽돌, 낡은 간판. 오랫동안 풍화되고 열화된 모습이라 빈말로도 머물고 싶다는 생각이 드는 곳은 아니었다.

하지만 그것은 바깥만 보고 든 느낌이다.

빵 하나만 먹어도 이렇게 좋은 기분이 들었다. 나는 기대하면서 여관 안으로 발을 내디뎠다.

제3화 거친 자들이 모이는 곳

다음 날 아침, 새가 지저귀는 소리에 눈을 뜬 나는 하품을 했다. 어제는 여관의 여주인이 환영할 겸 저녁 식사에 초대해주어서 생각보다 술을 많이 마셔버렸다.

그 술값은 따로 지불해야 하니 내 지갑이 많이 얇아졌다. 오늘부터라도 마물을 열심히 사냥하지 않으면 여관에 묵을 수 없게 된다.

저녁 식사 때 여주인 이야기를 듣게 되었다. 남편이 먼저 세상을 떠나버려서 여자 혼자서 아이 세 명을 키웠다고 한다. 장남은 독립하여 이 방어도시 바빌론에서 용병이 되었다.

그리고 딸이 두 명. 나이는 열네 살과 여덟 살이다. 그녀들도 같은 테이블에서 식사를 했다. 그런데 둘 다 얌전한 성격인지 말을 걸지도 않았고, 내가 말을 걸어도 이야기가 계속 이어지지 않았다.

그때는 나와 여주인만 이야기를 한 거나 마찬가지였다.

다시 하품을 하면서 옷을 갈아입고 있자니 방문을 노크하는 소리가 들렸다. 조심스러운 느낌인 걸 보니 여주인은 아닌 것 같다. 아마 두 딸 중 한 명일 것이다.

해골 마스크를 쓰고 대답하자 살며시 문이 열렸다.

"안녕하세요, 페이트 씨."

"안녕."

"아침 식사 준비가 되었어요. 식당으로 오세요."

"응, 알았어."

여관의 장녀가 그렇게 말한 뒤 도망치는 듯이 문을 닫고 갔다. 왠지…… 얼굴을 붉히고 있었는데 이유가 뭘까.

앗?! 아차. 잠이 덜 깬 상태로 옷을 갈아입고 있어서 아직 상반신이 알몸이었다.

한창때 나이 여자에게 이런 꼴을 보이다니, 너무 경솔했다. 나중에 사과해야겠다.

그건 그렇고 옷이 너덜너덜해졌는데. 왕도에서 여기로 오기까지 마물과 전투를 꽤 많이 벌였으니 어쩔 수 없겠지만.

결정적인 계기는 기천사 하니엘과의 전투였다. 푸르게 타오르는 불덩이 때문에 옷 이곳저곳이 그을려서 구멍이 나버렸다.

"이건 새로 사야겠는데."

벽에 기대 두었던 흑검 그리드를 들면서 그렇게 말하자 실실 웃는 소리가 들렸다.

『이 몸의 사용자면서 너무 꼴사납군. 어서 돈을 벌어라. 하는 김에 이 몸을 넣을 칼집도 새로 맞춰주고.』

"그쪽이 진심이지?"

『그렇다.』

그리드는 여전하네. 뭐, 일리가 있는 말이긴 하다.

흑검을 넣고 있는 칼집도 전투를 벌이면서 많이 상해버렸다. 아직 쓸 수는 있지만 새로 사는 것도 나쁘지 않을 것 같다. 심기일전, 함께 새로운 모습으로 도전해볼까?

하지만 지금 나는 그걸 살 수 있는 돈이 없다. 물가가 왕도의 다섯 배 이상이니까.

휴……, 숙박비, 옷값, 칼집값이라……. 마물 사냥을 열심히 해야만 할 것 같다.

"그 전에 배를 채워야지. 가자, 그리드."

『그래.』

흑검을 차고 방을 나섰다. 그러자 복도에 있던 여관의 둘째 딸이 의아하다는 눈초리로 나를 보고 있었다.

"오빠……, 검하고 이야기했어…………."

그리고 내게서 조금씩 물러섰다. 아무래도 검과 이야기를 나누는 위험한 녀석이라 생각한 모양이다.

오해를 풀어야 해! 소녀에게 다가갔지만, 거리를 두려는 듯이 점점 물러났기에 어떻게 할 수가 없었다. 나중에는 울음을 터뜨릴 듯한 표정으로.

"엄마아아아아아아아아아!"

그녀는 여관의 여주인에게 도와달라는 듯이 소리치며 떠나갔다.

당분간 신세를 지려 했는데…… 혹시 이틀 만에 미움을 사버린 걸까…….

그렇게 생각하고 있자니 그리드가 《독심》 스킬을 통해 크게 웃어댔다.

『하하하하하하, 미움을 사버렸구나. 안 그래? 페이트.』

"누구 때문인데!"

『이 몸 때문이 아니라는 건 분명하지.』

"너 때문이라고! 진짜……."

이런, 이런. 이렇게 말하고 있다가는 또 이상한 눈초리를 받게 될 거야.

주위를 둘러보자 복도 건너편에서 여관의 장녀가 나를 멍하게 바라보고 있었다!

저 눈초리를 보니 분명히 오해하고 있는 것 같다. 이대로 가다가는 내가 상반신을 일부러 보여주고 흑검과 중얼중얼 이야기를 나누는—— 위험한 녀석이 될지도 모른다. 그것만은 어떻게 해서든 피해야 해!

"오해야. 이 검은 마음을 가지고 있어서……."

"마음을 가지고 있는 검이 있다는 말은 한 번도 들어본 적이 없어요."

크윽……, 하긴 그렇지. 나도 독심 스킬을 통해서 그리드와 이야기를 나눌 때까지 그런 검이 있다는 사실을 믿을 수가 없었으니까.

갑자기 이런 말을 해도 '네, 그렇군요'라고 납득할 수는 없을 것이다.

어쩔 수 없지. 흑검에 대고 혼잣말을 하는 사람……이라는 건 받아들여야겠다. 하지만 다른 한 가지는 해명을 해야겠어.

"그렇지. 그거하고는 별개로, 아까는 미안해."

"뭐, 뭐가요?"

"다음부터는 옷을 제대로 입고 대답할게."

"아……, 그건……."

왠지 말꼬리를 흐리는 그녀를 보고 내가 고개를 갸웃거리고 있자니 여주인이 왔다. 아침 식사 시간이 되었는데도 내가 오지 않으니 부르러 온 모양이었다.

"어머?! 무슨 일이야? 다른 손님들은 벌써 아침 식사를 끝냈는데."

나는 여주인에게 사정 이야기를 했다. 딸이 문을 열고 아침 식사 시간이라는 것을 알려주었을 때 내가 상반신을 드러내고 있었다는 이야기다. 그로 인해 그녀를 곤란하게 만든 것을 어머니인 여주인에게 사과했다.

그러자 여주인은 싱글싱글 웃으면서 딸을 보았다.

"어째서 그랬을까? 평소에는 문을 열지 않고 이야기만 했을 텐데? 대체 어떻게 된 거지?"

"엄마……, 그건…………."

왠지 모르겠지만 말문이 막힌 장녀가 얼굴을 붉히며 식당 쪽으로 뛰어가 버렸다.

문제가 해결된 건가? 볼을 긁고 있던 내게 여주인이 말했다.

"미안해."

"네에……."

"그렇구나, 그래. 저 애도 벌써 그런 나이가 되었구나."

여주인이 혼자서 고개를 끄덕이고는 내 등을 밀면서 식당으로 데리고 갔다.

그러던 도중에 귓가에 조용히 속삭였다.

"저기 말이지. 어제 술을 잔뜩 먹어서 움직이지 못하던 너를 딸이 방으로 데려다주었거든. 그때 말이지, 마스크로 가려져 있던 네 얼굴을 봐버린 모양이야."

"네에에에?!"

말도 안 돼……. 방어도시 바빌론에 온 날 바로 얼굴을 들키다니…….

아아아아아아아아아악.

어제의 나를 때려주고 싶다. 그렇게 생각하던 내 귀에 여주인이 계속 속삭였다.

"괜찮아. 앞으로도 우리 단골로 있어주는 한 비밀은 엄수할 테니까."

"……감사합니다."

이제 여기 말고 다른 여관에 갈 수 없게 되어버렸다.

응, 진짜 맞는 말 같다. 말은 할 탓이요 술은 먹을 탓이다. 마음이 풀어지면 제대로 풀리는 일이 없다.

어깨를 늘어뜨린 내게 여주인이 방긋방긋 웃으며 말했다.

"지나간 일을 후회해봤자 어쩔 수 없어. 자, 우선 아침 식사를 해야지."

"뭐……, 그렇죠. 잘 먹겠습니다."

"그럼 가자."

"잠깐만요, 그렇게 밀지 마세요."

"괜찮아, 괜찮아."

이러쿵저러쿵해도 괜찮은 여관이다. 여기에는 따스함이 있다. 내가 잊어버린 가족과 비슷하다는 느낌이 들었다.

*

여관의 장녀가 아침 식사를 많이 담아줘서 배가 가득 찬 나는 정보를 수집하기 위해 주거 지구에서 상업 지구로 가기로 했다.

상업 지구에서 이것저것 사고 싶긴 하지만 돈이 없으니 지금은 참아야 한다.

상업 지구와 주거 지구는 구조가 비슷하다. 큰길 근처에 있는 목 좋은 곳에는 화려하고 큰 가게가 늘어서 있다. 그 안쪽으로 갈수록 가게의 격이 떨어지는 느낌이다.

목이 좋은 곳에 있는 가게는 지금처럼 너덜너덜한 옷을 입고 들어가면 쫓겨날 것 같았기에 약간 안쪽에 있는 옷가게를 보기로 했다.

"으아아아아……, 너무 비싼데."

『이 가난뱅이!』

"시끄러워."

금화 1개나 하는 옷을 보고 나도 모르게 혼잣말을 하고 있자니 그리드가 《독심》 스킬을 통해 어이없어하면서 말했다.

그러지 말고 어서 마물을 사냥해서 돈을 벌라고 하는 듯한 태도였다. 잠깐 상업 지구를 산책한 다음에 오크를 사냥하러 갈 거라고.

안쪽으로 더 들어가자 사람들이 모여 있는 모습이 보였다.

신기한 물건을 팔고 있을지도 모른다. 그 사람들을 보고 별다른 생각 없이 가보니 그곳은 술집이었다.

빈말로도 깨끗하다고는 할 수 없는 그 가게는 낡고 붉은 벽돌이 역사를 말해주고 있긴 했지만, 결코 고풍스럽지는 않았다. 밖에서 보면 당장에라도 망할 것 같다는 느낌이 들었다.

그런 술집 앞에 이렇게 사람이 많이 모여 있다니, 솔직히 믿기지 않았다. 그리고 지금은 아침인데.

이런 시간부터 술을 마시고 있을 정도로 이 도시에 오는 사람들이 한가한가? 아닐 것 같다. 다들 일확천금을 꿈꾸며 모여들었을 텐데, 무인이라면 마물을 사냥할 준비를 하고 있을 것이다. 상인이라면 가게를 열 준비를 할 테고.

음~, 그걸 제외하면 이곳에 올 매력이······.

내가 상황을 살펴보고 있자니 술집 문이 열렸다. 그와 동시에 사람들의 환호성이 점점 커지기 시작했다.

보아하니 모두들 문을 열고 나온 그녀를 보러 온 모양이었다. 하긴, 깜짝 놀랄 정도로 미인이다.

약간 어린 모습이 남아 있는 얼굴. 그리고 하늘하늘한 머리카락은 마치 물이 흐르는 것처럼 윤기가 있었다.

뭐지······? 눈을 돌릴 수가 없다. 마음과는 달리 억지로라도 봐야 한다는 생각이 드는······ 이 느낌. 매우 이질적인 것 같다.

나는 그녀에게 몰리는 사람들에게서 자연스럽게 물러났다. 본능이 경고하고 있기 때문이다.

다가가지 말라고······.

그러던 내게 그리드가 《독심》 스킬을 통해 말했다.

『이제야 너도 알 수 있게 된 모양이로구나.』

"그렇다면······, 설마."

『그래, 그 설마다. 저 녀석은 너와 동류, 대죄 스킬 보유자다.』

깜짝 놀란 나는 다시 머리카락이 하늘색인 그 여자를 바라보았다. 그녀가 나와 동류라고?

그녀가 내 시선을 눈치챘다. 아니, 처음부터 나를 눈치채고 있었을 것이다.

사람들이 모여 있는 곳에서 빠져나온 그녀는 나를 바라보며 방긋 웃었다. 그리고 혼을 움켜쥐는 것처럼 매력적인 목소리로 이렇게 말했다.

　"기다리고 있었어. 나는 에리스. 왕도에 있을 때부터 계속 너를 보고 있었어. 여기로 올 거라는 사실도 알고 있었지. 그래서 한발 먼저 바빌론에 와서 네가 오기를 기다리고 있었던 거야."

　에리스는 그렇게 말한 뒤 가게 안으로 들어오라며 손짓했다. 음, 어떻게 할까.

　뭐, 괜찮겠지. 초대에 응해주겠어. 대죄 스킬 보유자들은 서로 이끌리는 관계인지도 모르겠다.

제4화 색욕의 수호자

개점 시간 직전이라 그런지 가게 안에는 손님이 한 명도 없었다. 나와 에리스 둘뿐이었다.

스무 석 정도 있는 둥근 테이블 중 한 곳에 앉았다.

에리스는 보라색 눈동자로 나를 보면서 방긋 웃고 있었다.

"저기⋯⋯, 넌 이 술집 주인이야?"

"아니야. 나는 여기서 아르바이트 겸 식객으로 있어. 마스터는 장 보러 가서 가게를 비웠을 뿐이야. 참고로 이곳 마스터는 마흔 살이 될 때까지 아직 좋은 사람을 만나지 못했다고 지금 부인을 절찬리에 모집 중이라던데——."

"그렇게 별 상관없는 정보는 필요 없어. 그런데 왜 나를 기다리고 있었던 거지?"

나는 이걸 묻기 위해 에리스의 초대에 응한 것이다. 이 술집 마스터의 개인정보를 물어볼 생각은 전혀 없다.

대답을 듣고 싶어 하는 나를 보고 에리스는 늘어진 푸른 머리카락을 귀에 걸치며 자리에서 일어났다.

"뭐, 그렇게 급하게 굴지 마. 모처럼 만났잖아. 이 만남을 축하하자고."

그렇게 말한 뒤 카운터 안쪽으로 걸어가서 잔 두 개를 선반에서 꺼냈다. 그리고 그 잔에 와인을 듬뿍 붓기 시작했다.

와인병 라벨을 보니 내가 알고 있는 싸구려가 아니었다. 꽤 비싼 와인 같았다.

붉은 와인이 든 잔 두 개를 들고 돌아왔다.

"자, 받아. 이날을 위해 계속 아껴두었던 거야. 너를 위해 계속. 너무 오래되어서 입에 맞지 않을지도 모르겠지만, 그래도 받아주면 기쁠 것 같은데."

"……고마워."

보아하니 방금 따른 와인은 에리스에게 추억이 있는 와인인지 울적해 보이는 표정을 짓고 있었다.

그런 걸 처음 만난 내게 주다니……, 대체 어떻게 된 걸까. 일방적인 상황이라 당황스러웠다.

하지만 에리스가 권하는대로 한 모금, 다시 한 모금, 와인을 마셨다. 정말 오래된 와인이라 예전에는 맛있었을 거라는 생각이 들게 하는 맛이었다.

다 마신 나를 보고 에리스는 매우 만족스러운 표정을 지었다.

"잘 마시네. 한 잔 더 마실래?"

나는 고개를 저었다. 와인을 마시기 위해 온 게 아니다.

"너는 성격이 급하구나. 뭐, 됐어. 원래는 왕도에서 네가 폭식 스킬을 각성시켰을 때 접촉하려 했어. 하지만 좀처럼 기회가 생기지 않아서 말이지. 나서지 못하고 있던 동안 네가 록시 하트를 따라서 왕도를 떠나버렸거든."

"그런 것까지 보고 있었구나."

"그래, 물론이지. 아, 말하는 걸 깜빡했는데, 나는 색욕이라는 대죄 스킬 보유자이자 왕국의 수호자이기도 해. 너에 대해서 파악하고 있고, 거기 있는 그리드도 물론 알고 있었어. 왕도 상업 지구의 벼룩시장에 상품으로 나온 그리드를 보호할까 싶긴 했는데, 조만간 페이트와 만날 거라 생각했거든. 그래서 그냥 내버려두었지."

그 말을 들은 그리드가 혀를 차는 소리가 《독심》 스킬을 통해 들렸다. 아마 에리스 손바닥 위에서 놀아났다는 것이 마음에 들지 않았을 것이다.

"그리드와 만난 적이 있어?"

"그 정도까지는 아니야. 나는 제2세대라서 제1세대들과는 만난 적이 별로 없거든. 참고로 네가 바빌론으로 오는 도중에 함께 있었던 분노의 그녀는 제1세대야. 그리고 나와 마인은 사이가 별로 좋지 않아. 나는 그녀보다 가슴이 크잖아? 그게 마음에 들지 않은 것 같던데."

에리스는 그렇게 말했지만, 그냥 성격이 맞지 않는 것 아닐까. 마인은 친한 척하는 사람을 싫어하니까.

그건 그렇고 제1세대, 제2세대라……. 생각하고 있자니 에리스는 내가 그녀의 가슴을 만질 수 있을 정도로 가까이 다가와 있었다.

쳇. 저런 행동 하나하나가 내 생각을 방해하려는 듯이 사악한 감정을 불러일으켜서 뒤흔들고 있다. 대체…… 이렇게 억지로 상대방을 매료시키는 오라는 뭐냐고.

내가 그것에 저항하려고 인상을 쓰고 있자니.

"아, 미안해. 이건 색욕 스킬 때문이야. 이 매료의 힘은 멋대로 흘러넘쳐 버리거든. 이걸 뒤집어 쓰면 남녀노소 상관없이 나를 사랑할 수밖에 없게 돼. 페이트가 폭식 스킬 때문에 배가 고파지는 것과 비슷하지."

에리스는 별로 신경 쓰지 않는다는 듯이 웃었다.

나는 폭식 스킬 때문에 적을 쓰러뜨리고 혼을 계속 먹지 않으면 언젠가 자아가 붕괴되는 업을 짊어지고 있는데…… 에리스의 색욕 스킬은 내 스킬과는 달리 그렇게까지 리스크가 크진 않은 것 같다. 아마도……

에리스의 밝은 표정을 보고 나는 벌레를 씹은 듯한 표정으로 노려보았다.

"자자, 그런 표정 짓지 마. 나도 나름대로 고생한다고. 아, 그렇지. 마인 이야기를 하니 생각났네. 어제 너희가 기천사 하니엘을 쓰러뜨렸지? 그건 일곱 타입 중에서도 좀 골치 아픈 녀석이어서 도움이 많이 되었어. 고마워."

"일곱 타입?"

"응, 맞아. 그건 고대 가리아를 수호하던 생물병기야. 전부 일곱 타입이 존재하지. 하니엘은 장벽의 기천사라 불렸고, 성체화하면 쉽게 다가갈 수 없게 되어버려. 지금처럼 약체화된 성기사 정도로는 쓰러뜨리기 힘들겠지."

"생각해본 적 없었는데…… 여섯 타입이 더 있다는 건가……"

잘못 들은 거라면 좋겠는데……, 그렇게 생각하면서 조심조심 확인하기 위해 물어보자 에리스는 쓴웃음을 지으며 고개를 끄덕였다. 진저리를 치고 있자니 그녀가 빈 잔에 와인을 따라주었다.

"그래, 너무 심각하게 생각할 필요는 없을 거야. 그것들 중 대부분은 가리아의 수도에서 기능이 정지되어 있으니까. 뭐, 신경쓰이는 건 그중 하나…… 하니엘을 누군가가 가지고 나왔다는 점이지."

풍화되어 마을의 형태가 사라져가던 곳에 하니엘의 고치가 자리 잡고 있었다. 원래 그곳에 있었던 것이 아니라 누군가가 고의로 가져다 두었다는 뜻이다.

나도 하니엘과 관련이 생겼기에 신경 쓰이지 않는다고 하면 거짓말이다. 하지만 더 얽히게 되면 원래 목적을 잃게 될 것 같다.

그녀가 따라준 와인을 마시면서 마른 목을 축이고 있자니.

"이 이야기는 여기까지만 할까? 나도 제1세대의 다툼에 별로 끼어들고 싶지는 않거든. 자, 지금부터가 본론이야."

"본론?!"

기천사 이야기를 하고 끝날 거라 생각했다. 하지만 그녀에게 그 이야기는 별로 중요하지 않은 모양이었다.

그렇게 강한 적을 뛰어넘는 문제가 있다니, 대체 뭐지?

"성기사 록시 하트 말이야. 그녀는 가리아 땅에서 죽어야 해."

"무슨! 바보 같은 소릴!!"

에리스가 한 말을 듣고 나는 분노가 치밀었다.

나는 들고 있던 잔을 바닥에 내동댕이쳤다. 분노를 드러내며 노려보는 나를 보고 에리스는 아무렇지도 않다는 표정을 지으며 계속 말했다.

"이건 왕도, 아니, 왕국의 앞날에 있어서 중요한 일이야. 그녀의 죽음은 분명히 이 나라를 더욱 좋은 방향으로 이끌어줄 테고."

"바보 같은 소리 하지 마! 어째서 그녀가 죽으면 왕국이 좋은 방향으로 간다는 건데! 지금 성기사 중에서 록시 님처럼 백성들을 생각해주는 사람은 없다고. 나도, 그래서…….”

나는 에리스의 옷소매를 잡았다. 하지만 에리스는 화를 내지도 않고 그저 담담했다.

“너, 알고 있어? 헤이트 현상이라고.”

“마물을 쓰러뜨리다 보면 헤이트가 쌓여서 적이 노리게 되는 거잖아. 하루가 지나면 리셋될 텐데.”

“절반은 정답이야. 하지만 나머지 절반이 부족하네. 헤이트는 완전히 리셋되지 않아. 오랜 세월에 걸쳐서 축적되지. 그래서 생겨나는 것이 고유 명칭을 지닌 마물── 관이야. 네가 예전에 하트 가문의 영지에서 싸웠던 관 코볼트가 그거고.”

그랬지……, 그건 몇 세대에 걸쳐서 하트 가문의 영주가 코볼트를 계속 쓰러뜨려 헤이트가 쌓여서 태어났다고 그리드가 이야기했었다. ……아니, 에리스는 내가 한 행동을 그렇게 잘 알고 있는 건가?

감시당했나? 하지만 어떻게……, 전혀 눈치채지 못했다.

정체를 알 수 없는 힘을 느낀 나는 잡고 있던 에리스의 옷소매를 놓아버렸다.

“조금 진정한 것 같아서 다행이네. 그럼 계속 말할게. 그 헤이트 현상은 인간에게도 일어나. 성기사로 인한 압정, 차별, 빈곤……, 그것들로 인해 고통받은 사람들의 헤이트. 그 와중에 성기사 중에서 유일하게 백성들에게 사랑받던 하트 가문── 최후의 핏줄인 록시 하트의 죽음. 그것도 다른 성기사들의 음모에 빠져 죽는다면 더욱 좋은 연출이겠지.”

“무슨 소릴 하는 거야…….”

"록시 하트의 죽음으로 인해 생겨난 막대한 헤이트가 지금까지 잔뜩 쌓였던 헤이트를 집어삼키고 새로운 힘을 지닌 인간을 만들어내기 위한 제물이 되는 거야. 그 아이들은 성기사보다 뛰어난 스킬을 지닌 특별한 자로서 왕국의 앞날을 지탱할 기둥이 될 거고. 어때, 멋지지?"

"사람이 죽는데…… 멋질 리가 없잖아."

그렇게 인위적으로 강력한 스킬을 만들어내기 위해서 록시 님을 써먹다니, 말도 안 된다. 그녀……, 그녀의 인생을 너무 하찮게 여기고 있다.

"그렇지. 눈앞에 있는 이익을 보면 록시 하트를 잃는 건 괴로워. 하지만 500년 뒤, 1000년 뒤를 내다보면 이야기가 달라지지. 너도 이해해줬으면 했거든. 같은 대죄 스킬 보유자로서. 하지만 페이트는 이제 막 각성한 참이잖아. 심한 말을 해서 미안해. 나는 페이트가 이대로 감정에 몸을 맡겨 천룡과 싸우는 것만은 피했으면 하거든."

나는 더 이상 이야기를 듣지 않고 자리에서 일어났다. 그리고 가게 문을 열려고 했을 때, 에리스의 목소리가 들렸다.

"내가 하고 싶었던 말은 전했어. 알아두었으면 했거든……, 이제 네게 맡길 거야. 약속할게. 방해할 생각도 없으니까 나는 그저 방관자로 있을 예정이야. 그러니까 또 와주면 기쁘겠어. 다음에는 평범한 손님으로. 서비스는 제대로 해줄 테니까."

에리스의 목소리는 조금 쓸쓸해 보였다. 마인도 그랬지만 에리스도 뭔가 얽매여 있는 와중에 살아가고 있는 건지도 모르겠다. 자유로운 건 나밖에 없는지도 모르지.

제5화 무인 무쿠로, 또 다시

술집을 나선 나는 해골 마스크를 바로잡고 숨을 돌렸다.

뒤에는 여전히 술집 개점 시간을 기다리지 못하고 있는 사람들로 가득 차 있었다. 보아하니 저 술집은 에리스가 있는 한 앞으로도 계속 번창할 것이다.

사람을 끌어들이는 힘을 지닌 색욕 스킬이라……. 분명 그게 전부는 아닐 것이다.

폭식 스킬의 배가 고파진다는 겉으로 드러난 힘, 그리고 혼을 먹어서 강해진다는 숨겨진 힘. 그것과 마찬가지로 색욕 스킬도 숨겨진 힘이 있을 것이다.

그리고 그녀는 대죄무기를 지니고 있지 않았다. 뭐, 술집에서 일을 하고 있으니 무기를 가지고 있을 수는 없을 것이다. 반드시 그럴 거라 할 수는 없지만, 내가 흑검 그리드를, 마인이 흑부 슬로스를 가지고 있는 것처럼 에리스도 어떤 대죄무기를 지니고 있을 것이다.

"이봐, 그리드."

『뭐냐?』

"에리스는 어떤 대죄무기를 가지고 있어?"

『글쎄다. 그 녀석이 말한 것처럼 이 몸도 만난 적이 거의 없어. 과거에 잠깐 보았을 때도 무기를 가지고 있지는 않았다.』

"그럼 가지고 있지 않은 건가?"

『하하하, 그렇진 않을걸.』

그리드도 모르는구나. 그럼 어쩔 수 없겠지. 어찌 됐든 에리스는 방관자로 있겠다고 했다. 그 말을 믿는다면 그녀의 숨겨진 힘에 대해서 애써서 조사할 필요는 없다.

점심 식사를 할 때까지 시간이 아직 많이 남았다. 그렇다면 무인답게 마물 사냥을 해서 돈을 벌어야지.

방식은 왕도에서 했던 때와 마찬가지다. 마물을 쓰러뜨리고 증거를 교환시설에 보여주기만 하면 된다. 오크라면 고블린 때 그랬듯이 양쪽 귀를 보여주면 된다.

가고일이라면 이마에 난 뿔. 마물마다 부위가 정해져 있어서 다른 부위를 잘라내서 교환시설에 보여주더라도 보수를 받을 수는 없다.

그런 리스트는 지금 머물고 있는 여관에도 있었기에 어제 확인해두었다.

역시 노리려면 가리아에서 가장 많은 마물, 오크일 것이다.

이미 오크와 싸워보았기에 그 녀석들의 조직적인 공격에도 혼자서 대처할 수 있다. 숫자도 1개 중대—— 200마리 정도니까 전부 쓰러뜨리면 큰돈을 얻을 수 있다.

그 돈으로 지금 입고 있는 누더기 같은 옷을 새로 맞추고, 하는 김에 흑검 그리드의 칼집도 새로 만들어달라고 해야겠다.

상업 지구 산책은 여기까지. 나는 근처 가게에서 큼직한 마대를 두 개 산 뒤 방어도시 바빌론 바깥으로 나가기로 했다.

"오늘도 열심히 해볼까."

『좋은 마음가짐이다. 그럼 팍팍 벌어서 이 몸의 칼집을 고급으로 사라!』

"그렇게 사치를 부릴 수 있겠냐!"

『무슨 소릴 하는 거냐! 평소에 이 몸이 얼마나 고생하고 있는지 모르는 모양이군.』

"예를 들자면 어떤 게 있는데."

『흑궁으로 날리는 마력 화살의 자동 추적, 그리고 겹쳐서 날리는 마법을 제어하고 조정하는 거다.』

응. 그럴 때는 매우 신세를 지고 있긴 하지. 전혀 부정할 수가 없다.

그리드는 말버릇이 나쁘긴 하지만 일은 착실하게 한다.

"어쩔 수 없지. 그럼 제대로 보조해달라고."

『맡겨다오. 이 몸에게 말이야! 크하하하하.』

자신감이 대단하다. 여전하네.

그래도 좀 본받아야지. 바빌론에서는 대놓고 무인으로 활동하게 될 테니까.

잘난 척할 필요는 없겠지만, 당당해져야 한다.

혼자서 마물을 마구 쓰러뜨리다 보면 아마도, 아니 반드시 눈에 띄게 될 테니까. 그게 마음에 들지 않는다는 녀석들은 이곳저곳에서 튀어나올 것이다.

그럴 때 우물쭈물하다 보면 그런 녀석들이 눈독을 들이고 쓸데없는 싸움에 휘말리게 되어버린다.

마음을 다잡고 바깥쪽 문을 향해 걸어가기 시작했다.

큰길에는 역시 사람들이 많이 오가고 있었다. 지금부터 사냥을 떠나려 하는 무인, 물자를 운반하고 있는 상인들로 붐볐다.

어라?! 바깥쪽 문 앞에서 무인들이 모여 있다. 아, 아마 왕도에서도 보았던 임시 파티 모집이겠지.

나와는 상관이 없다.

지나치려 하자 말을 거는 사람이 있었다.

돌아보니 나보다 나이가 더 많이 든 남자였다. 갑옷을 제대로 차려입고 있었다.

"거기 해골 마스크를 쓴 무인 씨. 우리 파티에 들어오지 않겠어? 보아하니 검사인 것 같은데. 마침 전위를 맡을 수 있는 녀석이 다쳐버려서 곤란하거든."

"미안하지만 나는 솔로파다. 다른 사람과 함께 다닐 생각은 없어."

그 말을 들은 남자는 깜짝 놀라 내게서 거리를 두었다. 바보 취급당할 거라 생각했는데, 뜻밖의 반응이다.

그 남자는 겁을 먹으며 내게 말했다.

"죄송합니다. 솔로라면…… 혹시 전 성기사님이신가요?"

아, 그런 거구나. 이 바빌론에는 왕도의 출세 경쟁에 패배해서 온 성기사나 문제를 일으켜서 추방당한 성기사가 돈을 벌기 위해, 또는 복귀하기 위해 모여들고 있다.

아마 그중 한 명이라 착각한 모양이다.

하지만 나는 하드를 쓰러뜨려서 얻은 성검기 스킬을 가지고 있으니 성기사 같은 거라 할 수 있다. 그러니 지금은 그렇다고 해도 문제가 없겠지.

"뭐, 그런 셈이다."

"히익, 죄송합니다. 당신의 차림새가 너무나도…… 그래서요. 그럼 실례합니다."

그렇겠지. 이렇게 군데군데 그을린 옷을 입고 있으니 적어도 성기사로 보이진 않겠지. 성기사들은 자존심이 세니까 그만둔 뒤에도 예전처럼 좋은 장비를 착용하고 다니는 경우가 많다.

나는 다시 무인들이 모여 있는 쪽을 보았다.

있네. 전 성기사로 보이는 사람이 세 명 정도 있다는 걸 알 수 있었다. 그들이 내뿜고 있는 압박감도 다른 무인과는 달랐다. 그리고 눈이 야심으로 물들어 있었다.

틀림없이 한탕 크게 벌어보자는 속마음을 알아볼 수 있을 정도였다.

그리드가 《독심》 스킬을 통해 말했다.

『천룡 때문에 왕도군이 머뭇거리고 있는 동안 성과를 내려 하는 거겠지. 네 전 주인님인 록시도 어제 여기에 도착한 참이니까. 곧바로 움직일 수는 없을 테고.』

"그럼 록시 님이 여기에 도착하기 전까지 버티고 있었던 게 저들 같은 전 성기사 덕분인가?"

『그렇겠지. 그리고 왕도군이 도착한 뒤로도 마물 토벌에 공헌했다면서 이름을 떨치려 하고 있을 거다.』

바빌론에는 정말 여러 가지 꿍꿍이가 휘몰아치고 있는 것 같다. 록시 님이 여기로 오게 된 것도 그렇고…… 마인이 가리아 안쪽을 조사하러 갔다는 것도 신경 쓰인다.

나는 답답한 마음으로 바깥쪽 문을 지났다.

그리고 나는 텅 빈 마대를 들쳐메고 가리아와 왕국의 국경선으로 향하기 위해 남쪽으로 가기 시작했다.

지금까지 눈으로 볼 수 있는 범위 안에서는 국경선을 넘어오는 마물들이 없는 것 같았다.

보아하니 가리아 안으로 들어가서 마물 무리를 찾아볼 필요가 있을 것 같다.

"나는 저 가리아의 피비린내 나는 분위기가 싫은데."

『조만간 익숙해질 거다.』

가리아의 공기에 떠도는 독특한 냄새를 맡으며 밥을 먹으면 분명히 맛이 반 토막으로 줄 것이다.

시험 삼아 먹어볼까? 가방에서 말린 고기를 한 조각 꺼내 씹어 보았다.

어라? 냄새 때문에 그런지 날고기를 씹는 것 같은 착각이 든다.

우웨에에에에엑…….

나는 절반 정도 씹던 말린 고기를 가방에 넣어버렸다. 나중에 먹어야지.

"점심 식사를 하기 전에 왕국 쪽으로 돌아오고 싶은데."

『그건 페이트, 네게 달렸겠지.』

맞는 말이긴 하네.

마인과 가리아로 갔을 때는 싸울 생각이 없었는데도 오크 무리와 몇 번 마주쳤다. 그러니 이번에도 찾는데 그렇게 고생하진 않을 것이다.

가리아 안쪽으로 들어가고 있자니 예상했던 대로 오크 무리—— 1개 중대가 보였다.

"오크는 정말 가리아 어디에도 있구나."

『생명력, 번식력, 성장력, 세 박자를 모두 갖춘 마물이니까. 번식력이 지나치게 뛰어나서 인간 여자를 덮쳐서 아이를 낳게 만들 정도다. 그것도 한 번에 20마리나. 태어날 때는 배를 찢으면서 나오지. 그리고 막 태어난 새끼 오크는 낳아준 인간을 먹음으로써 평소보다 급성장할 수 있다.』

"……그런 설명을 해줄 필요는 없어!"

『흥, 모처럼 가르쳐줬는데.』

마물이 사람들을 즐겨 먹는 습성이 있다는 건 알고 있었지만, 아이를 낳기 위해 써먹는다는 사실은 몰랐다. 그런 다음 아이가 어머니를 먹는다니 더욱 악질이다.

축 처진 기분으로 오크 무리를 향해 다가가고 있자니.

"아, 늦었네."

『뭐하고 있는 거냐! 페이트, 이 느림보 녀석.』

"시끄러워."

나와 마찬가지로 오크 1개 중대를 발견한 무인 파티가 한발 앞서서 전투를 벌이기 시작했다.

마물 사냥의 암묵적인 규칙으로는 먼저 전투를 벌이기 시작한 쪽에 우선권이 있다.

그 때문에 나중에 와서 새치기를 하는 행위는 매너 위반으로 간주된다. 반드시 지켜야 하는 규칙은 아니지만 너무 자주 그런 짓을 하면 바빌론의 무인들에게 따돌림을 당할 수도 있다.

파티를 짜지 않는 나는 딱히 문제가 되지 않는다. 하지만 무인들에게 손가락질을 받는 건 피하고 싶다.

『페이트, 새치기다. 새치기해! 이 몸의 고급 칼집을 위해서.』

"말도 안 되는 소리 하지 마."

오크들과 싸우고 있는 무인 파티는 선전하고 있어서 이대로 시

간을 들어서 싸우면 무사히 이길 것 같은 느낌이다. 여기서 계속
서 있어봤자 시간만 흘러갈 뿐이겠지.

　다른 곳을 찾아볼까……, 그렇게 생각하고 있자니 서쪽 방향에
서 오크 2개 중대──약 400마리가 가세하기 위해 진군해 왔다.
이대로 가다가는 건너편에서 싸우고 있는 무인 파티가 큰 피해를
입게 된다.

　"보아하니 우리도 나설 기회가 있을 것 같은데."

　『그런 모양이로군.』

　나는 흑검 그리드를 칼집에서 뽑아 들고 다른 오크 무리를 향
해 뛰어가기 시작했다.

제6화 성채와도 같은 마순

2개 중대라⋯⋯. 저걸 전부 쓰러뜨리면 당분간 돈 때문에 고생하지는 않을 것 같다.

문제는 전부 쓰러뜨릴 수 있을지인데, 헤이트 현상을 이용하면 놓치지 않고 모조리 해치울 수 있을 것이다.

우선 저 400마리 정도 되는 오크 무리 한가운데를 돌파해주겠어.

"그리드, 할 수 있겠지!"

『홋, 언제든지.』

나는 오크들을 향해 일직선으로 뛰어갔다. 예상했던 대로 그런 단조로운 움직임에 이끌려서 중대의 리더인 하이 오크들이 부하 오크들에게 명령했다.

갑자기 수없이 많은 새빨간 불꽃과 화살이 하늘로 날아올랐고, 나를 향해 날아왔다.

『온다, 페이트.』

"나도 알아."

자, 해볼까.

나는 흑검을 앞으로 내밀고 새로운 힘── 제3위계를 이끌어냈다.

형태가 한 손 검에서 마순으로 변하기 시작했다. 내 키보다 큰 흑순이 모습을 드러냈다. 그와 동시에 오크들이 날린 원거리 공격이 착탄되었다.

흑순에서 오른손으로 전해지는 충격. 타오르는 불꽃 속에서 화살이 끊임없이 쏟아져 내렸다.

하지만 내게는 전혀 닿지 않았다. 전부 흑순이 막아주고 있기 때문이다.

쓸만하다고 생각하고 있자니 그리드가 신이 나서 《독심》 스킬을 통해 말했다.

『어떠냐! 이 몸의 제3위계는 물리 공격, 마법 공격까지 막아낸다. 이 성채와도 같은 마순! 어떠냐! 칭찬해도 된다, 존경해도 된다, 페이트!』

"지금은 전투 중이야. 조용히 해."

젠장, 아직 오크 2개 중대가 있는 곳에 도착하지도 못했는데 그리드는 벌써 이겼다고 생각하는 모양이다. 싸우는 건 나인데, 정말 잘난 척하는 무기라니까.

"계속 그런 말만 하면 칼집 새로 안 사준다."

『이봐, 이봐. 그건 아니지. 그런 말 하지 말라고. 페이트만 깔끔한 옷을 입고, 이 몸만 더러운 칼집 안에 있으면 어울리지 않잖아. 보통은 반대 아니냐! 이 몸이 깔끔한 칼집, 네가 그 누더기 같은 옷을 입는 거다.』

"왜 그렇게 되는데! 이상하잖아!"

그리드는 여전히 이상한 말만 한다. 사용자인 내가 왜 참아야만 하는 건데.

오크들의 맹공을 흑순으로 막고 있던 나와 그리드는 실랑이를 벌이며 앞으로 나아갔다.

이제 곧 오크들이 있는 곳이다. 안으로 뛰어들면서 흑검으로 바꿀까 생각하고 있자니.

『잠깐, 페이트. 그대로 돌진해라!』

"어? 진심이야?!"

설마 칼집을 사주지 않겠다는 말을 듣고 앙심을 품고 있는 건 가? 이상한 말을 하기 시작하는 것을 듣고 의아해하고 있자니 그리드가 코웃음 쳤다.

『어째서 이렇게 커다란 방패가 된 건지 가르쳐주마. 자, 멈추지 말고 뛰어가라!』

"진짜, 난 모른다."

그런 자신감은 대체 어디서 생겨나는 걸까. 뭐, 그리드가 이렇게 말할 때는 대부분 잘 풀린다.

뭐든지 시험해봐야 하니 해볼까.

나는 흑검으로 변형시키는 걸 포기하고 흑순 형태를 유지하며 오크 무리로 돌진했다.

흑순을 들고 있던 손에 차례차례 묵직한 감촉이 전해졌다. 그럴 때마다 오크가 '부히이이익'이라는 소리를 내며 하늘로 솟구쳤다.

그리고 머릿속에 무기질적인 목소리가 들리며 스테이터스가 상승했다는 것을 알려주었다.

"이거…… 대단한데."

『그렇지, 그렇지. 하하하하하하. 이건 실드 배시다. 근력이 꽤 필요하긴 하지만 지금 너라면 문제가 없지. 그리고 오크 정도의 마물이라면 저렇게 날려버릴 수 있다. 자, 팍팍 가라.』

"좋았어, 해주지."

이거 좋은데. 흑검이나 흑겸 같은 걸 쓰는 것보다 편할지도 모르겠다. 잔머리를 굴릴 필요도 없이 그냥 표적을 향해 달려가기만 하면 되니까.

나는 계속 오크들을 들이받기 시작했다.

그런 다음 유턴해서 다시 오크 무리로 돌진했다.

다시 무기질적인 목소리가 스테이터스 상승을 알려주었다.

뭐라고 해야 하나, 이런 말을 하면 안 되는 건지도 모르겠지만, 이 전투방식은 재미있다.

내가 그리드와 함께 신이 나 있자니 오크들 쪽에서 새로운 움직임을 보였다.

리더인 하이 오크가 소리를 지르며 진형을 변경한 것이다.

내 돌진을 막기 위해 방패를 든 오크를 선두에 내세우고 그 뒤에서 많은 오크들이 지탱할 생각인 모양이었다.

"저런 진형이라도 들이받을 수 있을까?"

『신경 쓰지 마라. 한꺼번에 날려버려. 페이트, 있는 힘껏 들이받아라!』

"그래, 알았어. 오크들의 벽을 하늘로 보내주겠다고."

『좋은 마음가짐이다.』

나는 멈추는 것을 잊어버린 폭주마처럼 오크 무리를 향해 다시 돌진하려 했다.

오크들과 접촉하자 지금까지와는 달리 매우 묵직한 손맛이 느껴졌다.

하지만 발걸음을 멈추지는 않았다.

"우오오오오오오오오오옷."

소리를 지르며 더욱 가속했다. 그러자 오크들의 벽에 이변이 일어나기 시작했다.

콰직, 콰직, 그런 소리가 곳곳에서 들리기 시작한 것이다.

아마 내가 흑순으로 밀어내는 압력과 오크들의 버티려는 압력으로 인해 힘이 쏠린 곳에 있던 오크가 뭉개졌기 때문일 것이다.

부히이이익, 그런 단말마 같은 소리까지 들리기 시작했다. 그러는 동안에도 무기질적인 목소리가 정기 연락처럼 스테이터스가 증가했다는 사실을 가르쳐주었다.

오크의 진형은 점점 무너지기 시작했고, 내 힘을 막아내지 못하게 되었다.

『페이트, 가라, 가라, 가버려! 다진 돼지고기가 생겨나고 있다.』

"표현이 너무 징그럽잖아! 좀 자중하라고."

『무슨 소리냐. 이 몸에게는 자중이라는 말이 없다.』

진짜…… 그리드의 말버릇을 어떻게 할 순 없을까. 다진고기가 되긴 했지만, 굳이 말할 필요는 없잖아.

아아아아아, 저걸 보고 있자니 좋아하는 고기를 당분간 먹을 수 없게 될 것 같다.

축 처지네…….

이제 얼른 끝내야지. 나는 근력을 있는 힘껏 발휘해서 오크 진형을 날려버렸다.

말 그대로 하늘나라에 가기 시작한 오크 일행. 공중에는 솟구친 오크들의 피로 인해 커다란 꽃이 활짝 피었다.

《폭식 스킬이 발동됩니다.》

《스테이터스에 체력+940800, 근력+921600, 마력+729600,

정신+768000, 민첩+729600이 가산됩니다.》

2개 중대나 되던 무리도 괴멸 상태다. 나는 얼마 남지 않은 오크를 찔끔찔끔 들이받았다. 흑겸으로 변형시켜서 과감하게 썰어버릴 수도 있겠지만, 지금은 흑순의 사용감을 익혀두고 싶기에 참았다.

꽤 익숙해졌다는 것을 느끼고 있자니 피부가 푸른색인 하이 오크 두 마리가 도망치려 하는 것이 보였다. 오크와 몇 번 전투를 벌이고 느낀 건데, 그들에게는 엄격한 계급이 존재하는 것 같다.

상위종인 하이 오크를 위해 평범한 오크가 그야말로 몸을 바쳐서 그들을 지킨다. 이성이 그렇게 만드는 건지, 본능에 새겨져 있는 건지는 모르겠다.

어찌 됐든 오크들에게 지휘관인 하이 오크는 절대적인 존재다. 인간으로 따지면 백성들이 성기사에게 거역하지 못하는 것과 비슷하다.

『어쩔 거냐, 페이트. 이대로 쫓아가서 마순 실드 배시로 쓰러뜨릴 거냐?』

"아니, 이제 됐어. 끝내자."

이제 마순은 충분하다. 나는 형태를 흑궁으로 변형시켰다.

그리고 활시위를 당기고 마력으로 검은 화살을 만들어냈다. 이 마력 화살은 자동 추적 기능이 있기 때문에 날리면 알아서 노린 대상에 맞는다. 나처럼 활을 다룬 경험이 거의 없는 사람도 편하게 다룰 수 있다.

하지만 그대로 날리면 진로상에 있는 오크가 몸을 날려서 마력 화살을 막을지도 모른다. 그렇다면 다른 루트로 날리면 된다.

나는 흑궁을 하늘로 향한 뒤 마력 화살을 두 번 날렸다.

마력 화살은 검은 궤도를 그리며 오크들 머리 위를 넘어간 뒤 도망치려 하던 하이 오크들의 정수리에 명중했다. 하이 오크는 두 마리 다 사이좋게 머리에 마력 화살이 박힌 채 지면에 쓰러졌다.

《폭식 스킬이 발동됩니다.》

《스테이터스에 체력+406800, 근력+435000, 마력+350600, 정신+308600, 민첩+336800이 가산됩니다.》

나는 몸속에서 꿈틀대는 폭식 스킬을 느끼며 고개를 끄덕였다. 아직 괜찮다……. 지금 내 상태라면 한 번에 수백만 규모의 스테이터스를 먹어도 아무렇지 않다.

신기하게도 기천사 하니엘과의 전투 이후로 폭식 스킬이 잠든 것처럼 조용하다. 일시적인 건지는 모르겠지만, 내게는 좋은 소식이었다. 폭식 스킬을 컨트롤하는 훈련의 성과가 나오기 시작한 건지도 모르겠다. 그랬으면 좋겠다.

나는 지휘관인 하이 오크를 잃은 오크들을 둘러보았다. 얼마 남지 않은 오크들은 혼란스러워하면서 내게 덤벼들거나 도망쳐 다니고 있었다.

규칙적인 행동을 하지 못하게 된 오크 따윈 고블린이나 코볼트와 마찬가지다. 나는 멀리 떨어진 위치에 있는 오크를 흑궁으로 쓰러뜨렸고, 근처에 있던 오크는 흑검으로 처리했다.

"전부 쓰러뜨린 모양이로군."

『으음. 이제 겨우 새 칼집을 살 수 있겠어. 어서 오크의 귀를 잘라서 바빌론으로 돌아가자.』

"나도 안다니까."

가져온 커다란 마대 두 개에 오크의 귀를 잘라서 넣기 시작했다. 숫자가 많아서 꽤 지루한 작업이다. 싸우는 게 더 편할지도 모르겠다.

나는 열심히 오크의 귀—— 교환시설에서 마물을 쓰러뜨렸다는 증거로 보여줄 부위를 회수했다. 대충 잘라내고 나니 해가 높게 떠 있었다.

『페이트, 하이 오크의 귀를 아직 잘라내지 않았다.』

"그랬지."

섞이지 않게끔 마지막에 자르려고 했는데 깜빡 잊고 있었다. 그리드는 쓸데없이 눈치가 빠른 성격이라 은근히 도움이 된다.

좋았어, 나는 피로 물든 마대 두 개를 짊어졌다.

"그럼 돌아갈까."

『그러자……라고 생각했는데. 페이트, 네게 손님이 왔다.』

그리드의 말을 듣고 고개를 들어보니 대규모 무인 파티가 내가 있는 쪽으로 걸어오고 있었다.

저 파티는 분명…… 조금 떨어진 위치에서 오크 1개 중대와 싸우고 있었던 파티다. 이쪽으로 오는 걸 보니 그들도 오크들을 무사히 쓰러뜨린 모양이다.

그건 그렇고 왜 내가 있는 쪽으로 오려 하는 걸까. 나는 짊어지고 있던 마대를 땅바닥에 내려놓은 뒤 흑검을 언제든 뽑아 들 수 있게끔 하면서 그들을 기다렸다.

제7화 잃어버린 거처

사람들의 숫자는…… 음, 서른 명 정도인가? 꽤 규모가 큰데. 아마 선두에서 걸어오는 사람이 파티의 리더일 것이다.

척 보기에도 고급스러워 보이는 장비를 착용하고 있다는 것을 알 수 있었다. 그리고 그 청년은 이상해 보일 정도로 활짝 웃고 있었다. 저렇게 대단한 억지 미소는 본 적이 없다.

대체 뭐지……, 나는 흑검 그리드를 더욱 세게 쥐고 긴장했다.

『진정해라, 페이트.』

"그래, 하지만 저 녀석은 위험하다는 느낌이 들어."

저 녀석은 내가 무슨 생각을 하고 있는지 아랑곳하지 않고 다가왔다. 여전히 가면 같은 웃음을 얼굴에 드리운 채 내게 말을 걸었다.

"여어, 나는 노던 아레스탈이야. 너, 정말 강하구나. 멀리서 봤는데, 압도적인 힘이 매우 감명 깊더군. 이름을 가르쳐줄 수 있을까?"

노던은 오른손을 내밀고 악수를 청했다. 하지만 나는 응하지 않았다.

"나는 무쿠로. 그냥 무인이다. 그 이상도, 그 이하도 아니다. 이제 됐나? 이걸 환금하기 위해서 바빌론으로 돌아가고 싶은데."

그렇게 말하고 떠나려 하자 노던이 이끌고 있는 파티가 나를 둘러싸기 시작했다.

나는 비뚤어진 해골 마스크를 바로잡고 다시 짊어지고 있던 마대를 내려놓았다.

아무래도 분위기가 험악해지기 시작하는 것 같다. 저 파티 사람들은 노던에게 심취해 있거나 충성을 맹세한 모양이라 아직 이야기를 끝내지 않은 나를 보내줄 생각이 없는 것 같았다.

게다가 각자 무기를 들려고까지 하고 있었다.

쳇, 이 녀석들, 얌전한 것 같았는데 성격이 꽤 급한 모양이다. 노던에게 거역하는 자는 죽어버려야 한다, 그런 눈빛으로 바라보고 있다.

대체 뭐야……, 평범한 파티가 이렇게까지 하나? 아니, 그럴 리가 없다.

그렇다면 어째서…….

나는 위화감을 느끼며 노던이 허리에 차고 있던 무기를 보았다.

성검?! 그래, 그런 거였구나. 그렇다고 해서 태도를 바꿀 생각은 없다.

"성기사였나……."

"그렇다, 짐작한 대로 나는 성기사야. 오늘은 오랜만에 휴가라서 말이지. 이렇게 부하들을 데리고 놀러 나온 거고."

어이가 없네. 마물 사냥을 놀이라고 하다니. 노던은 찰랑거리는 금발을 손으로 쓸어올리면서 미소를 지었다. 만약 내가 여자였다면 황홀해졌을지도 모르겠다. 하지만 나는 남자다.

기분이 축 처진다.

그건 그렇고 성기사라. 그렇다면 내가 오크 2개 중대를 가로챘다고 화를 내더라도 이상하진 않다. 그래서 이렇게 부하들을 이용해서 나를 둘러싸고 있는 건가?

"혹시 이걸 두고 가라는 건가?"

나는 오크 귀가 가득 차 있는 마대 두 개를 손가락으로 가리켰다.

하지만 노턴은 고개를 저었다.

쳇, 그것만으로는 성에 차지 않는다는 거야?

"말해두지만 더 이상 내 시간을 뺏는다면 나도 생각이 있다."

이곳은 힘이 지배하는 세계. 왕도에서 할 수 없는 짓도 어느 정도는 가능하다.

나는 흑검 그리드를 뽑아 들고 노턴에게 겨누었지만.

"기다려보라고. 처음에 말했잖아. 나는 네 힘을 보고 매우 감명받았다고."

"그래서……."

"어때. 내 부하가 되지 않겠나? 좋아하는 걸 원하는 대로 주지."

이래서 성기사는……. 결국 바빌론까지 와도 왕도와 다를 게 없다.

돈이나 권력으로 어떻게든 할 수 있을 거라 생각하는 모양이다. 참 대단하시네.

그게 사실이라면 나는 여기에 오지 않았을 것이다.

"거절한다. 그런 건 다른 사람을 알아보시지. 나는 누구도 섬기지 않고, 누구와도 함께 다니지 않을 거야. 이것만 있으면 된다."

나는 들고 있던 흑검을 노턴에게 들이밀었다. 그리드가《독심》스킬을 통해 '그렇지, 그렇지'라고 하면서 신이 났지만, 지금은 내버려 두자.

내가 섬기던 사람은 록시 님뿐, 그리고 다른 어떤 성기사 밑으로 들어갈 생각은 없다. 왕도를 떠난 그 날 결심했다.

노던은 나를 보면서도 물러나지 않았다.

"좀 전에 벌인 전투 때 그 흑검의 성능을 보았어. 아, 정말 놀랐지. 형태가 변하는군. 이른바 멀티 웨폰이라는 거겠지. 고문서에서 본 적이 있어. 설마 실제로 존재하다니 말이야. 괜찮다면 보여줄 수 있겠나?"

"그것도 거절한다. 이건 쉽사리 넘겨줄 수 있는 게 아니야."

그리드가 또《독심》스킬로 말하며 '그래, 그래. 아예 이 가짜 훈남을 베어버려. 이 몸이 허락하마'라고 살벌한 소리까지 하고 있었다.

노던과 서로 노려보고 있자니 그가 한숨을 쉬며 손을 저었다.

그러자 내 주위에 있던 부하들이 조용히 물러나기 시작했다.

"알았어. 그럼 다음 기회에 이야기하도록 할까."

"……다음 기회는 없다. 끈질긴 남자는 미움받는다고."

"꼭 그렇지만은 않아. 나는 지금까지 원하는 걸 전부 손에 넣었거든. 앞으로도 그건 마찬가지일 거야."

노던은 여전히 시원스러운 미소를 지으며 내 앞에서 비켰다. 나는 지나치면서 그의 부하들을 살펴보았다. 전부 다 강해 보였다. 아마 노던이 직접 보고 쓸 만한 인재를 모았을 것이다.

그리고 부하들은 섬기는 것에 기쁨을 느끼고 있는 것처럼 보였다.

정말…… 바빌론으로 온 지 얼마 되지도 않아서 골치 아픈 녀석에게 걸려버렸다. 나는 성기사와 떼려야 뗄 수 없는 관계인지도 모르겠다.

겨우 노던 일행에게서 벗어날 수 있겠다, 그렇게 생각했을 때, 그가 뒤에서 말을 걸어왔다.

"나는 바빌론의 군사 지구, 어제 오신 록시 하트 님 밑에서 일하고 있다. 생각이 있다면 놀러 와줘. 기다리지."

젠장, 저 녀석이 록시 님 밑에 있다고? 함께 있는 모습을 상상하기만 해도 왠지…… 열 받는다.

그리고 노던에게서는 정체를 알 수 없는 악의가 느껴진다. 그저 무인에 불과한 나는 이제 록시 님에게 간단히 다가갈 수 없다. 너무 지나친 생각이 아니면 좋겠는데…… 만약 그녀에게 무슨 짓을 하려고 들면 베어버릴 뿐이다.

에리스가 충고도 해줬다. 록시 님을 둘러싸고 있는 심상치 않은 분위기가 커져만 가고 있는데.

생각하고 있어봤자 앞으로 나아갈 수는 없다. 나는 마대를 다시 짊어지고 바빌론을 향해 걸어가기 시작했다.

국경선을 넘어서자 신선한 공기가 폐에 들어왔다. 좀 전부터 마음속에서 휘몰아치고 있던 짜증이 조금씩 사라지기 시작했다.

하지만 전부 다 사라지지는 않았다. 지금까지 이런 일은 없었는데, 계속 답답한 느낌이 남아 있다. 대체 뭘까, 이 초조함 같기도 한 기분은…….

"이봐, 그리드."

『왜 그러지? 평소보다 기운이 없는데.』

"그게…………, 아니, 아무것도 아니야."

『뭐냐, 뜸 들이기는. 됐으니까 이 몸에게 말해봐라.』

"됐어."

그리드에게 의논하려 했지만 왠지 그건 아닌 것 같다는 생각이 들었다. 그리고 바보 취급할 것 같기도 하니까 그만두자. 그러는 게 낫다. 마음을 다잡고.

"자, 바빌론으로 돌아가자. 방해꾼이 끼어들긴 했지만, 이걸 환금해서 장비를 새로 맞추자고."

『으음, 기다리고 있었다. 이 몸의 칼집은 황금으로 만들어라.』

"그럴 수 있겠냐고. 너무 무겁잖아!"

『하하하하하하, 근력을 키울 겸 말이다. 어때!』

근력을 키우기 이전에 너무 악취미다. 무슨 벼락부자냐고. 그리드는 화려한 장비를 좋아하니까. 나도 휘말릴 수는 없다. 분명 그리드 말대로 장비를 맞추다가는 온몸이 금빛으로 번쩍거리게 될 것 같다. ……상상하기만 해도 진짜 싫다.

그런 모습으로 술집이나 여관에 간다고 생각해보라고. 마구 시비가 걸리고 비웃음을 사게 될걸?

"어때는 무슨. 평범한 게 좋은 거라고. 평범한 게! 평범한 게 제일이야!"

『따분한 녀석이로군. 또~, 검은 옷을 살 셈이냐? 수수하잖아.』

"좋잖아. 검은색은 얼룩이 눈에 잘 띄지 않으니 실용적이고."

『그래, 그래.』

"흐음~, 그렇게 말해주니 그리드의 칼집도 검은색으로 해야겠네."

『그건 아니지. 네 취향을 강요하지 마라.』

"뭐? 네가 그런 말을 하냐!"

진짜……, 자기가 한 말은 생각하지도 않고 뻔뻔하게도 그런 말을 하다니.

그리드와 옥신각신하다 보니 방어도시 바빌론이 보였다. 두꺼운 아다만타이트제 외벽이 지켜주고 있는 견고한 도시. 그 북쪽에 있는 대문을 지나 안으로 들어갔다.

이걸 환금해서 옷하고 칼집을 새로 사야지. 이 해골 마스크와 어울리는 장비로 살 거야. 물론 검은색이지.

제8화 그리드 스타일

내가 큼직하고 피로 물든 마대 두 개를 짊어지고 대문을 지나자 주위에 있던 행상인과 무인들이 깜짝 놀란 표정으로 이쪽을 바라보았다.

그리고 저마다 중얼거렸다.

"말도 안 돼……."

"이봐, 이봐. 혹시 저 마대 밖으로 삐져나와 있는 게 오크 귀야……? 그렇다면 저게 전부……."

"저정도면 오크 2개 중대 분량 아냐. 그걸 혼자서 죽인 건가? 대체 저 녀석은 누구야?!"

중얼거리는 말이라도 스쳐 지나갈 때 한 말이었기에 전부 다 들렸다. 보아하니 바빌론에서 내 존재가 유명해지기까지 시간이 얼마 걸리지 않을 것 같다.

이제 무인 무쿠로로서 대놓고 활동해 나갈 예정이니 왕도에 있을 때처럼 몰래 움직일 필요는 없다.

바빌론에 있는 무인의 역할은 왕도로 침입해 오는 마물들을 해치우는 것이다. 팍팍 쓰러뜨려주는 무인은 여기에서 좋은 대우를 받겠지.

그리드를 본받으려는 건 아니지만, 당당한 태도로 나가야겠어.

피가 떨어지는 마대를 짊어진 나는 사람들을 헤치는 듯이 나아갔다. 교환시설은 지금 걸어가고 있는 큰길 끄트머리, 군사 지구

대문 동쪽에 있다.

머무르고 있는 여관 여주인 말로는 그곳이 이 도시에서 가장 붐비는 곳이라고 한다. 왕도의 군인을 제외하면 무인이 가장 많은 곳이다.

마물에 대한 정보, 토벌 보수 등, 그들에게 가장 중요하기 때문에 당연하다.

이제 그곳에 갔을 때 단골처럼 잘난 척하는 무인이 시비를 거는 일이 없길 바랄 뿐이다.

이번에는 그곳에 있는 무인들이 어떤 반응을 보일지 신경 쓰인다. 뭐, 신경 써봤자 어떻게 할 수는 없지만.

그렇게 고민하던 내게 그리드가《독심》스킬을 통해 말했다.

『페이트, 그런 것 때문에 고민하면 어떻게 하나. 무인이란 건 그렇게 실례를 저지르는 녀석들을 신경 쓸 필요가 없다고. 머리부터 발끝까지 두 동강 내줘라. 이 몸이 도와주마!』

"또 그렇게 살벌한 소릴 하네. 미리 말해두지만 그런 짓을 하면 바빌론 전체의 무인들을 적으로 만들 수도 있다고."

『흥, 오히려 바라던 바라고 해야지.』

"그런 말을 어떻게 해!"

에휴…… 그리드는 내게 어떤 무인이 되었으면 하는 거야? 그래선 내가 터무니없는 망나니가 되어버리잖아…… 자칫하다가는 미친 사람이 될 수도 있고.

『그러니까 좀 더 당당하게 굴라는 뜻이다. 항상 이 몸이 말했잖아.』

"나도 알긴 하는데 말이지. 나는 폭식 스킬이 각성할 때까지 계속 인간 취급을 받지 못했잖아. 그래서 몸에 밴 성격을 고치기 힘들다고."

『한심하구나. 그러고도 이 몸의 사용자냐! 좋다, 이 몸이 지도해주마. 내가 한 말대로 해봐라.』

"너무 과격한 건 안 된다."

『나도 안다. 맡겨두거라. 크하하하하하.』

에휴~, 엄청 걱정이 되는데.

그래도 뭐든 시험 삼아 해볼 필요는 있다. 그리드의 비위를 맞춰줄 겸 해봐야지. 그리고 힘이 모든 것을 결정하는 무인의 세계다. 바빌론에 오자마자 다른 무인들에게 얕보이게 되면 여러모로 껄끄러워진다.

나는 그리드에게 용감한 무인에 대해 간단히 강의를 들은 뒤 군사 지구의 대문 옆에 있는 교환시설 안으로 들어갔다.

대단하네. 이렇게 넓다니. 높은 천장까지 뻥 뚫려 있고, 멋진 스테인드글라스가 화려하게 장식되어 있다. 너무나도 아름다워서 무슨 종교 같은 신비로움까지 느껴진다.

멍하니 바라보고 있자니 양쪽에서 덩치가 큰 무인들이 나를 둘러싸기 시작했다.

"이봐, 여기서 멍하니 서 있으면 걸리적거려. 비키라고."

"뭐야…… 너, 처음 보는 얼굴인데. 그리고 그 해골 마스크는 너무 악취미야. 어디 파티 녀석이냐?"

"들고 있는 마대는 뭐야? 어차피 능력이 없으니까 심부름을 하러 온 거겠지, 해골 군. 그 마스크 안에는 엄청난 추남이 있을지도 모르고. 그래서 가리고 있는 거겠지? 벗어보라고."

네, 바로 시비가 걸렸습니다.

알고 있다고. 내가 스스로 이런 말을 하긴 뭐하지만…… 체격이 크지 않으니 약하게 보이는 것이다.

이렇게 되니 그리드가 한 말도 이치에 맞는 것 같다는 느낌이 들었다.

그럼 해볼까. 나는 그리드가 가르쳐준 것들을 떠올리며 시작했다.

"닥쳐, 너희들 같은 졸개들에게는 볼 일이 없다. 쓴맛을 보고 싶지 않다면 어서 꺼져."

"뭐어?! 이 자식, 방금 뭐라고 했어?"

싱글거리고 있던 무인들이 얼굴을 새빨갛게 붉히며 노려보았다.

여기서 무기를 꺼낼 생각까지는 못하는 모양이었다. 유혈사태를 일으키면 교환시설에 들어오지 못하게 될 수도 있기 때문일 것이다.

다시 말해 맨손으로 치고받는 것 정도는 괜찮다는 건가? 실제로 무인 중 한 명이 내게 덤벼들고 있으니까.

나는 그 공격을 오른손으로 막아내고 말했다.

"그만두려면 지금이 기회다."

"핫, 할 수 있다면 해보시지. 내게는 동료가 있다고."

동료라…… 이 녀석까지 합쳐서 여덟 명인가. 그렇게 말하니 해주지.

나는 대답이라는 듯이 까불대고 있던 남자의 주먹을 쥐어서 으스러뜨렸다.

"끄아아아아아아아아아악……."

귀에 거슬리는 그 목소리를 신호 삼아 나는 들고 있던 마대 두 개를 공중에 던졌다.

우선 뭉개진 손을 감싸고 바닥에 쓰러진 남자를 발로 걷어차서 퇴장시켰다.

나머지 일곱 명. 왼쪽에서 세 명이 동시에 내게 덤벼들고 있었다.

단숨에 제압해야 한다. 그렇다면 격투 스킬의 아츠, 《촌경》을 발동하였다.

이것은 내부를 파괴할 수 있는 강력한 아츠다. 맞으면 장비를 통과해 몸속의 장기나 뼈, 혈관에 대미지를 입힐 수 있다. 재빠르게 적을 전투불능 상태로 만들기에는 딱 좋다.

왼손에 힘을 주고 키가 작은 남자의 옆구리에 한 방. 그 뒤를 이어 머리가 맨들맨들한 남자의 오른쪽 어깨와 왼쪽 어깨를 연타.

그런 다음 턱수염이 난 남자의 사타구니를 차올렸다.

여러 파열음과 함께 쓰러지는 세 사람. 다들 입에서 거품을 문 채 정신을 잃었다.

이제 네 명 남았는데…… 도망칠 줄 알았더니 허리에 차고 있던 무기를 들고 덤벼들었다.

이렇게까지 하는 걸 보니 저 녀석들은 나를 죽일 셈인 것 같다. 그렇다고 해서 나까지 그렇게 나설 생각은 없었다.

단조로운 공격이었다. 검성 아론에게 배운 발놀림을 생각하면 이 녀석들의 움직임은 뻔히 보였다.

아츠 《촌경》으로 쉽사리 네 사람을 땅바닥에 눕혔다. 지금은 여덟 명이 사이좋게 바닥에서 잠들어 있다.

이 정도면 되겠지.

나는 공중에 던졌던 마대 두 개를 잡아챘다.

"끝났군."

물론 의식을 잃은 녀석들은 대답하지 못했다. 촌경으로 내부를 파괴하긴 했지만, 급소는 치지 않았다. 죽진 않겠지만, 앞으로 무인으로 활약하기는 힘들지도 모른다.

그리고 나는 기절한 남자들을 짓밟고 마물의 보수를 받기 위해 교환 카운터로 향했다. 미리 말해두지만 일부러 밟고 가는 스타일은 그리드가 제안한 것이다. 하지만 지금은 이런 녀석들은 밟아도 괜찮겠다는 생각이 들었다.

너희 같은 녀석들이 있으니까 일반인들의 무인에 대한 평가가 떨어지는 거라고.

조용해진 홀을 걸어간 뒤 내게서 도망치려는 듯이 차례를 양보해준 무인들에게 고맙다는 인사를 하고 카운터 앞으로 갔다.

접수처 아가씨가 약간 표정이 굳어진 채 미소를 지으며 맞이해주었다. 왠지…… 불쌍해 보여서 최대한 상냥하게 말을 걸어보았다.

"이걸 환금하러 왔습니다. 부탁드립니다."

"네, 네에……. 확인할 테니 잠시만 기다려주세요."

내가 내려놓은 무거운 마대 두 개. 그녀 혼자서는 옮길 수가 없는지 안쪽에서 직원 몇 명이 다가왔다.

다들 이런 작업이 익숙한 모양이었다. 숫자 확인은 금방 끝난 것 같았다.

"네……, 전부 합쳐서 오크 400마리, 하이 오크 2마리입니다. 저기……, 일단 확인하는 건데요. 전부 혼자서 쓰러뜨리셨나요?"

"네, 물론이죠. 그리 대단한 적도 아니니까요."

나는 해골 마스크를 바로잡으면서 대답했다. 여기까지 와서 거짓말을 할 필요는 없다. 그리고 마인과 함께 싸웠던 기천사와 비교하면 오크 따윈 귀여운 수준이다.

그 대답을 듣고 접수처 아가씨가 새파랗게 질렸다. 음? 왜 그러는 거지?

"죄송합니다. 혹시 성기사님이신가요?"

아, 그렇구나. 오크 무리를 혼자서 쓰러뜨릴 수 있는 존재는 일반적으로 성기사 정도밖에 없다. 대죄 스킬이 사람들에게 알려지지 않은 이상, 그런 결론에 도달할 수밖에 없겠지.

그녀가 겁을 먹은 이유는 내가 성기사라면 무슨 짓을 할지 모르기 때문일 것이다. 방금 내게 시비를 걸다가 덤빈 무인들을 관리하지 못했다는 이유로 협박할지도 모르겠다며 겁먹은 것이다.

이런 부분은 바빌론도 왕도와 마찬가지라는 건가? 어디에 가더라도 성기사 절대주의구나.

일단 안심시켜야겠다. 그러지 않으면 보수를 빨리 받을 수가 없으니까.

"아뇨, 아닙니다. 저는 그저 무인 무쿠로. 성기사가 아니에요."

"정말로요?"

"굳이 거짓말을 할 필요도 없는데요. 그건 그렇고 보수를 주세요. 보면 알겠지만 옷이 너덜너덜해져서 새로 사고 싶으니까."

"아, 알겠습니다. 바로 준비해드리겠습니다."

카운터에 놓인 것은 놀랍게도 금화 100개. 이야기를 들어보니 오크 한 마리당 은화 20개. 하이오크 한 마리당 금화 10개라고 한다. 가지고 있던 금화까지 합치면 103개가 된다.

은근히 엄청 번 것 같은데?! 이럴 줄 알았다면 돈을 정말 좋아하는 마인도 잠시 바빌론에 머물면서 돈을 벌면 좋았을 텐데. 하지만 마인은 왠지 모르겠지만 바빌론으로 오는 것 자체를 싫어했으니까 어쩔 수 없다. 가리아에서 쓰러뜨린 마물도 돈으로 바꾸려 하지 않았고. 그녀에게 가리아는 다른 의미가 있는 건지도 모르겠다.

나는 오랜만에 큰돈을 얻어서 해골 마스크 안에서 신이 난 표정을 지었다. 아무리 바빌론의 물가가 비싸다 해도 이렇게 많은 돈이 있으니 그럭저럭 괜찮은 장비를 살 수 있을 것이다.

내가 접수처 아가씨에게 고맙다는 인사를 하고 의기양양하게 교환시설을 떠나려 했을 때.

"당신이죠? 저렇게 만든 게."

귀에 익은 씩씩한 목소리가 나를 불러세웠다. 그 목소리가 들린 곳을 돌아보니 하얀 성기사가 있었다. 그렇다, 록시 님이다.

할 수만 있다면 너덜너덜해져서 꼴사나운 옷이 아니라 새로 산 옷을 입고 만나고 싶었다.

제9화 섞이지 않는 색

설마하던 그녀의 등장에 나는 마음속으로 크게 동요하고 있었다.

하지만 괜찮을 것이다. 해골 마스크의 인식 저해로 인해 록시님은 내가 페이트라는 것을 눈치채지 못한다. 수상쩍은 마스크를 쓴 이상한 녀석 정도로 생각할 것이다.

나를 바라보는 록시 님을 보고 입을 열려다가 급하게 대답을 멈추었다.

위험했다……, 하인이었을 때 기분으로 말을 해버릴 뻔했기 때문이다.

지금은 이제 그녀의 하인도 아니고, 공손하게 말하면 의심을 살지도 모른다. 지금은 아무렇지도 않게 근처에 있는 무인들처럼 말을 거는 게 나을 것이다.

"내게 무슨 볼일이 있나?"

일단 그렇게 말한 다음 록시 님이 어떻게 나올지 기다렸다. 마스크 속은 식은땀으로 축축해졌다.

그녀는 내 발치를 손가락으로 가리키면서 말했다.

"우선 거기서 비켜주세요. 당신에게 계속 밟히고 있는 그들이 불쌍하네요."

"어이쿠, 실례."

보아하니 내가 좀 전에 쓰러뜨린 무인들을 또 밟고 있었던 모양이었다. 솔직히 좀 전에는 일부러 밟았지만, 방금은 밟을 생각이 없었다.

하지만 내가 록시 님이 나타나자 초조해져서 그들을 또 밟았고, 계속 밟고 있었던 모양이다.

미안하다는 생각이 들어서 무인들을 보니 정신을 잃고 있었다.

소용없을지도 모르겠지만, 록시 님에게 지금 상황을 해명해두어야겠다.

"이건 정당방위 같은 거였어. 이 녀석들이 덤벼들길래 반격했다는 느낌이지."

"과연……, 그렇군요."

록시 님은 턱에 손을 대고 고개를 끄덕이면서 쓰러져 있던 여덟 명의 상태를 살펴보았다.

그들 중 네 명은 무기를 든 채 쓰러져 있었기에 덤벼들었다는 걸 이해해줄 것이다.

무인 여덟 명을 살펴본 뒤, 그녀는 시설 직원을 불러 이야기를 들었다. 그렇구나, 당사자의 증언, 현장 검증뿐만이 아니라 제3자의 목격정보까지 합쳐서 고려하는 건가?

그렇다면 그들이 내게 시비를 건 뒤 덤벼들었다는 것을 증명할 수 있을 것이다.

잠시 시설 구석에서 기다리고 있자니 록시 님이 '상황은 전부 이해했습니다'라고 하면서 직원을 보냈다.

그리고 내가 있는 쪽으로 다가왔다. 좀 전과는 다르게 조금 부드러운 표정이었다.

내 바로 옆까지 다가온 그녀에게서 위화감이 들었다.

어라?! 록시 님이 이렇게 작았나?

왕도에 있었을 무렵에는 그녀와 눈높이가 맞지 않아 조금 올려다보았다. 하지만 지금은 내가 내려다보는 느낌이다.

혹시 록시 님이 줄어들었나?! 아니, 그럴 리가 없지.

그리고 보니 요즘 입는 옷이 몸에 맞지 않게 되었다. ……내 키가 커진 거구나.

이곳으로 오는 동안에는 싸우기만 해서 그런 걸 신경 쓸 여유조차 없었다. 식사를 제대로 해서 영양을 섭취할 수 있게 된 게 크게 작용한 건지도 모르겠다.

브레릭 가문 아래에서 성의 문지기를 할 무렵에는 급료가 너무 적어서 아슬아슬하게 살아갈 만한 식사밖에 하지 못했다. 하지만 록시 님의 하인이 된 뒤로는 맛있는 식사를 할 수 있게 되었고, 무인이 된 지금은 영양가가 풍부한 식사를 마음껏 할 수 있게 되었다.

마인과 함께 지내던 동안에는 그녀와 마찬가지로 식사를 할 때마다 돈을 마구 써댔다. 물론 전부 내가 냈지만.

흐음, 흐음…… 그로 인해 계속 억눌려 있던 성장기가 뒤늦게 온 건지도 모르겠다. 뭐, 나는 아직 열여섯 살이니까 키가 더 큰다고 해도 이상하진 않다.

그렇구나……, 내가 록시 님보다 더 커져버렸구나……. 그런 생각을 하고 있자니.

"잠깐만요, 듣고 있나요?"

보아하니 록시 님이 말을 걸고 있었던 모양이다. 나는 허둥대면서도 냉정한 척하며 대답했다.

"그래, 물론 듣고 있었어. 그런데 무슨 일이지?"

"전혀 안 들었잖아요?! 정말……, 그렇다면 당신도 감옥에 가둬야겠는데요."

으으으, 감옥만은 제발.

록시 님은 살짝 협박하면서도 미소를 지으며 용서해주었다.

"한 번 더 묻겠어요. 당신의 이름은 뭐죠?"

"……무쿠로."

"그런가요……, 특이한 이름이네요."

록시 님은 본명이 아니라는 것을 눈치챘을지도 모른다. 하지만 무인은 일의 내용에 따라 이름을 바꾸곤 하기에 따지고 들지는 않았다.

안심하고 있자니 그녀가 이번 소동에 대해 설명하기 시작했다.

"뭐, 이번에는 너그럽게 봐드리겠어요. 직원 이야기를 들어보니 저 사람들은 평소에도 자신들보다 약해 보이는 무인들을 협박해서 금품을 빼앗았던 모양이더군요. 바빌론을 통치하는 성기사가 없는 틈을 타서 다른 악행을 저지르고 있다는 말도 들었고요. 당신이 한 행동은 지나친 부분도 있긴 하지만 관리하지 못했던 왕국 쪽에도 잘못이 있으니까요."

"그렇게 말해주니 고맙네. 그럼 난 이만."

"다음에 이용할 때는 얌전히 이용해주세요. 그리고 그 너덜너덜한 옷은 가능하면 새로 사시고요. 저기…… 어딜 봐야 할지 곤란하니까……."

록시 님은 그렇게 말하고 볼을 붉히며 내게서 도망치는 듯이 떠나갔다.

내가 변태 취급받은 건가……. 내가 페이트라는 사실은 들키지 않았지만, 무인 무쿠로에 대한 록시 님의 평가가 처음부터 크게 부정적인 쪽으로 기울어졌는지도 모르겠다. 됐어, 어차피 가명이니까……, 으으으윽…….

내가 있던 곳에서 떠난 록시 님은 데리고 왔던 병사들을 불러 모아 여전히 기절한 무인 여덟 명을 어디론가 데리고 갔다. 아마 감옥일 것이다. 차가운 바닥 위에서 반성했으면 좋겠다.

나도 교환시설에서 나가야지.

걸어가고 있자니 그리드가 《독심》 스킬을 통해 말했다.

『아~, 이 몸은 바로 들킬 줄 알았다만. 왜냐하면 말이지……, 크크크크크크! 페이트, 너…… 연기가 너무 서투르다고! 딱딱해, 너무 딱딱하단 말이야. 아다만타이트인가 싶을 정도였다고. 페이트 그래파이트를 버리고 페이트 아다만타이트로 이름을 바꾸는 게 낫지 않을까?』

"시끄러워."

『그리고 너무 초조해하던데. 보고 있던 나까지 불안해졌다고. 이 몸까지 초조하게 만들지 마라.』

젠장. 그리드 녀석……, 록시 님이 갑자기 등장해서 내가 초조해하는 모습을 싱글거리면서 즐기고 있었구나. 뭐 이런 녀석이 다 있어……, 젠장.

"진짜, 계속 그런 말만 하면 새 칼집 안 사준다."

『무슨 소릴 하는 거야! 그거하고 이건 다른 문제인데! 미리 말해두지만 네가 록시 앞에서 우물쭈물하는 모습을 즐기는 것이 방금 생긴 이 몸의 취미다! 정말 유쾌하군. 안 그래? 페이트.』

"본인에게 그런 말을 하지 마! 그리고 이상한 취미에 눈을 뜨지도 말고."

이렇게 된 이상 다음에 록시 님을 만날 때는 좀 더 잘 대해야겠다. 나를 놀려대는 그리드를 무시하며 빠르게 걸어갔다.

어서 옷을 새로 사고 싶었기 때문이다.

『앗, 페이트. 혹시 록시가 한 말을 신경 쓰고 있는 거냐?』

".........."

『정곡을 찌른 모양이군.』

백 보 양보해도 정곡이었다.

나는 상업 지구로 들어가서 적당한 장비를 살 수 있을 것 같은 무구 상점을 발견했다. 그리고 유리 진열장에 전시되어 있던 까만 경장비에 시선을 빼앗겼다. 척 보기에도 움직이기 편할 것 같았다.

그렇다고 해서 방어 면이 허술하지도 않았다. 급소 부분에 판금으로 보이는 것이 덧대어져 있었기 때문이다. 바느질도 꼼꼼하게 되어 있어서 가격 이상의 수고가 들어가 있는 것 같은 느낌도 들었다.

시험 삼아 《감정》을 해볼까? 내구도가 400이나 되는구나. 일반적인 경장비가 100 정도이니 꽤 괜찮은 물건이다.

어떻게 할까……, 가격은 금화 80개다. 가지고 있는 돈이 금화 103개니까 사게 되면 돈이 꽤 줄어들게 된다. 하지만 나쁘진 않다.

마음을 굳게 먹고 가게로 들어가려 하던 내게 그리드가 말했다.

『결국 또 검은색이냐? 좀 화려한 걸로 사라. 그리고 이 몸의 칼집은 살 수 있나?』

"부족하면 오후에 다시 사냥하러 갈 거야."

가리아에는 마물이 넘쳐난다. 돈을 벌 기회는 얼마든지 있다.

스테이터스를 키우고 싶은 내게도 딱 좋은 곳이다.

그렇게 말하자 그리드는 신기하게도 이해했는지 조금 조용해졌다. 어서 장비를 사버려야지.

분위기가 조용한 가게로 들어갔다. 문에 달려 있던 종이 기분 좋은 소리를 울렸다.

그러자 가게 안쪽에서 나보다 나이가 두세 살 정도 연상으로 보이는 청년이 고개를 내밀었다.

"어서 오세요, 뭘 찾으시는……."

그는 내 모습을 보자마자 눈을 동그랗게 뜨고 너덜너덜해진 옷을 보기 시작했다.

이 녀석……, 대체 뭐지?!

말도 안 되는 접객 방식이라 약간 놀랐다. 청년은 그런 내 모습을 아랑곳하지도 않고 내 너덜너덜해진 옷에만 관심이 있는 것 같았다. 얼굴이 가까워, 너무 가깝다고!

그리고 그는 긴장한 표정을 지으며 내게 물었다.

"손님……, 대체 뭐하고 싸우면 그런 상태가 되는 거죠? 마치 일부러 불꽃 속으로 돌진한 것 같은 느낌인데요……. 이런 경우는 처음이네."

"?!"

이 남자……, 입고 있는 장비를 통해 내가 싸웠던 적이나 상황을 파악하고 있는 건가…….

대단한 재능이다. 하지만 너무 많이 알게 되면 곤란하다. 그렇게 생각하고 가게에서 나가려 했지만.

"잠깐만요."

청년이 나보다 한발 앞서서 문 앞을 가로막았다.

그리고 손을 마주 모으며 내게 부탁했다.

"어때요, 우리 가게 장비를 입어줄 수 있을까요? 절반 가격으로 드릴 테니……."

"절반 가격이라고?!"

"그래요. 돈은 절반만 주셔도 됩니다."

내가 어째서 그런 말을 하는 건지 물어보려 하자 그는 안도하는 표정을 지으며 이유를 말하기 시작했다.

제10화 때 묻지 않은 혼

"제 이름은 제이드 스트라토스입니다. 음······, 이른바 신참 무구 장인이죠. 사실 독립한 지 석 달 정도밖에 안 되었거든요."

그렇구나, 왠지 제이드가 하고 싶은 말이 뭔지 알겠다.

"다시 말해 이런 건가요? 아직 이름이 알려지지 않은 자신의 무구를 내가 장비해서 선전해달라고?"

"그래요, 눈치가 빨라서 다행이네요. 옷이 상한 모습을 보니 꽤 강한 무인이라는 걸 알겠는데. 어때요? 싸게 주는 대신 장비에 이걸 달아줬으면 하거든요."

제이드가 안쪽 서랍에서 꺼낸 것은 스트라토스 무구점을 상징하는 문장이었다. 이것을 달면 내가 장착한 장비가 어떤 가게의 물건인지 한눈에 알아볼 수 있는 것이다.

"그런데 제가 그런 걸 달아도 되나요? 만약 제가 당신이 생각하는 것 같은 무인이 아니면 말이죠. 나중에 터무니없는 짓을 저질렀을 때 당신의 가게에 악평이 쏟아질지도 모르는데요."

예를 들어 성기사들과 대립하거나, 천룡과 싸우기 위해 왕도군까지 휘말리게 하거나, 생각하면 할수록 바람직하지 않은 일들만 떠올랐다.

내가 껄끄러운 표정을 짓자 제이드가 어이없다는 듯이 말했다.

"하하하하, 걱정을 많이 하는 성격인가 보네요. 무인은 원래 그런 법이에요. 그런 건 상관없어요. 앞날을 생각하지 않고 지금 이

순간, 그 순간만 살아가는 법이죠. 어떻게 해볼 수도 없을 정도로 거만하고 난폭한 녀석들. 그게 무인이라는 사람들이에요. 언제 죽을지 모를 사람들에게 장사를 하는 저희도 마찬가지고요."

"마찬가지?"

그렇게 묻자 그는 코를 손가락으로 긁으며 조금 쑥스러워하는 모습을 보인 다음.

"네, 저도 더 유명해지고 싶거든요. 우선 바빌론에서 제일. 그런 다음 왕국에서 제일가는 무구 장인이 되고 싶습니다. 그러기 위해서라면 그저 좋은 무구를 만들기만 해서는 안 되겠죠. 자신이 이 사람이다 싶은 무인을 찾아내서 함께 높은 경지에 도달하는 것을 목표로 삼는다……, 이게 제가 추구하는 길입니다."

마지막에는 힘차게 말했다. 나는 함께 높은 경지에 도달하는 것을 목표로 삼는다는 말을 듣고 감명을 받았다. 젊은 나이에 그렇게 큰 뜻을 품은 기술자는 별로 없을 것이다. 그리고 대답할 말은 이미 정해져 있었다.

"……알겠습니다. 그렇게까지 말씀하시니 거절할 이유는 없죠. 앞으로 잘 부탁드립니다."

"네, 저야말로. 그리고 존댓말은 안 하셔도 됩니다. 파트너니까요."

"그렇죠. 그럼 서로 안 하는 걸로."

내가 내민 오른손을 제이드가 잡았다. 지금 전속 계약이 성립되었다.

앞으로 나는 제이드가 제공하는 무구를 사용하게 된다. 하지만 그리드 말고 다른 무기를 쓸 수는 없다. 그러니 방어구만 사용할 것이다.

우선 전시되어 있던 검은 경장비를 내 사이즈에 맞춰서 조정해 달라고 했다. 잠시 기다리고 있자니 제이드가 조정이 끝난 경장비를 들고 안쪽 방에서 나타났다.

"조금 손을 봤어. 어때?"

"이건……, 괜찮은 느낌이네."

검은 경장비 안쪽을 들춰보니 붉은 천이 덧대어져 있었다.

"옷이 들춰졌을 때만 이 붉은 부분이 보이는 거야. 숨겨진 악센트지. 바로 입어볼래?"

"그래, 그럼."

대단하다…… 내 몸 사이즈를 이렇게 단시간만에 파악해버린 건가? 딱 좋게 달라붙는 느낌이다. 그러면서도 매우 움직이기 편하다. 이 사람은…… 진짜배기다. 나와 만나지 않았더라도 조만간 실력이 매우 뛰어난 장인으로서 세계에 이름을 떨쳤을 것이다.

왕도에서 산 장비와 전혀 다르다는 것을 느끼고 있자니 그가 말을 걸었다.

"입어본 느낌은 어때?"

"예상했던 것보다 더 훌륭한데. 이 경장비를 입으니 힘이 더욱 솟구치는 것 같은 느낌이 들 정도야."

"그렇게까지 칭찬해주니 당황스럽네. 어때, 온 김에 부츠 같은 것도 새로 살래?"

"그러지."

부츠와 함께 벨트와 손가락 부분이 없는 글러브까지 맞추자 결

국 처음 예상했던 금액인 금화 80닢이 되어버렸다.

너덜너덜해진 옷을 벗고 새로 맞춘 장비로 갈아입은 나는 가게 안에 있던 전신 거울로 내 모습을 확인해보았다.

내가 이런 말을 하긴 좀 뭐하지만, 괜찮은 느낌이다. 척 보기에는 검은색이지만 슬쩍슬쩍 보이는 안쪽의 붉은색이 괜찮은 악센트로 작용하고 있었다.

다음에 록시 님과 만난다 해도 문제가 없을 것이다. 싱글거리고 있던 내게 그리드가 《독심》 스킬을 통해 말했다.

『돼지 목에 진주목걸이로군.』

"너……, 또 그런 소리야!"

왕도에서 옷을 새로 샀을 때 했던 말을 또 하기는……, 좀 칭찬해줘도 될 텐데.

제이드가 그런 내 모습을 의아하게 바라보고 있었다. 아차, 평소 버릇이라 다른 사람이 있는데도 그리드와 이야기를 해버렸다. 이래선 흑검에게 일방적으로 말을 거는 이상한 녀석으로 볼 텐데.

모처럼 전속 계약을 맺자마자 정말 이상한 모습을 보여버렸다. 내가 이마에 땀을 흘리고 있자니.

"페이트는 무기를 소중히 여기는구나. 나도 만든 무기나 방어구에 말을 걸곤 해. 뭐, 너처럼 일방적으로 말이지. 그 덕분에 동업자들은 나를 변태 취급하지만."

이럴 수가, 나보다 더 특이한 사람이었다. 그리고 나도 그런 사람에 속하게 된 모양이다.

내 경우에는 진짜로 그리드와 이야기를 나누는 거지만, 그걸 알게 하려면 내 스킬을 공개해야 하니 포기하는 게 나을 것이다.

자신과 동족이라고 인식한 제이드는 신이 나서 무구에 대해 간단히 가르쳐주었다. 그런 다음 내가 차고 있던 흑검 그리드를 바라보았다.

"그건 그렇고 그 흑검의 칼집이 꽤 많이 상했네. 어때, 그것도 내가 만들어줄까?"

어떻게 할까. 그건 그리드의 취향에 맞춰주지 않으면 나중에 시누이처럼 잔소리를 해댈 우려가 있다.

몰래 그리드에게 물어보니 시험 삼아 만들어달라고 해도 된다고 대답했다. 그리드도 이러쿵저러쿵해도 제이드의 실력이 뛰어나다는 점은 인정한 모양이다.

"그럼 부탁해도 될까."

"정말이야?! 그럼 흑검을 보여주겠어?"

"그래, 좋아."

칼집에서 흑검 그리드를 뽑아 들고 보여주었다. 그러자 제이드는 입을 떡 벌린 채 굳어버렸다.

"이봐, 괜찮아?"

몸을 계속 흔들자 제이드가 겨우 정신을 차렸다. 그리고 다시 흑검을 빤히 바라보고는 자기도 모르게 숨을 내쉬었다.

"이렇게…… 완성된 무기가 있다니. 이런 한 손 검은 본 적이 없어……, 훌륭한데."

그 말을 들은 그리드는 완전히 들떴다. 평소에도 잘난 척하는 녀석이 더욱 잘난 척을 하니 나는 그저 짜증이 날 뿐이었다.

『들었냐! 페이트! 알아보는 녀석은 정말 알아보는 모양이로군.

숨기려 해도 드러나 버리는 이 몸의 칼날에서 뿜어져 나오는 신성한 느낌을! 푸하하하하, 더 칭찬하도록 해라.』

좋아서, 기분이 좋아진 지금 칼집의 색을 정해버리자. 금빛으로 번쩍거리는 건 사양이니 내 장비에 맞춰서 검은색으로 하자.

하지만 검은색으로만 만들면 그리드가 정신을 차린 뒤 삐지는 미래가 보인다. 요즘 그리드는 칼집에 대한 집착이 장난 아니니까.

조금이나마 그리드의 의견을 반영하는 게 낫겠다.

"칼집은 검은색 기반으로 장식을 달아줬으면 하는데."

"검은색 말이지. 그런데 장식은 어떤 느낌으로?"

"금색을 넣어주었으면 좋겠어. 조금만."

"그렇군……, 알겠어. 이 흑검이 멋지게 보이는 칼집을 만들도록 하지. 하지만 이렇게 뛰어난 검이니 그에 걸맞는 칼집을 만들려면 돈이 꽤 많이 들 거야. 그래도 괜찮겠어?"

제이드가 내 장비에 대해 말할 때는 돈이 꽤 많이 든다고 말하지 않았다. 그런데 칼집을 만들 때는 그렇게 말했다. 나는 침을 삼키며 조심조심 물어보았다.

"대체…… 얼마나 드는데?"

"싸게 잡아도 금화 500개 정도려나."

나는 깜짝 놀라 기침을 했다. 너무 비싸잖아……. 왜 내 장비보다 그리드의 칼집이 여섯 배 이상 비싼 건데! 왠지 마음에 들지 않는다.

마음속으로 씁쓸해하던 내게 그리드가 말했다.

『사야지. 금화 500개는 싼 거다. 제이드라는 녀석은 이 몸에 대해 잘 알고 있는 모양이니 잘 만들어줄 거다. 전체적으로 번쩍거리는 칼집은 포기할 테니 그 조건을 받아들여라.』

그리드는 완전히 신이 나 있었다. 이런 상황에서 토라지면 곤란하다.

남은 금화는 23개. 여관 숙박비 같은 걸 생각하면 금화 3개는 남겨두고 싶다.

에휴……, 그렇게 한숨을 쉬고 나서.

"할부로 해줄 수 있을까? 지금은 가지고 있는 돈 중에 낼 수 있는 게 금화 20개밖에 없으니까……."

"물론이지. 나머지 금화 480개는 외상으로 달아둘게. 그리고 제작하려면 1주일 정도 걸릴 거야."

교섭이 성립되었기에 제이드가 그리드의 사이즈를 구석구석까지 재기 시작했다. 중간에 감탄하는 목소리를 내면서도 재빠르게 작업했다.

"이제 필요한 정보는 다 얻었어. 1주일 뒤에 다시 와줘! 지금 내가 만들 수 있는 최고의 칼집을 만들어두고 기다릴 테니까."

"그래, 기대할게. 그전까지는 돈을 확실하게 벌어둘 테니까."

나는 제이드의 가게를 나선 뒤 비뚤어진 해골 마스크를 다잡고 하늘을 올려다보았다. 벌써 해가 저물고 있었다. 생각했던 것보다 시간이 오래 걸린 모양이었다.

이제 어떻게 할까. 또 지갑이 얇아져버렸다. 바로 여관으로 돌아가도 되려나.

여관은 하루에 은화 50닢이라서 문제가 없다. 그리고 저녁 식사를 할 때 추가 요금을 내야 하는 요리를 먹지만 않으면 된다.

여주인이 부추기는 솜씨가 뛰어나니 조심해야지. 어제처럼 술을 잔뜩 마셔버릴 우려가 있다.

뭐, 필요하면 나이트 헌팅을 할 수도 있다. 왕도에서는 항상 늦은 밤에 사냥했기에 오히려 밤이 더 익숙하기 때문이다. 《암시》 스킬 덕분에 달빛이 없는 밤에도 낮처럼 사냥할 수 있으니까.

일단 여관으로 돌아가기로 했다.

상업 지구의 큰길을 가로질러 주택 지구로 이동했다. 가끔 술에 취한 무인들이 어깨동무를 한 채 즐겁게 걸어가곤 했다. 저 무인들은 사냥을 해서 돈을 많이 벌었을 것이다.

장비를 거의 다 갖춘 나도 내일부터는 저렇게 기분을 내고 싶다.

내가 머무르고 있는 벽돌이 갈라진 여관에 도착한 뒤 안으로 들어갔다.

"어서 와! 어머, 어떻게 된 거야! 못 알아볼 뻔했네!"

기운찬 목소리로 맞이해준 사람은 여주인이었다. 남자처럼 호쾌하게 웃으면서 내 옷을 위아래로 빤히 바라보았다.

그리고 어깨를 툭툭 두드렸다.

"꽤 대단한 장비네. 돈이 많이 들지 않았어?"

"맞아요. 바빌론의 물가가 너무 비싸서 놀랍기만 하네요."

"금방 익숙해질 거야. 네가 진짜배기 무인이라면."

"여기로 온 지 얼마 되지도 않았는데 그렇게 긴장시키지 마세요."

그렇게 말하자 여주인이 웃으면서 말했다.

"배고프지? 자, 저녁 식사를 하자. 딸들이 너와 함께 식사하는 걸 기대하고 있으니까."

"오늘은 어제처럼 마시지 않을 거예요."

"그렇게 고집부리지 말고."

나는 반쯤 억지로 식당에 끌려갔다. 그곳에는 두 딸이 이미 자리에 앉아 있었다. 아마 내가 오기를 기다리고 있었던 모양이다.

그리고 테이블에는 술이 잔뜩……. 본 적도 없는 고급스러운 술도 좀 있고.

내 전 재산인 금화 3개가 사라질 위기에 처했다.

"자, 신나게 먹어보자."

"살살 좀 부탁드릴게요."

결과적으로 말하자면……, 내 금화는 사라졌다. 좋았어! 내일도 마물 사냥을 열심히 해야지.

방으로 돌아온 나는 침대에 누워서 눈을 감았다. 너무 많이 마셨다……, 천장이 빙글빙글 돌기 시작했고, 의식이 기분 좋게 어두워졌다.

＊

나는 잘 알지 못하는 세계에 홀로 서 있었다. 하늘을 올려다봐도 새하얗기만 했다. 지면을 봐도 물론 새하얗기만 할 뿐.

계속 걸어가 봐도 똑같은 세계가 이어졌다. 지평선 너머까지 한없이 새하얀색이었다.

분명히 이 세계에는 하얀색 말고는 존재하지 않을 것이다. 내 그림자도 없고.

여기는…… 대체 뭐지?! 어째서 내가 이런 곳에 있는 거지?!

주위를 계속 둘러보고 있자니 갑자기…… 눈앞에 새하얀 소녀가 모습을 드러냈다.

그 소녀는 꺼림칙해질 정도로 새빨간 눈으로 나를 바라본 뒤 방긋 웃었다.

『겨우 이어졌네…….』

그녀는 예전에 본 적이 있다.

그래……, 맞아. 그녀는 마인과 함께 싸웠던 기천사 하니엘의 핵이었던 소녀다.

"너는……, 그때."

『……의…………너머에………………서………………………….』

그녀는 내게 무슨 말을 전하려 했지만, 점점 노이즈가 심해져서 무슨 말을 하려는 건지 알 수가 없었다.

그래도 내게 중요한 말을 하려는 것 같다는 느낌이 들었다.

필사적으로 들으려 했지만 소용이 없었다. 그러던 동안 세계가 검게 물들기 시작했다.

그녀에게 다가가려 했지만——.

마지막에는 빛이 전혀 없는 세계로 변했고, 발을 디딜 곳조차 사라지자 나는 나락 바닥으로 떨어지기 시작했다.

"으아아아아아아아아아아아아아……."

그녀는 떨어지는 나를 슬픈 듯한 표정으로 바라보기만 했다.

그리고 내가 떨어지고 있는 바닥 쪽을 보자——.

보인 것은 내가 지금까지 먹었던 마물들과 인간들이 한데 뭉쳐서 괴로워하며 새빨갛게 타오르는 듯한 세계였다. 그것을 정확하게 나타낼 수 있는 단어는 단 하나, 지옥이다.

"허억, 허억, 허억, 허억……."

나는 온몸에 땀을 잔뜩 흘리며 깨어났다. 기분이 최악이다.

대체 뭐지. 그건……, 꿈인데도 이상할 정도로 생생했고, 지금도 머릿속에 또렷하게 새겨져 있다.

내용이 너무 애매해서 전혀 이해할 수가 없지만, 그 어둠 속으로 떨어지는 감각은 소름이 끼칠 정도였다.

분명 그 꿈은 기천사 하니엘을 쓰러뜨리기 위해 그 새하얀 소녀를 먹은 죄책감 때문에 꾼 거겠지.

그런 생각이 들었다. 그런데 그녀는 대체…… 내게 무슨 말을 하려던 걸까. 그 슬퍼 보이는 표정을 떠올리니 신경이 쓰였다.

제11화 검은 칼집의 소재

돈이 전혀 없는 나는 여관 숙박비와 칼집의 잔금을 벌기 위해 나흘 동안에 걸쳐서 계속 오크를 사냥했다.

가리아에서는 쓰러뜨리고 또 쓰러뜨려도 오크들을 마주치게 된다. 대규모 스탬피드 정도는 아니지만, 마물이 자주 나오는 곳이기 때문일 것이다.

오늘도 평소와 마찬가지로 잔뜩 수확했다. 3개 중대 정도 되는 오크와 마주쳤기 때문이다.

전부 다 쓰러뜨리자 마대 세 개가 오크의 귀로 가득 차 버렸다.

지금 짊어지고 있는 피로 물든 마대가 바로 무인으로 활약했다는 증거이기도 하다. 방어도시 바빌론의 바깥쪽 문을 지나 안으로 들어가면 무인들이 부러워하는 눈초리로 바라볼 정도다.

처음에는 나를 심부름꾼으로 착각하고 험담을 하는 사람도 있었지만 연달아 며칠 동안 오크를 잔뜩 사냥한 증거를 가지고 가자 점점 주위에서 나를 보는 시선이 변하기 시작했다.

그와 동시에 바빌론으로 온 뒤 시간이 좀 지났는데도 어떤 그룹에도 소속되지 않고 파티조차 짜지 않는 나를 질투하는 녀석들도 늘어나기 시작했다.

그리드가 한 말에 따르면 갑자기 튀어나온 루키가 구역을 어지럽히면 곤란한 사람은 변변치 않은 무인들이라고 한다.

"이봐, 거기 너!"

그렇게 변변치 않은 녀석들이 한데 모여서 오늘도 사이좋게 내가 교환시설로 향하던 길을 막고 있었다.

모두 합쳐서 스무 명인가……, 또 늘어났네.

저번에는 여덟 명이었으니까 두 배 이상이 된 셈이다. 하지만 척 보기에도 모두들 그렇게 강하지 않은 무인이라는 걸 알 수 있었다. 그렇기 때문에 질보다는 양을 추구하면서 그렇게 많이 모였을 것이다.

숫자를 늘리면 내게 이길 수 있을 거라 생각한 건지, 아니면 그냥 학습능력이 없는 건지…… 잘 모르겠지만 항상 똑같은 말을 늘어놓았다.

"오늘은 그걸 두고 가줘야겠다. 그리고 우리 사냥터를 어지럽힌 죄로 반쯤 죽여놓고 용서해주마."

내가 한마디도 하지 않았는데 도시 한복판에서 갑작스럽게 시작된 전투. 솔직히 말해 질색이지만 그들은 전혀 이야기를 들어주지 않았다.

"정말 정신을 못 차리는 모양이구나. 이기지 못한다는 걸 모르나?"

"닥쳐라, 이 해골 자식. 네가 혼자서 가리아 주변의 오크를 모조리 잡아버리니까 우리가 먹고 살 수 없잖아!"

"그래서 어쩌라고. 너처럼 나도 돈을 벌고 싶은데."

수염을 멋지게 기른 장년 무인이 장검을 내 목 쪽으로 휘둘렀기에 엄지손가락과 집게손가락으로 잡아내며 막았다.

"이럴 수가……, 무슨 힘이 이렇게 센 거야……, 이거 놔라. 이 해골 자식."

"놓으면 또 공격할 거잖아."

"당연하지! 그 팔을 잘라내서 무인 행세를 못 하게 해주지."

정말 엉망진창이다. 그렇게 말하는 동안에도 다른 무인들이 소리를 지르며 공격을 마구 퍼부었기에 피해야만 했다.

훈련하기 좋다고 할 수도 있겠지만……. 오크 3개 중대를 사냥하고 온 참이다. 좀 쉬고 싶은 마음도 있다.

나는 손가락으로 잡은 장검을 빼앗은 뒤 지면을 향해 힘껏 내동댕이쳤다.

까앙~.

금속음이 거리에 시끄럽게 울렸고, 장검이 양쪽으로 부러져버렸다. 이제 한 명은 무력화시켰네.

"으아아아아아, 무슨 짓을 하는 거야……. 내 금화 10개가…….."

부러진 장검 앞에서 쓰러지는 장년 무인. 그리고 엉엉 울어댔다.

금화 10개라면 하이 오크를 쓰러뜨리고 받을 수 있는 금액이다. 저 장검은 수수한 것치고는 꽤 명검이었던 모양이다.

그렇게 울부짖는 무인을 보니 좋은 생각이 났다. 그리드도 나와 같은 생각을 했는지 《독심》 스킬을 통해 말을 걸었다.

『무기 파괴다, 페이트. 저 녀석들의 장사 도구를 빼앗아버려라.』

"그래, 그러는 편이 더 효과적인 모양이니까."

나는 들고 있던 마대 세 개를 땅바닥에 내려놓고 칼집에서 흑검 그리드를 뽑아 들었다.

그러는 것만으로도 지금까지 까불어대던 무인들이 내게서 거리를 벌렸다. 내가 맨손이었을 때는 세게 나오다가 무기를 뽑아들자마자 저러는 걸 보니 가리아에서 오랫동안 지낼 수는 없을 것 같다.

"빌어먹을! 해골 자식이 검을 뽑았다고 해서 겁먹지 말라고. 가자!"

"우오오오오!"

리더로 보이는 머리띠를 한 남자가 호령을 내리자 일제히 공격을 가해왔다. 검과 창, 화살, 마법, 정말 다양한 공격이었다.

이대로 가다간 큰길에 있는 다른 사람들에게 폐를 끼치게 된다. 그리고 소란이 일어났다는 것을 안 병사들이 이곳으로 오더라도 이상하지 않은 시간이다.

슬슬 퇴장시켜볼까.

"가자! 그리드!"

『예리함은 맡겨둬라. 싹둑 잘라주지. 하하하하하하.』

그리드의 웃음소리를 신호 삼아 무인들 사이로 돌진했다. 그 뒤로 들리는 건 금속음과 무인들이 깜짝 놀라며 낸 목소리였다.

돌아보니 부서진 무기들이 공중에 흩날렸다.

"내 창이……, 금화 15개가."

"금화 8개나 주고 산 활이 부서졌어……."

"가보인 지팡이……, 어쩌지……, 조상님께 뭐라고 해야 하는데."

무인들이 축 늘어지면서 중얼거리는 말들.

다들 꽤 비싼 무기를 쓰던 모양이었다. 그렇게 훌륭한 무기를 살 수 있을 정도로 강한 상대였나?

앞으로는 마음을 고쳐먹고 나 같은 사람을 신경 쓰지 말고 마물을 사냥해줬으면 좋겠는데.

"싸울 때 필요한 무기가 사라진 모양인데. 더 해볼 거냐?"

"크윽…… 두고 보자!"

분한 나머지 발을 동동 구르고 얼굴이 새빨개진 채 도망치는 무인들. 보아하니 또 덤벼들지도 모르겠는데.

뭐, 그러면 이번에 그랬던 것처럼 무기를 파괴해줘야지. 계속 그러다가 돈이 바닥나서 나를 신경 쓸 겨를도 없어질 테니까.

그리드가 그런 내 생각을 읽고 코웃음 쳤다.

『참 느긋하구나. 뭐, 페이트 너답다만.』

"응, 그럼 가볼까."

큰 소란을 일으켰기에 구경꾼들이 모여들고 있었다. 보아하니 금방 왕도의 병사들이 올 것 같았다.

땅바닥에 대충 내려놓았던 마대 세 개를 들어 올린 뒤 그 무게를 느끼며 교환시설로 향했다.

걸어가기 시작한 뒤 시간이 좀 지나자 내가 전투를 벌였던 곳으로 달려가는 병사들이 지나갔다. 철컹철컹 갑주를 울리는 소리가 작아지는 것을 듣자 골치 아픈 건 사양이라는 생각이 들었다.

왜냐하면 마물을 쓰러뜨린 보상을 받을 수 있는 교환시설은 왕도군이 관리하고 있기 때문이다. 아무리 마물을 많이 쓰러뜨린다 해도 출입금지 처분을 당하면 답이 없다. 뭐, 소란을 일으켜서 현행범으로 체포되지 않는 한 괜찮겠지만.

잠시 큰길을 걸어가다 보니 군사 지구로 들어가는 대문이 보였다. 아마 록시 님은 저 문 너머에 있을 것이다. 나흘 전에는 우연히 교환시설 안에서 만나서 깜짝 놀랐다.

교환시설은 대문에서 조금 동쪽으로 가면 있기에 가끔 이 도시의 관리자로서 들러보곤 하는 모양이었다.

바쁜 사람이니 오늘은 없을 것이다. 그런 생각을 하면서 교환 시설 안을 살며시 들여다보았다.

"없구나……. 휴우."

『한심하구나, 페이트. 당당하게 나서라고 했잖아.』

"그래도 말이지, 마음의 준비가 필요하다고."

그리드는 그렇게 말하지만, 여전히 해골 마스크를 쓰고 록시 님과 마주 보는 게 껄끄럽다. 그리고 들키면 어쩌지 하는 불안함도 있다.

『그러고도 이 몸의 사용자냐! 들켜도 상관없다, 그렇게 당당하게 굴라고!』

"그건 안 되지……."

들키지 않는다고 하는데, 그리드는 내 말을 들어주지 않는다. 그래도 무슨 말을 하고 싶은 건지는 알겠다.

"알았어. 저번처럼 그리드가 가르쳐준 대로 할게."

『말 잘했다. 그래야 이 몸의 사용자다. 하하하하하하하.』

시끄럽게 웃어대는 소리를 《독심》 스킬을 통해 들으면서 교환 시설 안으로 발을 내디뎠다.

건물 안은 여전히 천장의 스테인드글라스에서 스며드는 빛으로 화려하게 장식되어 있었다.

"언제 봐도 신비로운 구조라니까."

나도 모르게 감상을 말하고 있자니 뒤에서 귀에 익은 목소리가——.

"그렇죠? 여기는 원래 라프라스 신을 모시던 신전을 이용해서 만든 곳이니까요. 안녕하세요, 무쿠로 씨."

돌아보자 어느새 록시 님이 뒤에 서 있었다.

어? 경계하고 있었는데……. 록시 님은 그렇게 내가 동요한 것을 아랑곳하지 않고 말했다.

"오늘은 저번보다 마물을 많이 쓰러뜨리고 온 모양이네요. 이제 바빌론에서 당신을 모르는 사람은 없겠죠."

"나는 아직 멀었어. 이 정도는 바빌론에 있는 유명한 무인들이라면 쉽사리 해낼 테니까."

"그런가요? 저는 여기 온 지 얼마 되지 않았지만 당신처럼 혼자서 사냥하는 사람은 없는 것 같던데요."

"아하하하하."

나는 웃으면서 얼버무린 뒤 그곳을 벗어나려 했다.

"잠깐만요, 당신에게 묻고 싶은 게……. 진짜, 왜 항상 도망치는 건데요!"

록시 님은 나를 쫓아오려 했지만, 부하 병사들이 온 모양이었다. 보아하니 진지한 표정으로 이야기를 하고 있었다.

그리고 교환시설에서 관계자만 들어갈 수 있는 군사 지구로 이어지는 문으로 가버렸다.

"무슨 일일까."

평소와는 달랐던 록시 님의 표정을 보고 그리드에게 물어보니.

『글쎄다, 스탬피드라도 생긴 거겠지.』

"그렇다면 소규모겠네. 대규모라면 바빌론 전체에 사이렌이 울릴 테니까."

『그런 거다. 소규모라 해도 일반적인 무인들은 당해내기 힘들 정도로 골치 아픈 마물이 나온 거겠지. 얼른 그걸 돈으로 바꿔라.』

내가 소란을 일으킨 뒤로 교환시설을 험상궂은 병사들이 항상 감시하게 되었다. 그래서 여기에서 싸움을 벌이는 녀석이 없기에 나는 느긋하게 환금을 진행할 수 있다.

그래도 나를 보고 잔소리를 해대는 녀석들이 있는 건 어쩔 수 없다.

"또 왔다, 무쿠로야."

"마대 세 개냐! 오늘도 잔뜩 벌기는. 네가 혼자서 그렇게 많이 쓰러뜨리면 우리 몫이 사라지잖아."

"그렇다니까. 루키 주제에 까불기는. 우리가 모처럼 파티에 초대해주었는데 거절하고 말이야. 정말 건방진 녀석이잖아."

"조만간 혼자서 싸우지 못하게 되더라도 너를 받아줄 파티는 한 군데도 없을 거다. 안 그래?"

"""맞아, 맞아."""

아아아, 귀찮은 녀석들이네. 직접 대놓고 말을 하지 못하니까 멀리서 비꼬는 건가?

『왜 그러냐, 페이트. 저런 녀석들은 쓴맛을 보여주는 게 나을 텐데.』

"내버려 둘래. 끝이 없으니까."

얼른 환금을 해야지.

교환 창구에 있던 접수처 아가씨에게 말을 걸었다. 나는 쓰러뜨린 마물의 숫자가 많아서 특별한 창구를 이용할 수 있게 되었다.

좋은 점은 옆에 있는 교환 창구에 줄을 설 필요가 없다는 점이다.

이런 특별대우가 무위에 있는 무인들의 질투를 산다는 건 이해가 된다.

나는 카운터 아래에 있던 수레에 마대 세 개를 내려놓았다.

"오늘 몫 교환 부탁합니다."

"네, 알겠습니다. 우와아, 오늘은 더 많네요. 무쿠로 씨는 여기 오신 지 얼마 되지도 않으셨는데 세 손가락 안에 들 정도로 많이 벌고 계세요."

접수처 아가씨가 포니테일 머리카락을 좌우로 흔들면서 말했다.

그렇게 칭찬해주니 솔직히 기쁘기도 하다. 그러나 이 돈은 그리드의 칼집을 만들기 위해 들어갈 거라 별로 많이 벌었다는 느낌이 들지 않았다.

"오래 기다리셨습니다. 전부 합쳐서 오크 600마리, 하이 오크 세 마리네요. 그럼 금화 150개입니다."

금화 150개는 꽤 무겁다. 가지고 다니기도 힘드니 교환시설에 맡겨두기로 했다.

"그 금화는 저와 무구 전속 계약을 맺고 있는 제이드 스트라토스에게 주세요."

"알겠습니다. 지불하시는 거죠?"

다른 지역에 있는 일반적인 교환시설에서는 돈을 맡길 수가 없다. 하지만 가리아에서 발생하는 마물의 숫자가 차원이 다르기에 바빌론의 교환시설에서는 이렇게 맡길 수도 있다.

그리고 마지막으로 바빌론을 나갈 때 맡겨두었던 돈을 찾아갈 수도 있다.

증명서를 발행해달라고 한 다음, 나는 제이드의 무기 상점으로 향했다.

돈은 다 마련했다. 이제 완성될 때가 된 그리드의 칼집을 받기만 하면 된다.

교환시설을 나선 나는 바빌론 거리를 북쪽으로, 큰길을 통해 걸어갔다.

그리고 동쪽 상업 지구로 들어간 다음 골목으로 좀 들어간 곳에 있는 무구 상점 문을 열었다. 가게 안은 깔끔하게 정리되어 있어서 조용한 분위기가 느껴졌다.

가게 주인의 성격을 나타내주는 것 같은 느낌이 들었다.

도어벨 소리를 듣고 고개를 내민 청년——, 제이드 스트라토스는 자다 일어났는지 머리가 흐트러져 있었고, 눈 아래에는 다크서클이 보였다.

"아, 무쿠로. 좋은 아침이야."

"지금은 낮인데."

"그렇구나."

시간 감각이 사라진 모양이었다.

무슨 일이 있는지 제이드에게 물어보았다.

그는 졸려 보이는 눈을 크게 뜨면서 이유를 가르쳐주었다.

"흑검의 칼집이 거의 다 완성되었는데, 어떤 소재가 부족하거든."

그 소재는 특별한 수정이라 가리아 안쪽에서 채집할 수 있다고 한다. 평소에는 왕도군이 원정을 떠날 때 들러서 그 수정을 포함한 여러 가지 소재를 채집해 오는 모양이었다.

하지만 최근에는 왕도군에서 그것을 사들일 수 없게 되었다고 한다.

제이드는 대신 사용할 소재가 없는지 시험해본 모양이었지만 결국 찾아내지 못한 모양이다. 그래서 지금처럼 매우 지친 상황에 이른 것이다.

"따로 사 올 만한 곳은 없어?"

"그 수정은 마수정이라고 하는데, 나도 자세한 건 잘 모르겠지만 가리아의 특별한 조건에서만 생겨나는 모양이야. 공급은 완전히 왕도군에게만 의존하고 있어서 그들이 없다고 하면 내가 어떻게 해볼 수 없는 상황이지."

다시 말해 왕도군이 마수정을 가져올 때까지 언제가 될지는 모르겠지만 기다려야만 하는 건가?

"돈을 마련해 왔는데, 아쉽네."

"미안해. 기대하게 해놓고 납기를 지키지 못하다니……."

노력해주었다는 건 제이드를 보면 알 수 있었다. 마수정을 얻을 수 없기에 대신 사용할 만한 것을 열심히 조사했기 때문이다.

그렇게 생각하고 있자니 제이드가 좋은 생각이 났다는 표정을 지었다.

"혹시 괜찮다면 무쿠로가 가져다줬으면 좋겠는데. 그만큼 싸게 해줄 테니까."

"내가……? 마수정을 채집하는 게 쉬운가?"

"응, 채집하는 건 간단하다고 들었어. 문제는 거기까지 가는 거지. 왕도군의 원정을 떠날 때만 갈 수 있을 정도로 가리아 안쪽에 있다고 하니까. 그래도 너라면 문제가 없을 테고."

"그렇게 과대평가해도 곤란한데."

"들었어. 바빌론에서 세 손가락 안에 들 정도로 많이 번다면서."

그 교환시설의 접수처 아가씨……, 정말 입이 싸구나. 아마 제이드 앞으로 돌려놓은 돈을 받으러 갔을 때 들은 모양이다.

보아하니 여관 여주인까지 알고 있을 것 같아서 무섭다. 여러 모로 지나친 서비스를 해주면서 돈을 잔뜩 뜯어갈 것 같다.

"그렇게 강하다면 가리아 안쪽으로 가더라도 돌아올 수 있을 테니까. 내가 눈여겨본 무인이니까, 꼭 가져다줬으면 좋겠어."

그렇게까지 말하니 갈 수밖에 없다. 기대에 부응해서 최고의 칼집을 만들어달라고 하자.

"알았어. 그 장소의 지도가 있으면 좋겠는데."

"그래, 잠깐만 기다려. 분명……, 이 근처에."

정리되어 있던 책장에서 낡은 종이, 그리고 비슷하게 지도가 그려져 있는 낡은 종이를 꺼냈다.

"이건 대장장이 수행 시절에 스승님에게 받은 거야. 스승님은 군인이기도 해서 젊었을 때 소재를 채집하러 그곳에 가서 지도를 그려두었지. 사본을 네게 줄게."

"고마워. 이거……, 꽤 안쪽인데."

제이드는 가리아 안쪽이라고만 했기에 왠지 예전에 마인과 함께 갔던 폐촌 정도라 생각했지만, 아닌 모양이었다.

받은 지도에 따르면 그곳보다 훨씬 더 남쪽으로 가야만 했다. 그 너머에 대지가 갈라져서 생긴 거대한 계곡이 있고, 그 안에서 마수정을 채집할 수 있는 모양이었다.

"마수정 말고도 신기한 소재가 많이 있는 모양이야. 잔뜩 가져오면 돈을 많이 벌 수 있을지도 몰라."

"의욕이 생기는데."

요즘은 천룡이 왕국의 국경선으로 다가오지 않으니 바로 지도에 나온 곳으로 가서 칼집 소재를 얻도록 할까. 가는 김에 다른 소재도 채집한다면 제이드가 말한 대로 돈을 많이 벌 수 있을 것 같다.

스테이터스가 높아졌으니 예전과 비교해서 훨씬 빠르게 달릴 수도 있고, 이 정도 거리라면 느긋하게 가도 나흘 정도면 돌아올 수 있을 것 같다.

"그럼 다녀올게."

"마수정도 부탁해."

"그래!"

제12화 왕도군의 추적

힘차게 나선 나는 바로 상업 지구에서 식량을 구입했다.

오래 가지고 다닐 수 있는 보존 식량── 말린 고기와 말린 과일, 검은 빵 같은 것들이다. 그것을 가방에 가득 채우고 출발.

이번 목적은 마물을 쓰러뜨리는 것이 아니기에 마대를 가져가지는 않는다. 폭식 스킬의 굶주림을 적당히 억누를 정도로만 마물을 사냥하기로 했다.

방어도시 바빌론의 바깥쪽 문은 가리아 반대쪽에 있다. 그래서 일단 북쪽으로 가서 바깥쪽 문을 나선 다음 남쪽으로 가서 가리아로 들어간다.

바빌론 북쪽에 있는 바깥쪽 문을 지나자 양쪽 끝에 있던 병사들이 깜짝 놀란 표정을 지었다.

『저 병사들이 네가 또 사냥을 하러 가는 건가 하고 놀란 모양인데. 정말 탐욕스러운 녀석이구나, 페이트.』

"그건 그리드 너잖아……, 아니. 나하고 제이드가 한 이야기를 제대로 듣긴 했어? 누구 때문에 이렇게 하고 있는 건데. 칼집도 내 경장비보다 몇 배나 비싸잖아."

『당연하지. 이 몸에게 어울리는 칼집이니 말이야. 그 정도는 오히려 싸다고 느껴질 정도다.』

이렇게 탐욕스러운 녀석이 탐욕이라는 말을 하니 기분이 상하네.

그리드는 검이니까 칼집에 매우 집착한다는 건 잘 알고 있다. 지금 사용하고 있는 칼집은 싸움을 거듭하면서 군데군데 금이 가기도 했고, 일그러진 곳도 생겨서 차기가 불편하다.

그래서 흑검을 뽑거나 칼집에 넣을 때 항상 '이 칼집은 이제 못 쓰겠군' 같은 말을 하면서 시끄럽게 따지곤 한다.

이렇게 된 이상 어서 칼집을 만들어주고 조용하게 만드는 게 제일이다. 지금까지 그리드와 함께 지내면서 이 녀석이 만족스러워지면 그 상황을 즐기기 위해 매우 조용해진다는 것을 알게 되었으니까.

"좋아, 가자! 그리드."

『이 몸의 칼집을 만들기 위한 여행! 가자!』

바깥쪽 문으로 나온 나는 뛰어서 곧바로 가리아 대륙에 발을 내디뎠다.

그러자 갑자기 몸에 달라붙는 듯한 악취가 나를 덮쳤다. 여러 번 왔지만 여전히 익숙해지질 않는다. 왕국과 가리아 대륙은 분명히 어떤 보이지 않는 벽으로 나뉘어 있는 것 같다.

그런 생각이 들 정도로 다른 세계라는 느낌이 든다.

"이 피비린내……, 싫단 말이지."

『불평하지 마라. 이 몸의 칼집을 위해 어서 달리라고!』

오늘 그리드는 신이 난 것 같은데. 지금까지 자기가 중심이 될 일이 없었기에 잘난 척하고 싶은 그리드가 들뜬 건지도 모르겠다.

뭐, 결국 전부 내가 하게 되겠지만.

가리아 대륙은 황폐한 대지가 이어지기만 하는 곳이다. 풀과 나무 같은 건 하나도 없는 불모의 대지. 가끔 이곳에서만 볼 수 있는 기괴한 이끼 같은 게 군데군데 있을 뿐이다. 그것들이 사람 키 정도로 자라나서 포자를 뿜어내고 있다.

저 포자에는 약한 독이 있어서 마시지 않는 게 낫다고 한다.

"이봐, 그리드. 저 포자를 단숨에 들이마시면 어떻게 돼?"

『저거 말이지……, 아마…… 잔뜩 들이마시면 폐에 이끼가 낄 거다.』

"진짜로?!"

『잘 봐라. 저 이끼, 왠지 사람 모양인 것 같지 않나.』

"설마……, 저거 원래 사람이었어?"

『그런 거다. 그러니 까불다가 포자를 많이 마시지 마라.』

기분이 나쁘니까 그런 짓은 안 한다고.

사람이었다는 사실을 알고 보니…… 더 기분이 나쁘네.

거리를 확실하게 두고 걸어가자. 이끼에게 침식당해서 페이트 이끼가 되어버린 모습을 상상하고 있자니 그리드가 웃었다.

『페이트 이끼! 하하하하하하.』

"웃지 마! 그리고 마음을 읽지 마."

『너는 얼굴뿐만이 아니라 태도에도 마음이 드러나니까. 해골 마스크를 쓰고 있다 해도 알아보기 쉬운 녀석이거든.』

"시끄러워."

『하하하하하하하하.』

"그러니까 웃지 말라고."

『ㅋㅎㅎㅎㅎㅎㅎ.』

"그렇게 웃으니까 더 기분 나쁘잖아!"

젠장, 계속 들어줄 수가 없네. 흑검에서 손을 떼고 《독심》 스킬 발동을 멈추었다.

앞으로 나아가자. 숨을 멈춘 채 포자를 토해내는 인간 이끼 앞을 지나쳤다.

잠시 달려가다 보니 앞쪽에 오크들이 곳곳에 나타나기 시작했다.

"가리아에서 좀 안쪽으로 온 건가?"

『오크들이 모여 있는 모습으로 가리아의 위치를 대충 알 수 있게 되었군. 이제 미아가 될 일은 없겠어.』

오크들의 소굴── 콜로니라 불리는 곳은 여기에서 남쪽으로 계속 가면 나오는 곳에 있다.

역사적 기록에 따르면 그곳은 가리아의 가장 남쪽이라고 한다. 그곳에 오크가 가장 많이 있고, 북쪽으로 올라갈수록 숫자가 줄어든다.

가리아는 황폐해져서 비슷하게 보이는 대지가 이어져 있기 때문에 도표로 삼을 만한 곳이 별로 없다. 그리고 나침반도 사용할 수가 없다. 게다가 기후가 자주 변하기 때문에 하늘에 먹구름이 잔뜩 끼기도 한다. 해와 달, 별을 이용해서 방향을 알아볼 수가 없는 것이다.

하늘을 올려다보니 지금도 날씨가 그리 좋지는 않았다.

그래서 예전 무인들이 고안해낸 것이 오크들의 밀집도를 보고 북쪽과 남쪽을 구별하는 방법이었다.

북쪽과 남쪽만 알아내면 자연스럽게 동쪽과 서쪽도 알 수 있기 때문에 가리아에서는 자주 쓰이고 있다.

참고로 스탬피드의 발생지가 가장 남쪽에 있는 오크의 콜로니라고 한다. 그곳에서는 끊임없이 영토 싸움이 벌어지고 있고, 패배한 집단이 콜로니에서 추방당하는 모양이다.

그런 집단이 머무를 곳을 찾아 북쪽으로 계속 진군하는 것이다. 대부분 하이 오크 한 마리와 오크 100마리, 1개 중대다.

상황에 따라서는 다른 오크 집단과 합쳐져서 거대해진다. 그 집단이 다른 마물이나 관 마물을 끌어들여서 터무니없이 불어나곤 한다. 그것을 바빌론에서는 대규모 스탬피드라 부른다.

이 정도 수준이면 대규모 무인 파티(수십 명)로는 당해낼 수가 없다. 쉽사리 마물들의 파도에 휩쓸려버릴 것이다.

바로 그럴 때 성기사들이 이끄는 왕도군이 나서게 된다. 수만 명이나 되는 병사들과 성기사들은 대규모 스탬피드에 정면으로 맞서면서 막아내고 물리친다.

미쳐 날뛰는 마물들—— 정면에서 보면 셀 수가 없을 정도로 많은 마물들이 몰려드는 것 같은 느낌이 들 테니 위압감이 대단할 것이다. 그런 무리와 정면으로 맞서는 건 매우 용감한 행동이다. 그 때문인지 바빌론에 있는 병사들은 왕도의 병사들에 비해 잘난 척을 하지 않는 사람이 많은 것 같다.

슬슬 내가 접근하는 것을 눈치챈 오크들이 차례차례 네이처 웨폰을 꺼내들기 시작했다.

나는 흑검 그리드를 뽑아 들고 곧바로 속도를 늦추지 않고 돌진했다.

『페이트, 저런 졸개들을 느긋하게 상대하다가는 목적지에 도착할 수가 없을 거다.』

"그래, 네 말이 맞아. 그러니까 이걸로 가자."

흑검을 흑순으로 변형시켰다. 그리고 앞으로 내미는 듯이 겨누었다.

『실드 배시냐. 이제 좀 이해가 되는 모양이구나! 칭찬해주마.』

"밀어붙일 때는 꽤 편하단 말이지."

나는 다리에 힘을 주고 가속하기 시작했다.

오크들이 화염탄 마법이나 화살을 날려서 공격했지만, 이 난공불락의 흑순 앞에서는 의미가 없었다.

길을 가로막는 자들은 이 흑순으로 전부 날려버리겠어.

그리고 이 전투방식은 역시 즐거운 것 같다.

쾅쾅쾅쾅, 쾅쾅쾅쾅쾅콰앙~!

오크들이 흑순에 부딪혀서 날아가는 소리를 냈고, 나는 머릿속 한구석에서 무기질적인 목소리를 들었다.

《폭식 스킬이 발동됩니다.》

《스테이터스에 체력+156800, 근력+153600, 마력+121600, 정신+128000, 민첩+121600이 가산됩니다.》

음, 오크를 32마리 쓰러뜨린 모양인데. 무기질적 목소리 덕분에 가산된 합계 수치를 역산할 수 있으니 도움이 된다.

『신이 난 모양이구나, 페이트!』

"배가 고팠는데 마침 잘됐어."

걸리적거려, 걸리적거린다고, 비켜, 비켜, 비켜라~!!

나와 그리드는 오랜만에 아무런 생각도 하지 않고 싸우면서 함께 날뛰어댔다.

『페이트, 앞쪽에 오크 두 마리 발견!』

"좋았어! 으랴아아아아아!!"

오크 두 마리가 하늘 높이 날아가서 보이지 않게 되었다.

나는 마음껏 날뛰면서 오크들에게 포위당하기 전에 그곳을 빠져나갔다.

뒤에서는 화염탄 마법이나 화살이 날아오고 있었지만, 이 거리까지 닿지는 않을 것이다.

작별이다, 오크들아. 거기서 북쪽으로 더 가면 다른 무인들이 있을 테니 그 녀석들하고 싸워줘.

요즘 내가 바빌론 주변의 오크를 마구 잡아대고 있으니 그들이 가난해졌다.

오크들은 점이 되었고, 보이지 않게 되었다.

그리고 계속 나아가다 보니 먼 곳에서 바람에 나부끼는 커다란 깃발이 보였다. ……놀랍게도 왕도군이었다. 아직 멀리 있어서 확실하게 보이지는 않지만, 숫자는 1개 중대 정도인가?

바빌론에서 이 정도 떨어진 곳이라면 안전을 생각해서 3개 중대 정도는 갖추는 게 좋을 것 같은데.

겨우 저 정도 숫자로 움직이는 걸 보니 정말 급한 건지도 모르겠다.

나는 그리드에게 《독심》 스킬을 통해 물어보았다.

"이봐, 그리드. 너는 어떻게 생각해?"

『우리와 같은 방향으로 가고 있는 게 신경 쓰이는군.』

"하긴……, 조금만 더 접근해볼까."

조용히, 그러면서도 빠르게 달려가서 커다란 바위 그늘에 숨었다.

걸어가고 있는 왕도군. 말을 쓰지 않는 이유는 가리아에서 이동할 때 써먹을 수가 없기 때문이다.

이런 불모지에서는 말을 쉬게 할 곳도 없고, 먹이로 줄 풀도 없다. 그리고 성기사나 상위 무인 정도 되면 말을 타고 이동하는 것보다 자기 발로 뛰어가는 쪽이 더 빠르다.

평소에 성기사들이 말을 타는 것은 지위가 높다는 것을 아랫사람들에게 보여주기 위한 행위에 불과하다.

커다란 바위에 숨어서 보고 있는 동안에도 왕도군은 꽤 빠른 속도로 지나갔다.

그 사람들 중에 부하들을 신경 쓰면서 달려가는 금발 여자가 있었다. 입고 있는 옷은 성기사용 갑옷……, 저 사람은?!

"록시 님이다! 어째서 여기!!"

『목소리가 크다! 들킨다고!』

이런…… 그리드의 지적을 듣고 허둥대며 커다란 바위에서 내밀고 있던 고개를 숙였다.

나도 모르게 소리를 질러버렸다. 실수다……, 두근두근. 들키진 않았겠지.

잠시 후 커다란 바위에서 고개를 내밀어 왕도군의 상황을 살펴보았다.

록시 님 일행은 매우 급하게 가고 있는지 뛰어가는 뒷모습만 보였다.

휴우~, 들키게 되면 록시 님이 이것저것 캐물으려 할 우려가 있다. 요즘에 록시 님은 나를 보면 달려와서 뭔가 물어보려 한다.

해골 마스크를 쓰고 있으니 인식 저해 기능이 발동되고 있을 텐데……. 그렇게 팍팍 다가오면 정체를 들키지 않을까 하는 생각 때문에 초조해진다.

『지금까지 지켜본 바로는 그 여자애는 아무래도 신경 쓰이는 사람이 도망치면 쫓아가는 성격인 모양이로군. 페이트, 그렇게 우물쭈물하다가는 밀리게 될 거다.』

"딱히 우물쭈물하진 않았거든."

『과연 그럴까?』

"뭐냐고……."

그리드가 무슨 말을 하는 건지는 나도 알고 있다. 록시 님은 여차할 때 밀어붙이는 솜씨가 좋다. 겉으로 드러난 모습은 이름난 가문의 아가씨고, 신중한 성기사다. 하지만 하트 가문에서 하인이었을 때 보여주던 그녀의 모습은 나를 마구 휘둘러대는 활동적인 여자였다.

그런 그녀가 나를 왕도의 저택과 하트 가문의 영지에 데려가 주었고, 여러 사람들을 접할 수 있는 기회를 주었다. 내 세계가 넓어지는 것 같은 느낌이 들었기에 그녀와 함께 웃기도 했다. 내게는 얼마 되지 않는 행복한 추억이다.

나는 달려가는 록시 님을 바라보고 있었다.

"아무리 봐도 우리가 가고 있는 방향인데. 혹시 제이드가 말했던 왕도군의 소재 공급에 차질이 생겼다는 문제와 관련이 있을지도 모르겠어."

『소재를 채집할 수 있는 대계곡에 무슨 일이 생긴 건지도 모르지. 어떻게 할 거냐?』

"굳이 말할 필요도 없잖아."

쫓아가자, 목적지가 같다면 더더욱 그래야지.

하지만 들키지 않게끔 몰래.

록시 님이 이끄는 왕도군과 일정한 거리를 유지하며 남쪽으로 나아갔다. 앞쪽에 있는 그녀 일행은 한 번도 쉬지 않고 몇 시간이나 계속 달려가고 있었다.

역시 단련을 제대로 한 모양이네. 스테이터스의 가호가 있다 해도 슬슬 쉬었으면 하는 시간일 텐데.

해가 지기 시작했고, 주위가 점점 어두워지고 있었다. 하늘을 올려다보니 그렇게 구름이 잔뜩 끼어 있던 하늘에서 별이 반짝이고 있었다.

"이제 오크가 없더라도 방향을 알 수 있겠네. 그리드는 별을 보는 방법도 알아?"

『당연하지. 누구에게 그런 걸 물어보는 거냐? 이 몸은 그리드 님이시다. 저 붉은 별 세 개와 그 왼쪽에 있는 푸른 별의 위치를 통해 방향을 알아내지. 어떠냐!』

이 세계에 살아가는 사람이라면 대부분 알고 있을 텐데. 그런 상식을 그렇게까지 당당히 말할 수 있는 녀석은 그리드밖에 없을 거야.

"이봐, 저 서쪽 하늘에 있는 유난히 밝은 별은 뭐야?"

최근 몇 년 사이에 갑자기 나타난 별이었다. 착각이겠지만, 점점 커지고 있는 것 같기도 했다.

『저건…… 라프라스로군.』

"라프라스?"

일부 교회에서 숭배하는 신의 이름이었다. 예전에는 신자가 많았다고 하는데, 왕국이 라프라스 교회를 부수거나 다른 건물로 바꾸곤 했기에 점점 줄어들고 있다.

왕국이 확실하게 숭배를 금지하고 있진 않다. 하지만 오랜 세월에 거쳐서 사람들이 라프라스라는 이름을 잊게 만들려 하고 있는 것 같았다.

"그리드는 신이 존재한다고 믿어?"

『이 몸이 믿는 건 이 몸뿐이다. 뭐, 덤으로 페이트 너도 믿어줄 수 있지.』

"덤이라니, 그게 무슨 소리야!"

그런 말도 그리드답긴 하지. 흑검으로서 내가 상상하지 못할 만큼 기나긴 세월을 살아왔을 테니까. 그럼에도 불구하고 자아를 유지하고 있는 건 자기 자신을 확실하게 믿을 수 있는 자뿐일지도 모르지.

라프라스라……. 황금색으로 빛나는 저 별은 밤하늘의 별 중에서 홀로 특이한 느낌을 주고 있었다. 그 빛을 보고 있자면 왠지 '나는 여기 있다', 그렇게 이 세계에 살아가는 자들에게 주장하고 있는 것 같았다.

"나는 가끔 저 별을 보면 무섭기도 해……, 이 녀석이."

가슴에 손을 대고 몸속에 있는 폭식 스킬을 느꼈다. 지금도 마찬가지다. 저 별을 보면 이 녀석이 들썩대곤 한다.

『우연이군. 이 몸도 마찬가지다. 우리는 아무리 발버둥쳐도 도망칠 수 없는 건지도 모르지.』

"무슨 소리야?"

『흥, 글쎄다.』

그리드는 그렇게 말하고 나서 아무런 말도 하지 않게 되어버렸다. 나는 그런 그리드를 내버려두고 하늘에서 빛나는 라프라스를 다시 올려다보았다.

폭식 스킬이 들썩이고, 내 마음까지 술렁거리는 감정.

그것은 그리움이었다. 내가 고향을 잃고 나서 처음 알게 된 감정이다. 돌아가고 싶지만 돌아갈 수 없는 곳, 잊을 수 없을 정도로 소중한 기억이 남아버린 곳…… 그곳에 대한 마음이 계속 맴돌고 있다.

"너도 돌아가고 싶은 곳이 있는 거야?"

폭식 스킬에게 물어보았지만 당연하게도 대답은 없었다.

스킬 상대로 뭐하는 건지. 바보같이 말이야.

앞쪽을 보니 록시 님 일행이 멈춰서 텐트를 치기 시작하고 있었다. 오늘은 이만 쉴 모양이다.

제13화 대지를 태우는 불도마뱀

완성된 텐트 주변에는 경비를 맡은 사람이 열 명 정도 배치되어 있는 것 같았다.

나는 어떻게 할까. 먼저 가도 되긴 하겠지만.

오늘은 왠지 그럴 기분이 들지 않았다.

나도 이 근처에서 쉴까. 크기가 적당한 바위를 찾아내서 그 옆에 앉았다.

이런 가리아 한복판에서 푹 자는 건 힘들겠지만 몸에서 힘을 빼고 눈을 감으면 어느 정도 쉴 수는 있다. 마인과 그리드에게 배운 교훈이다── 무인이라면 어떤 상황에서도 몸을 쉬게 하고 싸움에 대비하라.

그게 조금 몸에 밴 건지도 모르겠다.

반쯤 자고, 나머지 반쯤은 깨어나 있다. 그런 느낌으로 밤이 깊어졌을 때였다.

이 느낌은?!

나는 바위에 기대 두었던 흑검 그리드를 잡았다.

"그리드, 마물이야. 게다가 이 느낌은."

『틀림없이 관 마물이로군. 그것도 여러 마리.』

그 마물들이 서쪽과 동쪽에서 다가오고 있다. 표적은 내가 아니라 왕도군이다.

록시 님도 그 사실을 눈치챘는지 텐트에서 뛰어나왔다. 성검을 칼집에서 뽑아 들고 부하들에게 지시를 내리고 있었다.

의식을 집중해서 관 마물의 기척을 찾아 정확한 숫자를 알아보았다.

"네 마리구나. 젠장, 텐트를 포위하려는 듯이 움직이기 시작했어."

『어떻게 할 거냐? 페이트.』

"당연히 가야지."

바위에서 뛰어나와 《암시》 스킬로 접근하고 있는 관 마물을 확인했다.

도마뱀을 크게 키운 것 같은 모습이다. 지면을 기어오는 듯이 몸을 꿈틀대면서 엄청난 속도로 다가오고 있었다.

서쪽, 아니면 동쪽, 어느 쪽 전투에 개입해야 할까. 서쪽 관 마물이 있는 곳에는 록시 님과 부하 성기사가 선두에 서 있었다.

동쪽에는 금발 성기사 한 명. 다른 병사들을 서쪽과 비교해서 많이 데리고 있긴 하지만 전력이 부족한 것 같았다.

서쪽에 있는 록시 님을 보았다. 그녀라면 이 정도는 괜찮겠지.

"그리드, 동쪽에 개입하자."

『이 몸을 흑궁으로 변형시켜라! 석화 마력 화살로 선제공격을 가하자.』

나는 흑궁으로 변형시킨 다음 활시위를 당겨서 마력 화살을 만들어냈다. 그리고 석화 마법을 걸었다.

황토색으로 물든 마력 화살을 날린 것과 동시에 왕도군의 텐트 쪽으로 뛰어갔다.

마력 화살은 일직선으로 동쪽에서 다가오던 거대 도마뱀 중 한 마리를 향해 날아갔고, 오른쪽 앞다리에 명중했다.

맞은 곳부터 석화되기 시작했고, 거대 도마뱀의 다리가 부러졌다. 달려오던 도중에 갑자기 앞다리 하나를 잃었기에 넘어지면서 세차게 흙먼지를 일으켰다.

"우선 한 마리의 움직임을 막았어. 다른 한 마리도 막자."

달려가면서 석화 마력 화살을 날렸지만, 이번에는 기습이 아니었다. 그 때문에 거대 도마뱀이 이쪽을 향해 목을 커다랗게 부풀린 다음 불꽃을 뿜어냈다.

그 열량은 꽤 강했고, 지면까지 녹아내릴 정도였다. 내가 날린 석화 마력 화살이 쉽사리 그 불꽃에 타버렸다.

"무슨 화력이 저래!"

『그렇군, 저건 샐러맨더인가? 몸속의 기름 주머니에 공기가 닿기만 해도 타오르는 물질을 모아두고 있다. 특별한 스킬은 없으니 안심해라.』

아직 감정 스킬 범위 밖이다. 그리드가 가르쳐준 지식이 도움이 된다.

하지만 흑궁으로 날린 공격은 저 불꽃 때문에 막히고 있으니 접근전을 벌이면서 불꽃에 당하기 전에 단숨에 쓰러뜨릴 수밖에 없을 것 같다.

하지만 나보다 먼저 샐러맨더가 왕도군과 충돌했다. 노던이 성검을 겨누고 달려드는 샐러맨더를 막아내려 했지만.

"끄아아아악!"

사람보다 다섯 배는 큰 몸집을 막아내지 못하고 세차게 뒤로 날아가 버렸다. 그대로 텐트에 처박혔고, 전혀 반응을 보이지 않게 되었다. 나하고 만났을 때 그렇게 잘난 척을 했던 주제에 뭐하고 있는 거야?

지시를 내릴 예정이었던 노던이 갑자기 사라졌기 때문에 부하들이 혼란스러워하기 시작했다.

그런 와중에 머리카락이 갈색이고 몸집이 작은 여자애가 덩치에 어울리지 않을 정도로 큰 대검을 휘두르며 용감하게 샐러맨더를 공격하고 있었다.

"저 대검…… 불꽃을 두르고 있어. 혹시, 마검인가?!"

『그런 모양이로군. 저건 불꽃이 깃든 마검 플랑베르쥬다. 강력한 마검이지만 상성이 너무 안 좋군.』

무기와 관 마물이 같은 속성이기 때문에 아무리 강력한 마검이라 해도 샐러맨더에게 유효타를 가할 수 없는 모양이었다.

그녀가 플랑베르쥬를 내려친 틈을 타서 샐러맨더가 꼬리를 휘둘렀다.

그러자 그녀는 가녀린 비명을 지르며 땅바닥으로 날아가 버렸다.

그리고 샐러맨더는 그녀를 물어뜯으려 했다.

"밀리아, 정신 차려!"

장년 남자가 그녀의 이름을 부르며 사각에서 활시위를 당겼다.

화살이 멋지게 눈에 명중했고, 샐러맨더가 괴로워하고 있는 동안 밀리아라는 여자를 안전한 곳으로 옮기려 했지만.

"무간 씨, 뒤쪽."

"쳇, 이거 큰일인데……."

샐러맨더가 목을 부풀리면서 주위 일대를 휩쓸어버리려 하고 있었다.

두 사람의 포기한 듯한 목소리가 들리는데, 오히려 지금까지 버텨준 것이 고마웠다.

그들이 시간을 벌어주지 않았다면 제때 맞춰서 오지 못했을 것이다.

나는 불꽃을 내뿜기 직전이었던 샐러맨더를 세로로 일도양단했다.

《폭식 스킬이 발동됩니다.》

《스테이터스에 체력+900000, 근력+1530000, 마력+830000, 정신+980000, 민첩+1200000이 가산됩니다.》

"괜찮아? 아직 싸울 수 있어?"

"당신은 누구지?"

"이야기는 나중에 해. 아직 서쪽에 관 마물이 두 마리 있어. 싸울 수 있다면 그녀가 있는 쪽으로 가줘. 나는 땅에서 기어 다니고 있는 다른 한 마리를 확실하게 쓰러뜨릴 테니까."

뒤쪽에서는 방금 쓰러뜨린 샐러맨더가 타오르고 있었다. 기름 주머니에 상처가 나서 인화된 모양이었다.

무간이라는 남자는 내가 해골 마스크를 쓰고 있는 수상쩍은 차림새인데도 불구하고 곧바로 밀리아를 데리고 록시 님이 있는 곳으로 가주었다. 보아하니 둘 다 꽤 실력이 있다.

두 사람이 합세하면 서쪽 전투는 금방 결판이 날 것이다.

동쪽을 보니 오른쪽 앞다리를 잃은 샐러맨더가 여전히 이쪽을 향해 몸을 질질 끌면서 다가오고 있었다.

그런 행동을 보니 위화감이 들었다. 저렇게 크게 다치면 보통 도망치려 할 것이다. 하지만 집요하게 왕도군을 공격하려고 발버둥 치는 것 같았다.

"내가 알고 있는 마물이 아닌데. 뭔가…… 뚜렷한 의지 같은 게 느껴져."

『마물이라면 위험해졌을 때 본능적으로 도망칠 테니까.』

그리드도 내 의견에 맞장구를 쳐주었다.

샐러맨더의 불꽃을 조심하면서 상황을 살펴보고 있자니——.

"이마 쪽을 봐줘. 뭔가 문장이 새겨져 있는데."

『본 적이 없는 문장인데……, 하지만 저건 인위적으로 새겨진 것 같다.』

"그렇지."

그리드가 말한 것처럼 인위적으로 새겨진 거라면 대체 무엇을 하기 위한 문장인 걸까.

확실한 답이 없는 이상 계속 추측해봤자 소용이 없다. 지금은 저 샐러맨더를 쓰러뜨리는 게 우선이다.

화염을 내뿜으려고 입을 벌리기 전에 흑검으로 목을 잘라냈다.

그리고 들리는 무기질적인 목소리.

《폭식 스킬이 발동됩니다.》

《스테이터스에 체력+900000, 근력+1530000, 마력+830000, 정신+980000, 민첩+1200000이 가산됩니다.》

스테이터스가 매우 높지는 않지만 관 마물을 두 마리 연속으로 먹었다. 예상했던 대로 폭식 스킬이 내 안에서 날뛰려고 고개를 들기 시작했다.

그것을 억누르고 있자니 좀 전에 록시 님을 도우러 갔던 두 사람이 내 곁으로 다가왔다. 보아하니 그쪽에서도 결판이 난 모양이었다.

체격이 듬직한 장년 남자—— 무간이 말을 걸었다.

"좀 전에는 덕분에 살았다. 나는 무간이다. 록시 님이 이끄는 군대의 부대장을 맡고 있지. 그리고 이 건방져 보이는 게 밀리아다."

"뭐죠?! 그런 소개가 어디 있어요?! 기분 상했어요."

"무슨 소리냐. 샐러맨더를 상대로 화염속성 마검을 쓰는 녀석이 어디 있어! 너는 거기서 반성하고 있어."

"제 무기는 이것밖에 없다고요!"

내 앞에서 옥신각신하기 시작한 두 사람. 나이 차이가 많이 나는 것 같아서 아버지가 딸을 혼내는 것 같은 느낌이 들었다.

"어이쿠, 미안하군. 평소 버릇이라……. 차림새를 보아하니 바빌론에서 유명한 무인 무쿠로겠군."

"그런데."

이렇게 대놓고 나섰는데 굳이 부정할 생각은 없었다. 그리고 왕도군에도 내 존재가 알려져 있는 것 같았다.

"그렇군, 소문대로 강한데. 관 마물인 샐러맨더를 일도양단했으니까. 그렇게 강하니 록시 님이 신경 쓸 만도 하겠어."

"네? 이 사람이 그 무쿠로예요?! 상상했던 것과는 좀 다르네요. 땀내 나는 덩치일 줄 알았는데. 얼굴을 보고 싶으니까 그 가면을 벗어주실 수 있나요?"

"멍청아! 이래서 밀리아는……. 가면을 쓰고 있다는 건 얼굴을 드러내고 싶지 않기 때문이잖아. 도움을 받아놓고 왜 그렇게 실례되는 말을 하는 거냐."

무간이 내게 사과하면서 밀리아의 머리를 쥐어박았다. 그러자 그녀는 울상을 지으면서 뒤쪽에서 다가온 금발 여자에게 도움을 청했다.

"록시 님, 제 말 좀 들어보세요. 또 무간 씨가."

"미안해, 밀리아. 지금은 중요한 때니까 나중에 이야기를 들어 줄게."

"그럴 수가~…… 록시 님!"

무간이 어떻게든 이야기를 하려 하던 밀리아의 목덜미를 잡고 텐트로 데려갔다. 시끌벅적한 두 사람이었다.

그런 사람들이 사라지자 갑자기 주위가 조용해져버렸다. 좀 전까지 샐러맨더 네 마리와 전투를 벌였다는 게 거짓말 같았다.

나는 록시 님과 마주 보고 섰고, 잠시 후 입을 열었다.

"여, 우연이군."

"그렇네요. 구해주셔서 감사합니다. 설마 관 마물 네 마리가 그렇게 연계를 취하면서 동시에 덤벼들 줄은 상상도 못 했어요. 무쿠로 씨가 없었다면 부하가 죽었을지도 모르죠."

록시 님은 그렇게 말하며 안도의 한숨을 쉬었다.

당연히 알고 있겠지만, 나는 일부러 충고했다.

"가리아에서는 무슨 일이 일어날지 모르니까."

"정말 그렇네요. 덕분에 잘 배웠어요. 그런데 보답할 겸 오늘은 저 텐트에서 쉬고 가시는 게 어떨까요? 계속 저희를 쫓아오셨잖아요."

그 말을 듣고 나니 내가 쓰고 있던 해골 마스크가 비뚤어질 뻔했다.

"어……? 들켰어?"

"물론이죠. 당신이 기척을 지우고 있었을지는 몰라도 뻔히 보이던데요."

그리드가 《독심》 스킬을 통해 『이 미숙한 놈!』이라고 말했다. 변명할 여지도 없다.

"그야 ……큰 소리로 제 이름을 불렀으니까요. 눈치채지 못하는 게 이상하죠."

록시 님은 웃으면서 강한데 얼빠진 구석이 있다고 말했다.

아……, 그렇다면 내가 록시 님을 발견하자마자 들켰다는 건데. 머리를 부여잡고 있자니.

"계속 서서 이야기할 게 아니라 저쪽으로 가요. 슬슬 쓰러진 텐트 같은 걸 고치고 있을 테니까요."

"그렇게 하지."

"오늘은 순순해서 좋네요! 항상 제게서 도망치기만 하니까 다음에는 꼭, 그렇게 생각하고 있었어요."

아무래도 그리드가 지적한 대로 록시 님은 도망치는 사람을 쫓아다니는 성격인 모양이다.

언제든 잡히게 된다면 지금이 괜찮은 타이밍일지도 모르겠다.

우리는 바위를 이용해 만든 의자에 마주 보고 앉았다. 밤하늘의 별이 한층 더 빛나고 있는 와중에 하던 이야기를 마저 하려 했는데.

"조금 쌀쌀해졌네요. 불을 쬐면 좋겠는데, 여기에는 태울 나무도 없어서요."

"그렇다면 이걸 쓰지."

샐러맨더의 시체가 아직 시야 구석에서 타오르고 있지만, 살이 타면서 기분 나쁜 냄새를 풍기고 있다. 저런 상황에서는 조용히 불을 쬘 수도 없다.

나는 화염탄 마법으로 불덩이를 만들어냈다. 그리고 나와 록시 님 사이에 띄웠다.

"어머, 따뜻하네요. 감사합니다. 이 상태를 유지하다니, 수련을 상당히 하신 모양인데요."

"모처럼 마법을 쓸 수 있으니 어느 정도는 써먹을 수 있게끔 해야겠다 싶어서."

"보기와는 달리 노력가시네요."

록시 님은 그렇게 말한 다음 내 해골 마스크를 바라보고 있었다. 너무 빤히 바라보니 견딜 수가 없어서 물어보았다.

"너무 빤히 바라보면 쑥스러운데."

"죄송해요. 어째서일까요……, 당신을 보고 있으면 어떤 사람이 생각나거든요. 뭐라고 해야 하나, 무쿠로 씨와 이야기를 하고 있으면 정말 많이 닮았어요. 이상하죠…… 그는 하트 가문의 저택에 있을 텐데, 마치 바로 곁에 있는 것 같아요."

"누군지는 모르겠지만 행복한 녀석이겠군."

나는 심장이 두근거렸다. 닮았다는 이야기를 들으니 깜짝 놀랐다.

아무리 해골 마스크로 인식 저해를 걸고 있어도 별다른 생각을 하지 않고 하는 행동까지는 숨길 수 없다. 그리고 마주 보고 이야기를 나누면 의도하지 않아도 비슷한 분위기나 분위기를 느끼게 된다.

그래도 안심한 점이 있다. 그녀 안에 있는 페이트 그래파이트는 지켜야만 하는 존재이고, 지금도 하트 가문의 저택에서 하인으로 일하고 있는 것이다. 이런 곳에 올 사람이 아니라는 확신이 있었다.

그렇기 때문에 이 해골 마스크만 벗지 않는다면 나는 앞으로도 무인 무쿠로로 활동할 수 있을 것이다.

내가 그렇게 생각하고 있자니 록시 님은 밤하늘을 바라보았다.

"저는 가끔 그가 행복한지 생각할 때가 있어요. 그는 원래 하트 가문의 하인이 아니었거든요. 어떤 이유 때문에 제가 그를 억지로 하인으로 삼았죠. 그때는 그게 그를 위한 거라 생각했어요. 하지만 이렇게 떨어지게 되니 정말 그게 그를 위한 거였는지."

"그 녀석은 행복한 녀석이야. 그렇게 생각해주니까. 만약 불평하는 녀석이 있다면 내가 베어주지."

"감사합니다. 당신에게 이런 이야기를 해서 죄송하네요. 밤도 늦었으니 본론으로 들어가죠. 무쿠로 씨는 어디로 가고 있는 거죠? 저희를 미행하러 온 건 아닐 테고."

이렇게 된 이상 거짓말을 할 필요도 없고, 할 이유도 없다.

"제이드 스트라토스라는 무구 장인의 부탁을 받고 마수정을 채집하러 가고 있어. 원래는 왕도군에게서 구입할 수 있는 물건인데, 왠지 모르겠지만 얻을 수가 없게 된 모양이라."

"그렇군요, 역시 저희와 같은 곳으로 가고 계셨나요."

록시 님은 고개를 끄덕이면서 진지한 표정으로 말했다.

"그곳으로 소재를 채집하러 간 부대의 연락이 끊겼어요. 그래서 도시의 무구 상점에 공급할 수 없는 것들이 늘어나고 있는 상황이고요. 마수정도 그중 하나예요. 저희는 부대를 구하고 무슨

일이 일어난 건지 조사하기 위해 서둘러 가고 있어요. 목적지가 같다면 함께 행동하시는 건 어떨까요?"

"알았어. 그렇게 하도록 하지."

"그럼 앞으로 잘 부탁해요."

록시 님이 내민 손. 그 모습을 보고 나는 독심 스킬이 발동되지 않게끔 주의를 기울이며 악수했다. 그녀는 겉과 속이 똑같은 사람이라는 사실은 잘 알고 있다.

그렇기 때문에 나는 그녀의 마음을 들여다보는 짓만은 하고 싶지 않았다.

악수를 하고 있자니 방해하는 사람—— 머리카락이 갈색인 여자애가 나타났다. 뛰어들어서 갑자기 록시 님을 껴안으며 뒤쪽으로 끌어당긴 것이다.

"언제까지 잡고 계실 건데요?! 록시 님도요!"

"잠깐, 밀리아."

"그렇게 악수를 하고 싶으면 제가 해드릴게요. 자, 잡으세요."

반쯤 억지로 악수를 하게 되었다. 너무 갑작스러워서《독심》스킬을 제어할 수가 없었기에 발동되었다.

"사이좋게 지내죠."

(혹시 이 해골 녀석이 록시 님께 접근하고 싶다고 생각하고 있을지도 몰라. 일부러 미행까지 했으니까. 내가 록시 님을 지켜야지. 좀 강하다고 해서 까불지 말라고. 이미 적이야.)

엄청 경계하고 있다. 그리고 겉과 속이 너무 다른데……. 사이좋게 지내자고 하면서 적으로 보고 있으니까.

해골 마스크 안에서 쓴웃음을 지으며 밀리아의 손을 놓았다.

"음~. 역시 그 가면 안쪽이 신경 쓰이네요. 마음에 걸려서 잠이 안 올 것 같으니까 벗어주시겠어요?"

좀 전과 마찬가지로 해골 마스크 안쪽에 있는 내 얼굴을 보고 싶은 모양이었다. 이 아이는 힘으로 보려고 할지도 모르니까 방심할 수가 없겠는데.

곤란해하고 있자니 보다 못한 록시 님이 나와 밀리아 사이에 끼어들어서 말려주었다.

"잠깐, 밀리아. 그런 짓을 하면 안 되잖니."

"네에에에에? 록시 님은 궁금하지 않으신가요?"

"그야……, 궁금하긴 하지만…….."

어라?! 말리러 했던 분위기가 왠지 이상하게 돌아가는 것 같다.

아무래도 록시 님도 내심 밀리아와 마찬가지로 해골 마스크 안쪽에 있는 얼굴을 보고 싶은 모양이었다. 뭐, 그렇겠지. 록시 님도 왕도에 있었을 때는 신분을 숨기고 백성들의 상황을 알아보기 위해서 빠져나가곤 했으니까.

신경 쓰여서 알고 싶어지는 유혹에는 거역하기가 힘든 법이다. 자기 눈으로 봐야만 성이 찬다. 하인이었던 나는 그녀 곁에 있었기에 잘 알고 있었다.

그래도 상대방에게 사정이 있을 때는 강요를 할 사람이 아니다. 그래서 록시 님이 무슨 말을 하려는 건지 확실하게 예상할 수 있었다.

"그래도 안 돼요!"

"괜찮잖아요, 록시 님!"

"그렇게 계속 고집을 부리면 뒤에 있는 분이 가만히 있지 않을 거예요."

"네?"

밀리아가 뒤를 돌아보자 머리에 혈관이 튀어나온 무간이 눈을 흘기고 있었다.

"으엑, 무간 씨. 관 마물의 시체를 조사하고 처분하러 가신 거 아니었나요……."

"누군가가 몰래 빠져나와서 도와주질 않길래 상황을 살펴보러 왔더니, 이게 대체 어떻게 된 거지?"

"록시 님께 나쁜 벌레가 꼬이지 않게끔 말이죠."

이봐, 이봐, 내가 나쁜 벌레 같잖아. 정말 말이 심하네.

내가 록시 님을 보자 그녀가 쓴웃음을 지으며 손을 마주 모았다. 미안하다는 뜻일 것이다.

"그럼 가자."

"잠깐만요, 무간 씨."

밀리아는 다시 무간에게 목덜미를 잡힌 채 끌려갔다.

멀어지면서도 '록시 님, 록시 님'이라는 목소리가 들렸다.

나는 그 모습을 보며 록시 님에게 말했다.

"소란스럽군."

"네, 항상 이런 느낌이에요. 하지만 활기차서 좋죠."

"하긴, 그렇게 볼 수도 있겠다만……."

"그럼 내일부터 잘 부탁드립니다."

"그래."

내일은 이른 아침에 출발한다니 마련해준 텐트에서 쉬기로 했다. 안으로 들어가서 깜짝 놀랐다. 무간과 같은 텐트였던 것이다.

설마 부대장과 함께 텐트를 쓰게 될 줄은 몰랐다. 그리고 팔다리가 밧줄로 묶인 채 누워 있는 밀리아까지 있었다.

"어째서 그녀가 여기 있는 거지?!"

"신경 쓰지 마. 이 녀석은 이렇게 해두지 않으면 록시 님께 폐를 끼치거든. 뭐, 이게 우리의 일상이라는 거다."

"무슨 일상이 이래?"

밀리아가 원망스러운 눈초리로 나를 바라보고 있었지만 무시하자. 괜히 엮이면 좀 전에 그랬던 것처럼 소란스러워진다.

해골 마스크를 쓰고 자는 건 귀찮지만, 이대로 잘 수밖에 없을 것 같다.

나는 밀리아에게서 거리를 둔 채 살짝 잠들었다. 물론 마물이 또 습격할지도 모르고, 밀리아가 해골 마스크를 벗기려 할지도 모르기 때문이다.

제14화 왕도군

텐트에 스며드는 빛으로 인해 깨어나자 무간의 다리 사이에 낀 채 잠든 밀리아의 얼굴이 눈에 들어왔다.

내가 잠든 뒤 어떻게든 움직이려 하는 밀리아를 무간이 막아준 모양이었다. 그건 그렇고 입에서 침까지 흘리면서 정말 얼빠진 표정으로 자는 것 같다.

일어나서 흑검 그리드를 들었다. 그러자 무간이 깨어났다.

"어제는 미안했다. 예비 텐트가 있으면 좋았을 텐데, 이번에는 급하게 오느라 가지고 오지 못했거든."

"바깥에서 바위를 침대 삼아 자는 것보다는 편했으니까. 그런 데 밀리아는 어때?"

나는 아직 잠들어 있는 밀리아를 보며 말했다.

"항상 이래. 이 녀석은 손이 많이 가는 녀석이지만 싸울 때는 실력이 좋거든. 나중에는 록시 님의 오른팔이 될지도 모르지. 그때까지는 내가 돌봐줄 뿐이고."

"마치 부모 자식 같군."

"가끔 동료들이 그런 말을 하지. 밀리아는 싫어하지만 말이야."

깊이 잠든 밀리아를 눕혀두고 우리는 텐트를 나섰다.

바깥에서는 이미 아침 식사 준비를 하고 있었다. 만들고 있다 기보다는 잘라내고 있다는 표현이 더 정확하다.

이곳은 가리아다. 장작이나 물을 간단히 조달할 수 없는 곳에서는 손이 많이 가는 요리를 할 수 없으니 간단한 식사를 할 수밖에 없다.

나무 그릇에 담아서 나눠주고 있는 음식은 물 한잔과 딱딱해 보이는 검은 빵, 말린 고기, 말린 과일이었다. 내가 바빌론에서 준비해온 오래 가는 식량과 똑같은 것들이었다.

"가리아에서 행동할 때는 밥이 맛이 없어서 큰일이란 말이지. 어때, 같이 먹을까?"

"사양할게. 여기에서는 식량이 귀중할 텐데, 갑자기 끼어든 내 몫까지 준비해오진 않았을 거 아냐. 나는 내가 준비해온 걸 먹을 테니까."

"그렇군……. 사실 그렇게 해주면 고맙지. 아마 록시 님은 자신의 몫을 나누어주려 할 테니까. 정말…… 곤란한 분이라니까."

그렇게 자랑스러운 듯이 말하는 무간이 인상적이었다.

잠시 후 록시 님도 식사하러 나와서 잠시 담소를 나누는 시간이 되었다.

"어머, 밀리아는 아직 자고 있나요?"

"그 녀석은 밤에 계속 어떻게든 묶인 걸 풀고 록시 님의 텐트로 숨어들려고 했으니까요. 피곤하겠죠."

"정말…… 그 애도 참……, 어쩔 수 없네요. 깨우고 올게요."

록시 님은 식사를 중단하고 밀리아가 있는 텐트로 걸어갔다. 그러자 잠시 후에 밀리아가 기뻐하는 목소리가 들렸다.

그리고 록시 님에게 찰싹 달라붙어서 우리가 있는 곳으로 왔다.

"아아아아, 록시 님께서 깨워주셨어요. 이제 죽어도 여한이 없답니다!"

"재수 없는 소리 하지 마라! 밀리아!"

무간이 한 말이 맞다. 앞으로 무슨 일이 일어날지 모르는 소재 채집장으로 가야 한다. 다른 사람들도 야유를 보냈지만 밀리아는 아랑곳하지 않았다.

"안녕하세요, 무간 씨. 그리고 여러분! 오늘은 좋은 하루가 될 거예요!"

"아예 듣지를 않네."

무간이 질색하면서 어깨를 늘어뜨렸다. 또 소란스러운 하루가 시작될 것 같다.

록시 님과 우연히 눈이 마주쳐서 함께 웃어버렸다.

그런 와중에 성기사인 노턴이 내 옆에 앉았다. 보아하니 어제 샐러맨더와 싸우다가 세차게 날아가버린 탓에 부상을 입었는지 오른팔을 붕대로 감고 있었다. 그럼에도 불구하고 여유롭게 미소를 짓고 있었다.

"여, 또 만났구나. 어제는 덕분에 살았어."

"성기사 주제에 너무 방심하던데."

"그렇게 말하니 면목이 없군. 내 쪽으로 관 마물이 두 마리나 왔다고. 그래서 좀 초조했던 모양이야. 하지만 다행이지. 보면 알 겠지만 나는 부상을 입어서 제대로 싸울 수가 없어. 네가 나 대신 싸워줄 거라 예상하진 못했는데."

"미리 말해두지만 소재 채집장까지만이야. 그때까지는 나으 라고."

"선처하지. 그런데 내 밑으로 들어오라는 이야기를 다시 생각 해줄 수 있을까."

샐러맨더에게 그렇게 쉽사리 당한 주제에 용케도 그런 말을 하는구나. 그런 자신감이 어디서 나오는 건지는 모르겠지만, 내 대답은 변함이 없었다.

"나는 네 밑에서 일할 생각이 없어. 앞으로 무슨 일이 있더라도 그것만큼은 변함이 없지."

"안타깝군. 기대하고 있었는데……."

노던은 그릇 위에 담겨 있던 음식을 제대로 먹지도 않고 곧바로 일어서서 부하들과 함께 떠나갔다. 나는 노던이 신경 쓰여서 식사하고 있던 록시 님에게 물어보았다.

"록시 님, 잠깐만."

"뭐죠?"

"저 노던이라는 성기사는 어떤 녀석이지?"

"그는 예전부터 바빌론에서 가리아의 마물로부터 왕도를 지켜온 성기사 일족의 일원이에요. 가리아에 대해서 매우 잘 알고 있어서 저도 그에게 자주 배우곤 하죠. 이번 소재 채집장 문제도 그가 재빨리 이변을 눈치채고 구출 및 조사를 건의해주었거든요."

록시 님은 노던을 나름대로 신뢰하고 있는 모양이었다. 록시 님은 가리아에 처음 왔으니까, 이 지역의 믿음직한 참모라 할 수 있을 것이다.

"자기 이야기를 별로 하지 않는 사람이니까요. 자주 주위에서 쓸데없는 오해를 사곤 해요. 그런 점에서는 무쿠로 씨와 비슷하네요."

"뭐어어? 나와 저 녀석이 비슷하다고?"

"비밀이 많으니까요."

그렇죠. 뭐라 할 수가 없네. 텐트를 정리하고 있던 노던 일행을 바라보았다.

노던이 지시를 내리자 부하들이 재빨리 텐트를 큼직한 가방에 담고 있었다.

나와 저 녀석이 비슷하다고……. 나는 노던의 종잡을 수 없고 정체를 알 수 없는 느낌이 마음에 들지 않았다.

식사를 마친 록시 님 일행은 남쪽을 향해 나아가기 시작했다. 나도 끼어서 함께 달려가고 있는데 밀리아가 자꾸 시비를 걸어댔다.

아무것도 없는 불모지가 영원히 계속 이어지는 것 아닐까 하는 참이라 오히려 기분을 전환할 수 있어서 다행이었다.

"그 해골 마스크, 제가 가져갈게요. 에잇."

"어이쿠! 이봐, 이봐, 그렇게 해선 이걸 벗길 수가 없다고."

꽤 빠르게 달려가고 있는데, 정말 기운이 넘치는 아이다. 폴짝 폴짝 뛰어오르며 내 해골 마스크를 빼앗으려 했다.

나는 간단히 피했다. 밀리아의 움직임은 단순해서 발의 움직임만 보고 있으면 어떻게 나올지 알 수 있었기 때문이다.

"크윽!! 어째서 그렇게 간단히 피하는 거죠?"

"비밀이야. 가르쳐주면 피하기 힘들어지니까."

"뭐라고요?! 이렇게 열심히 하는데, 기분 상했어요!"

발끈해서 더욱 속도를 높이기 시작했다. 이렇게 계속하다가는 목적지에 도착하기 전에 밀리아가 뻗어버릴 것 같다.

보다 못한 록시 님이 그녀에게 주의를 주었다.

"이제 그만하지 않으면 화낼 거예요. 그리고 무쿠로 씨도 밀리아를 도발하지 말아주세요."

""죄송합니다…….""

양쪽 다 잘못했다는 식으로 혼나버렸다. 그러자 무간과 다른 병사들이 웃어댔다.

이런이런. 어느새 나도 록시 님이 이끄는 군대의 일원이 되어버린 것 같다. 이곳에서는 하트 가문의 하인이었던 시절과 마찬가지로 따스함이 느껴졌다.

하지만 그렇게 따스한 기분도 노던이 한 말 한마디에 사라져버렸다.

중간에 오크 무리와 마주치면서 몇 시간 정도 계속 달려갔을 때였다.

"저기 보이는 대계곡이 목적지입니다."

황폐한 대지가 지평선 너머에서 입을 떡 벌리고 있었다. 아무리 봐도 자연스럽게 만들어진 게 아니었다. 터무니없는 공격으로 대지가 헤집어졌다고 하는 게 더 그럴싸하다.

지형을 저렇게 광범위하게 바꾸어버리는 방법 같은 건 짐작도 되지 않는데……, 아니, 그리드의 제2위계 오의── 스테이터스를 더 올려서 온 힘을 다해 날리는 블러디 터미건이라면 가능할 것 같다는 생각이 들었다.

"이봐, 그리드. 저거 예전에 네가 한 건 아니겠지?"

『글쎄다. 옛날에 벌였던 전투를 전부 다 기억하고 있지는 않으니까.』

"그렇게 말할 줄 알았어."

기억이 안 난단 말이지. 자기가 했다는 말을 하지 않는 걸 보니 내 예상이 빗나간 건 아닌 모양이다.

나와 마찬가지로 폭식 스킬을 가지고 있었다는 사람은 예전에 그리드와 함께 어떤 일을 한 걸까. 그중 일부를 알아낼 수 있을지도 모르겠다.

그런 생각을 하고 나니 더 빨리 보고 싶어졌다. 록시 님 일행이 있는 곳을 벗어나 달려가던 내게 말을 거는 사람이 있었다. 물론 록시 님이었다.

"앗, 무쿠로 씨."

"목적지에 거의 다 왔다. 이제부터는 따로 가지."

"어쩔 수 없죠. 그래도 소재를 회수한 뒤에 합류해요."

엄청나게 노려본다. 여기까지 함께 왔으니 돌아갈 때도 함께 가자는 뜻이다. 나는 포기하고 록시 님에게 대답했다.

"알았어. 소재를 찾아낸 뒤에 합류할게."

"좋아요. 조심하세요."

록시 님이 배웅해주고 있던 와중에 밀리아가 튀어나와서 이렇게 선언했다.

"무쿠로! 돌아갈 때는 그 해골 마스크를 빼앗을 거예요. 각오하시라고요!"

"밀리아, 너는 좀 조용히 있어!"

그렇게 말하고서는 무간의 손에 끌려갔다. 다음에 합류할 때는 좀 얌전해졌으면 좋겠다.

록시 님 일행은 우선 대계곡으로 왔다는 왕도군을 수색하게 된다. 내 목적은 소재를 수집하는 거지만 중간에 왕도군을 발견하면 록시 님에게 알려줘야지.

다가가서 보니 대계곡이 너무나도 거대해서 깜짝 놀랐다. 방어도시 바빌론이 100개 정도는 들어가고도 남을 정도였다. 이렇게 크면 마수정을 찾는 데 시간이 오래 걸릴지도 모르겠는데.

그리고 놀랍게도 이곳에는 식물이 있었다. 올려다봐야 할 정도로 깎아지른 절벽에 닿을 것처럼 큰 나무가 푸른 나뭇잎을 달고 있었다. 가끔 부는 바람 때문에 나뭇잎이 흔들리며 소리를 내기도 했다.

땅바닥에는 초원이 펼쳐져 있어서 마치 이곳이 가리아, 죽음의 세계에서 격리된 낙원처럼 보였다. 그곳에 발을 내디뎌보니 실감할 수 있었다.

가리아 특유의 악취—— 피비린내가 느껴지지 않았다. 맑은 공기가 숨을 쉴 때마다 폐를 채워나갔다.

"마치 여기만 정화된 것 같네."

『그렇지. 네가 말한 것처럼 이곳은 가리아이면서도 가리아와는 다르다.』

"혹시 여기에서 벌어졌을지도 모르는 전투의 영향이야?"

『그럴지도 모르지.』

"그렇게 말할 줄 알았어."

여기에서 전투를 벌였을지도 모르는 전 폭식 스킬 보유자가 그 힘으로 오염된 가리아의 대지조차 풀과 나무가 자랄 수 있게 정화한 건가? 내게는 아직 그런 힘이 없다.

나는 초원을 잠시 걸어가다가 어떤 것을 발견하고 멈춰 섰다.

"이건……, 마물인가?"

『석화된 마물인 모양이군. 아마 오랜 세월에 걸쳐 이 특수한 환경에서 썩지도 않고 천천히 석화되었을 거다.』

"마치 이곳은 마물의 묘지 같네."

그런 말이 나올 정도로 시야 안에 석화된 마물들이 가득 차 있었다. 그 마물들 중에는 나무와 풀이 자라난 것들도 있었다. 그것들은 마물을 양분 삼아 자라나고 있는 것처럼 보였다.

지금까지 본 적이 없는 경치가 펼쳐져 있었다.

제15화 녹색 대계곡

정화된 대계곡의 동쪽 절벽을 따라 나아갔다. 록시 님 일행은 반대쪽, 서쪽으로 걸어가는 모습이 보였다. 행방불명된 사람들의 거점이 그쪽에 있는 모양이었다.

나도 용건을 마치면 그쪽으로 가봐야겠다. 함께 돌아가겠다고 약속을 해버렸으니까.

마수정은 과연 어디 있는 걸까. 제이드 말에 따르면 무색투명한 수정이고, 희미하게 보라색으로 빛난다는데.

왠지 그 말을 들으니 저주를 받은 불길한 수정 같다는 생각이 들었다. 뭐, 실제로 보지 않으면 내가 생각한 수정이 맞는지 알 수가 없지만.

석화된 마물들—— 관 마물로 보이는 커다란 마물부터 오크나 고블린까지, 정말 다양했다.

"그리드, 저거 봐."

『이건 아직 살아 있군.』

다리와 팔이 엉뚱한 방향으로 꺾여 있는 오크들이었다. 전부다 입에서 거품을 물고 있어서 당장에라도 죽을 것 같았다.

나는 위를 올려다보았다. 400미터 정도 되는 절벽에서 굴러떨어진 모양이었다.

"여기에 마물을 끌어들이는 무언가가 있는 건가? 그렇지 않다면 대충 봐도 50마리는 되어 보이는 오크가 동시에 절벽에서 떨어질 리가 없잖아."

『끌어들이는 거라…… 대충 보기엔 없는 것 같다만.』

그리드가 말한 것처럼 눈앞에는 초원만 펼쳐져 있다. 그리고 석화된 마물과 석화되려는 마물 뿐.

신기하게도 오크들이 이렇게까지 크게 다쳤는데도 괴로워하는 모습은 보이지 않았다. 그러기는커녕, 만족한 듯한 표정을 지으며 그저 죽기만을 기다리고 있는 것 같았다.

잡힌 마물들을 안식으로 인도하는 곳이라…….

죽어가는 오크들을 곁눈질하며 안쪽으로 더 들어갔다. 그래도 아직 내가 찾고 있는 마수정을 발견하지는 못했다.

"없는데……, 정말 마수정이 여기 있는 건가?"

『있겠지. 실제로 왕도군이 바빌론에 공급하고 있었으니까. 이 대계곡을 돌아다니다 보면 조만간 찾아낼 수 있을 거다.』

꽤 넓단 말이지. 이럴 줄 알았다면 가리아에 대해 잘 안다는 노던에게 마수정을 채집할 수 있는 곳에 대해서 미리 물어볼 걸 그랬나? 하지만 그 녀석과 엮이는 건 싫으니 어떻게든 될 거라 생각했다.

내 예상으로는 마수정이 잔뜩 널려 있어서 채집할 수 있을 줄 알았다. 하지만 현실은 그렇게 잘 풀리지 않는 모양이다.

어딘가에 있을 텐데. 여긴가?! 저긴가?!

이쪽저쪽을 찾아다니다 보니 절벽에 반짝이며 빛나는 물체가!

후후후후후, 이런이런…… 드디어 찾아내 버린 건가?

다가가서 확인해보니 주먹 정도 크기의 황금색 광석이었다.

"뭐야……, 꽝인가."

내가 들고 있던 광석을 버리려하자 그리드가 큰 소리로 말렸다.

『버리지 마라! 그건 오리하르콘이다. 너는 정말 가치를 몰라보는 녀석이구나.』

"정말? 이게?!"

『거짓말인 것 같으면 감정 스킬로 확인하지 그래.』

평소 그리드처럼 적당적당히 넘기지 않고 진지하게 말했기에 《감정》 스킬을 발동시켰다.

오르하르콘. 매우 희귀하고 신성한 광물. 소재로 사용함으로써 성스러운 가호를 받은 무구를 만들 수 있다.

오오! 정말이네.

"이걸 팔면 얼마나 하려나."

『오리하르콘은 대부분 콩알 정도 크기로 발견된다. 주먹 정도 크기라면 호화 저택을 여러 채 지을 수 있겠지.』

"좋았어, 가지고 가자. 또 없으려나."

일확천금이다. 오리하르콘을 더 얻기 위해 동쪽 절벽을 따라 걸어갔다. 운이 좋게도 크기가 비슷한 오리하르콘을 두 개나 더 찾아냈다.

"큰일인데. 이렇게 많으니 아무리 물가가 비싼 바빌론이라 해도 유유자적하게 살 수 있겠어."

『매일 여관 여주인에게 돈을 뜯겼으니까 말이지. 그걸 보여주면 서비스를 더 좋게 해주면서 숙박비가 오를 것 같구나.』

"이미 고급 여관급 대우를 받고 있으니까 그 너머가 있으면 오히려 알고 싶은데.”

『하루에 금화 20개라고 할 것 같다만, 하하하하하하.』

물가가 비싼 바빌론에서도 고급 여관 하루 숙박비 시세가 금화 5개다. 그런데 네 배라니, 대체 어떤 서비스를 해주는 걸까…….

왕도에서 문지기를 하던 무렵에는 5년에 걸쳐서 은화 2개를 모으는 게 한계였다. 은화 100개가 금화 1개니까, 그리드가 말한 숙박비는 엄청나게 비싼 금액이다.

바빌론에 온 뒤로 금전 감각이 매우 일그러지는 것 같은 기분이 든다. 절약도 하고, 돈을 쓰는 방법을 다시 고민해보는 게 좋을 것 같다.

“그건 그렇고 오르하르콘이 가리아에서 난다는 건 미처 몰랐네. 이걸 써서 성기사가 사용하는 성검을 만드는 거지?”

『특수한 힘이 깃든 소재는 대부분 가리아에서 난다. 이곳은 특이한 환경이니 그런 것들이 생겨나기 쉬운 거고.』

“마수정도 그중 하나라는 건가?”

『그런 거다. 자, 얼른 찾아라!』

“이렇게 찾아봐도 못 찾고 있으니까 좀 도와줘도 되잖아.”

『어쩔 수 없는 녀석이군.』

겨우 의욕을 보이던 그리드가 입을 다물었다. 보아하니 마수정의 기운을 찾아보고 있는 모양이었다. 뭐야, 할 수 있다면 그렇게 말해주지. 이렇게 헛수고를 할 필요가 없었을 텐데.

『으으음! 느껴진다, 여기서 더 남쪽이다.』

“남쪽 말이지? 좋았어.”

대계곡은 남쪽으로 갈수록 완만한 내리막길이었다. 석화된 마물의 숫자는 남쪽으로 가면 갈수록 늘어나고 있었다. 지면이 석화된 마물로 가득 차 있어서 보이지 않을 정도였다.

어쩔 수 없이 그 마물들 위를 걸어갔다.

"기분이 안 좋은데."

『말은 잘하는군. 날마다 이 녀석들의 혼을 먹고 있는 주제에.』

"그건 그거고. 이건 별개지."

잠시 걸어가다 보니 그리드가 말했다.

『이 근처다.』

"어디 있는데……."

그렇게 생각하며 무너진 절벽을 본 순간, 숨이 멎는 줄 알았다. 바위 안에서 고개를 내밀고 있는 그 모습── 마물을 억지로 이어붙인 듯한 괴물. 마인과 함께 싸웠던 기천사였다.

재빨리 흑검을 겨누었지만.

"움직이지 않는 건가?"

『기능이 완전히 정지되었군. 봐라, 저거.』

"코어가 없네."

예전에 싸웠던 기천사 하니엘은 새하얀 소녀가 코어처럼 박혀서 움직이고 있었다. 그리고 나는 마인의 힘을 빌려서 코어를 먹고 기천사를 쓰러뜨렸다.

그런 코어가 없으니 움직이지 않는 건가? 그리고 하니엘보다 크기가 작다. 신경 쓰였기에 《감정》 스킬로 조사해보았다.

기천사 Lv1
　　체력 : 6300000

근력 : 5400000

마력 : 4700000

정신 : 2300000

민첩 : 2000000

스킬 : ERROR

기능이 정지된 상태에서도 스테이터스를 볼 수 있었다.

하니엘 같은 고유명칭은 없었다. 그냥 기천사라는 이름이다.

레벨이 1인 건 하니엘과 마찬가지였다.

스킬도 ERROR라고 떴다. 왜 이렇게 된 건지는 마인이 가르쳐주었다. 인공적으로 무리하게 이어붙인 마물의 스킬이 불안정하기 때문에 감정 스킬로 읽어낼 수가 없다고 한다. 그렇기 때문에 쓰러뜨리고 폭식 스킬로 먹어도 불안정한 스킬은 얻을 수가 없었다.

스테이터스는 가장 높은 게 600만 정도였다. 하니엘이 2000만이 넘었던 것과 비교하면 약하다 할 수 있다. 그건 우리 대죄 스킬 보유자가 보기에 그렇다는 거고, 일반적인 무인들이 마주치면 죽음을 각오해야 하는 수준일 것이다. 물론 성기사라 해도 이 정도라면 혼자서 싸울 수는 없다.

하니엘보다 약한 기천사를 올려다보면서 그리드에게 물었다.

"왜 여기 있는 걸까."

『이건 기천사의 시험제작형이군. 아마 먼 옛날에 전투가 벌어졌을 때 땅속에 파묻혔을 거다. 그런데 최근에 뒤덮고 있던 암반이 무너져서 고개를 내민 거고.』

바위에 파묻혀 있는 기천사를 살펴보고 있었다.

그리고 별다른 생각 없이 남쪽을 보자 그 너머에 크게 무너진 곳이 있었다.

기분 나쁜 예감이 들어서 그 근처로 향했다. 그러자 암벽 안에서 뭔가 커다란 것이 기어 나와 서쪽으로 향한 흔적이 있었다.

석화된 마물을 짓밟으며 나아간 방향을 보니 틀림없는 것 같다.

깨어난 기천사가 여기에 있었다는 왕도군 병사들을 습격한 것이다.

게다가 발자국 숫자를 보니 셋이나 되는데.

"마수정을 채집할 때가 아니군."

『갈 거냐?』

"당연하지!"

록시 님이 싸우는 모습을 보니 일반적인 관 마물 정도라면 문제없을 거라 생각해서 혼자 왔는데――, 기천사가 나왔다면 이야기가 달라진다.

하니엘보다 힘이 약한 기천사라 해도 그녀의 스테이터스로는 혼자서 싸우기 힘들 것이다. 게다가 셋이나 있다.

서둘러 뛰어가기 시작하자 동쪽에서 커다란 폭염이 솟구쳤다.

점점 확실하게 보이기 시작한 커다란 몸집이 나무 사이에서 모습을 드러냈다. 그곳에서는 록시 님과 무간, 밀리아 일행이 기천사에게 둘러싸여 있었다. 무간이 팔에서 피를 흘리며 정신을 잃은 상태였다. 그밖에도 함께 있던 병사들 수십 명도 마찬가지로 부상을 입었다. 아마 기습을 당했을 것이다.

움직일 수 있는 사람은 록시 님과 밀리아 정도밖에 없었다. 노던이 그곳에 없다는 게 신경 쓰였다. 설마 샐러맨더와 전투를 벌이다 부상을 입은 팔이 아직 낫지 않았다고 하면서 어딘가에서 쉬고 있는 건 아니겠지.

전투를 벌이는 소리가 저렇게 크게 대계곡에 울려 퍼졌으니 이곳으로 달려올 만도 한데. 오는 기척조차 느껴지지 않았다.

제16화 기천사의 재래

나는 풀숲에서 뛰어나가는 것과 동시에 기천사의 다리 중 하나를 잘라냈다. 곧바로 둘러싸여 있던 록시 님 일행과 합류했다.

"괜찮아?"

록시 님에게 말을 걸자 안심하는 표정으로 상황을 설명해주었다.

"네, 겨우……. 하지만 처음 보는 저 마물에게 기습을 당했을 때, 무간이 선두에 있던 밀리아를 감싸다가 다쳤어요. 다른 병사들도 휩쓸렸고……."

그리고 다친 사람들을 데리고 피하려 해도 기천사들이 세 방향을 포위하고 있기에 도망칠 수가 없는 상황이 되었던 모양이다.

하지만 내가 기천사 중 하나의 다리를 잘라냈기에 포위망에 구멍이 뚫렸다. 보아하니 저 기천사는 하니엘처럼 강력한 재생능력을 지니고 있지 않은 모양이었다.

네 개 있던 다리가 세 개로 줄어들었기에 자신의 체중을 지탱하지 못하며 비틀거리고 있었다. 상처에서 피가 부글부글 거품을 일으키며 조금씩 재생하기 시작하고 있었다. 하지만 저 정도 속도라면 완전히 재생될 때까지 1주일은 걸릴 것 같았다.

그리고 주위에 있던 기천사들을 보았다.

"저건 기천사라고 하는데, 코어가 약점이야."

"코어?"

"저기 가슴에 박혀 있는 마물이 있잖아. 저게 저 기천사를 움직이고 있는 코어다. 저걸 쓰러뜨리면 기천사가 붕괴될 거야."

나는 아무것도 모르고 있던 록시 님에게 기천사에 대해 설명했다. 그건 그렇고 코어가 마물일 줄이야……

세 마리 중 두 마리의 코어가 오크. 그리고 나머지 한 마리의 코어는 하이 오크였다.

그 모습을 본 그리드가 《독심》 스킬을 통해 말했다.

『암반이 무너져서 고개를 내민 기천사에게 우연히 길을 잃고 온 마물이 흡수되어서 코어로 변했나. 그런데 동시에 세 마리라니, 이런 우연이……』

"나도 신경 쓰이긴 하지만 지금 상황을 어떻게든 해야지."

우선 다친 사람을 안전한 곳으로 데리고 가지 않으면 마음껏 싸울 수가 없다.

"록시 님, 싸울 수 있지?"

"네, 밀리아도 괜찮죠?"

"네."

둘 다 싸움에 익숙한 무인이다. 일일이 말하지 않아도 내 움직임을 보고 이해해줄 것이다.

흑검을 쥐고 있던 팔에 힘을 준 다음, 앞다리를 잘라냈던 기천사를 향해 다가섰다.

기천사는 주위에 불꽃을 전개해서 다가오지 못하게 했다. 하지만 불꽃 내성 스킬이 있는 내게 이 정도 불꽃은 대미지를 입히지 못한다.

벽처럼 솟구친 불꽃을 뚫고 기천사에게 달려들었다. 코어를 노리고 흑검을 휘두르자 기천사가 두 팔로 코어를 지키려는 듯이 움직였다. 그 틈을 놓치지 않고 원래 노리고 있었던 마지막 앞다리를 잘라냈다.

기천사는 앞쪽으로 크게 기울었다. 그 반동으로 인해 전개하고 있던 불꽃 벽이 사라졌다.

록시 님이 곧바로 파고 들어와 코어인 오크의 목을 가로로 베었다. 기천사는 코어를 잃고 움직이지 않게 되어서 곧바로 침묵했다.

나머지 두 마리. 나는 그것들을 곁눈질로 보면서 밀리아가 있는 곳으로 빠르게 갔다. 그녀는 우리가 공격을 가하고 있던 동안 미끼 역할을 맡고 있었기 때문이다.

"으아아아아아아아! 죽어요, 죽는다고요! 얼른!!"

회피 실력이 꽤 대단한데. 입으로는 엄살을 부리고 있지만, 마검 플랑베르쥬의 불꽃을 능숙하게 다루고 있다. 기천사가 내뿜는 불꽃을 같은 속성으로 막아내고 있었다. 샐러맨더와 전투를 벌이면서 힌트를 얻었을지도 모르겠는데.

밀리아라는 저 아이……, 평소에는 좀 그렇지만 전투 쪽으로는 대단한 재능을 가지고 있다.

계속 감탄만 하고 있을 수는 없기에 밀리아에게 말을 걸었다.

"이제 됐어. 길은 뚫었다. 대피해."

"크윽, 설마 해골 자식에게 도움을 받다니! 일생의 불찰이네요! 그래도 감사합니다."

"천만에. 무간도 부탁한다."

"저도 알아요. 앗, 록시 님!!"

밀리아가 축 늘어진 무간을 들쳐메고 있다가 록시 님이 다가오자 감격했다.

아마 자신을 위해 도와주러 나섰다고 생각한 모양이다.

"밀리아, 무간과 다른 사람들을 안전한 곳으로 데리고 가요. 나머지 기천사는 저와 무쿠로 씨 둘이서 맡겠어요. 대피한 뒤에 따로 행동하고 있는 노던 일행과 합류해주세요. 그리고 지금 상황을 알리고요."

"네……, 록시 님도 조심하세요."

밀리아가 걱정하면서도 선두에 서서 아직 움직일 수 있는 병사들에게 지시를 내리기 시작했다. 그리고 다친 사람들을 업고 대피하기 시작했다.

이제 곧 마음껏 싸울 수 있게 될 것 같다. 나는 록시 님에게 말을 걸었다.

"같은 요령으로, 확실하게 가자."

"알겠습니다."

둘이서 검을 겨눈 뒤, 코어가 오크인 기천사를 노리고 달려갔다. 중간에 코어가 하이 오크인 쪽에서도 불꽃 장벽을 쳤다.

나는 흑검을 흑겸으로 변형시키고 불꽃을 베어 사라지게 했다. 곧바로 기세를 살려 다른 기천사의 양쪽 다리를 흑겸으로 단번에 잘라냈다.

록시 님이 자세가 무너진 기천사의 코어를 다시 노렸다. 나는 곧바로 하이 오크가 코어인 기천사 쪽으로 돌아서서 자세를 취했다. 록시 님이 공격을 가하고 있을 때 방해하지 못하게 하기 위해서였다.

예상했던 대로 록시 님에게 불꽃 장벽을 날리려 했기에, 흑검으로 빠르게 베었다.

내 뒤에서는 록시 님이 코어인 오크의 목을 잘라내고 있었다.

이제 남은 건 한 마리. 뭐라고 해야 하나, 록시 님과 처음으로 함께 싸우게 되었는데, 서로 움직임이 뻔히 보인다는 느낌이다. 아론, 마인하고도 함께 싸운 적이 있지만, 그녀와 함께 싸울 때가 가장 위화감이 없고, 잘 싸울 수 있다.

그녀도 그 사실을 알고 있는지 나를 바라보면서 조금 놀란 눈치였다.

"이제 한 마리 남았군."

"네, 이대로 단숨에 끝내죠."

"괜찮아? 숨이 찬 모양인데."

"아직 더 싸울 수 있어요. 마지막 공격을 가해서 믿기지 않을 정도로 경험치(스피어)를 많이 얻을 수 있었으니까요. 덕분에 레벨이 잔뜩 올랐요."

"그거 믿음직스럽네."

록시 님이 그렇게 고집을 부리긴 했지만, 자기보다 스테이터스가 높은 적이다. 그리고 동료를 지키고 있기에 실수가 용납되지 않는 전투이기도 하다. 일찌감치 결판을 내야 한다.

내가 마지막 기천사를 향해 뛰어갔다. 록시 님도 곧바로 따라왔다.

불꽃 장벽에 연달아 앞길을 막아댔지만, 흑검 앞에서는 의미가 없었다. 불꽃을 찢어발기고 가른 뒤 바로 앞다리를 잘라내려 했다. 하지만 세 번 연속으로 성공하게 둘 정도로 코어인 하이 오크가 멍청하지는 않았다.

하이 오크는 뒤쪽으로 크게 뛰어서 물러났다. 커다란 몸집으로 10미터 정도 되는 높이까지 올라갔다.

"착지하는 것과 동시에 추격한다."

그 타이밍이라면 피할 수 없을 것이다. 우리는 착지한 곳으로 달려가 공격을 가할 기회를 노렸다.

하지만 기천사가 착지한 것과 동시에 공격을 가할 수는 없었다.

"으아아앗."

"꺄아아악."

생각지도 못한 일이 일어났다.

설마 기천사가 착지한 충격으로 인해 지면이 갈라져서 그 아래에 있던 대공동으로 떨어질 줄이야……. 전혀 예상하지 못한 사태였다.

떨어지는 동안《암시》스킬을 발동해 높이를 확인했다. 바닥이 보이지 않는다. 꽤 깊은데. 이래도 가다간 위험할 거라 생각한 나는 함께 떨어지고 있던 록시 님의 팔을 붙잡고 끌어안았다.

"아……."

"이래 봬도 몸이 튼튼한 건 자신 있거든."

그렇게 말하자 그녀는 아무 말도 하지 않고 몸을 내게 맡겼다. 그리고 믿기지 않을 정도로 강한 충격이 내 등을 덮쳤다.

아마 바닥에 닿은 모양이었다. 아찔한 것도 잠시, 곧바로 의식이 멀어져갔다.

제17화 대공동 바닥

시간이 얼마나 지났을까, 그리드의 목소리에 눈을 떴다.

『이봐! 일어나라, 페이트.』

"그리드……, 아야야. 늑골에 금이 간 것 같아. 록시 님은……
보아하니 다친 것 같지는 않은데……."

내 몸 위에서 의식을 잃은 록시 님이 잠시 후 눈을 살며시 떴다.

"…………페이?"

그 말을 들은 순간, 나는 쓰고 있던 해골 마스크를 급하게 확인
했다. 떨어진 충격 때문에 벗겨져버린 것이다.

없어!! 깜짝 놀라 주위를 둘러보자 바로 옆에 떨어져 있었다.
왼손으로 그것을 주워서 썼다.

이미 늦었을지도 모르겠지만, 둘러댈 수밖에 없다. 그렇게 생각
하고 록시 님을 보자 눈을 감은 채 다시 정신을 잃은 것 같았다.

나는 겉옷을 벗어서 접은 뒤 베개로 만들어 록시 님의 머리 아
래에 받쳐주고 눕혔다.

30분 정도 지났을까, 그녀가 천천히 눈을 떴다.

"괜찮아?"

록시 님의 대답은 꽤 늦게 들렸다. 의식이 완전히 돌아올 때까
지 시간이 좀 걸린 모양이었다.

"네, 좀 전에는 죄송합니다. 무쿠로 씨 덕분에 무사해요. 앗……."

그녀는 일어서서 다치지 않았다는 것을 보여주려 했지만, 왼쪽

다리를 다쳤는지 균형을 잃고 넘어질 뻔했다.

"괜찮지는 않은데. 어깨에 기대라고."

"죄송합니다."

록시 님은 미안하다는 듯이 내 어깨에 몸을 기댔다. 그녀는 딱히 달라진 게 없는 것처럼 보였다.

록시 님은 거짓말이 서투르니까 반드시 어떤 반응을 보일 것이다. 아마 내 얼굴을 보고 페이라고 부른 것도 정신을 잃고 꿈을 꾼 거라 생각하고 있을지도 모르겠다. 대계곡으로 오는 도중에 내가 어떤 사람(페이트)하고 닮았다고 했으니 그 때문에 이상한 꿈을 꿨다고 착각해주면 좋겠는데.

지금은 출구를 찾으면서 함께 떨어진 기천사가 어떻게 되었는지 알아볼 필요가 있을 것이다.

"사과할 필요는 없어. 내가 하고 싶어서 하는 거니까."

"그런가요? 그럼 사양하지 않을게요."

"이곳을 벗어나는 게 좋겠지. 함께 떨어진 기천사가 어떻게 되었는지 신경 쓰이니까."

만족스럽게 싸우지 못하는 상태인 록시 님을 조금이라도 안전한 곳으로.

《암시》 스킬을 사용하면서 이 대공동을 둘러보기 시작했다. 역시 이곳에도 석화된 마물이 굴러다니고 있었다. 아마 대계곡에는 오랜 세월에 걸쳐서 마물들이 쌓이게 되었을 것이다. 그런 과정에서 이런 대공동이 생겨나 버린 건가?

우리는 운이 나쁘게도 그곳에 떨어져버린 것이다.

그건 그렇고 처음 보는 마물들이 있는데. 이렇게 깊은 곳에 있는 걸 보니 수천 년 전 마물인지도 모르겠다. 머리가 일곱 개나 달린 마물, 다리가 여러 개 달린 마물, 짐승인데도 뱀 같은 꼬리가 달린 마물…… 이것들은 고대의 마물인가?

척 보기에도 지금 존재하는 마물들과는 비교도 되지 않을 정도로 강할 것 같다.

록시 님도 처음 보는 광경에 겁을 먹은 듯한 느낌이었다.

"이런 마물들이 석화된 모습은 처음 봤어요."

"예전에 살았던 마물들 같은데."

"좀 전에 습격했던 마물이 기천사라고 했죠? 그것도 고대의 마물인가요?"

"그래, 그건 4000년 전, 가리아가 번영하던 시절에 만들어진 인공 마물인 모양이야. 마물을 합성시켜서 병기로 다루는 기술이 있다고 들었어."

"누구에게 그런 이야기를 들었죠?"

"살아남은 가리아인에게."

록시 님은 뭔가 생각하는 듯이 잠시 입을 다물고 있었다.

"혹시 그 사람이 커다랗고 까만 도끼를 가지고 있는 소녀였나요?"

"……그런데."

"역시 그랬군요. 제 영지에 그 소녀가 온 적이 있었거든요. 그 이후로 신경 쓰여서 그녀에 대해 조사해보았어요. 그런데 놀라운 사실을 알게 되었죠."

"어떤 사실인데?"

마인은 자기 마음대로 행동하고 다니니까. 좋은 전설이든 나쁜 전설이든 이것저것 남겼겠지. 조심조심 물어보자 록시 님이 흥분

하며 이렇게 말했다.

"믿기지 않겠지만요. 놀랍게도 그녀는 나이를 먹지 않는 모양이에요. 믿을 수 있나요? 그녀를 50년 전에 보았다는 영감님이 계시는데, 최근에 바빌론으로 물자를 반입하는 중계도시에서 당시와 똑같은 모습을 보았다고 해요."

오오오오. 최근이라면 나와 함께 다니던 때잖아!

그리고 록시 님은 흥미진진하다는 듯이 계속 말했다.

"그때, 해골 마스크를 쓴 청년과 함께 있었다고 하던데요."

"아아아아, 그렇게 바라보지 마. 그래, 그 가리아인과 함께 있었던 게 나야."

평소 그녀라면 상대방의 사정을 캐물으려 하지 않는다. 하지만 알고 싶었던 가리아 소녀의 정보를 내가 가지고 있으니 물어보고 싶어서 견딜 수가 없을 것이다.

대공동으로 떨어져버려서 왕도군과 멀어진 상황인데, 그녀의 탐구심은 정말 대단한 것 같다. 눈을 반짝이며 물어보니 정말 곤란하다.

"너무 심하게 캐묻는 건 나쁜 짓이니까, 두 가지만 가르쳐주실 수 있나요?"

"내용에 따라 다르겠지만, 좋아."

"그럼 첫 번째. 그녀는 강한가요?"

"그래, 분명히 나보다 강할 거야. 너무 강하다고 표현하는 게 정확하겠지."

"그렇군요. 그럼 두 번째. 그녀는 얼마나 오래 살았죠?"

나는 어떻게 말할까 망설였다. 하지만 마인이 아론과 이야기하다가 아무렇지도 않게 자신이 살아온 세월에 대해 말했었다. 그녀가 딱히 숨기려 하지도 않았으니 록시 님에게 말해줘도 되겠지. 이미 록시 님은 마인이 나이를 먹지 않는다는 걸 알고 있고.

"4000년 정도 살았다던데."

"네?! 그렇게 오래요? 그렇다면 살아 있는 가리아의 사전이네요. 다음에 만나게 되면 꼭 이야기를 나누어보고 싶어요."

"그렇게 친근한 녀석은 아니야. 도끼를 휘둘러서 마물을 날려버리거나, 자기가 좋아하는 돈을 세거나, 배가 고프다고 남의 밥을 빼앗으려 하거나. 그런 행동만 반복하니까."

"영지에서 그녀를 보았을 때는 왠지 연약하고 귀여웠는데요……."

연약하다고……, 하긴 마인은 그런 일면이 있긴 하다. 그렇게 강한데 말이지. 록시 님은 마인을 잠깐 보았을 뿐인데, 정말 제대로 본 것 같다.

"지금은 볼 일이 있어서 가리아 어딘가에 있는데. 그게 끝나서 돌아오면 록시 님 이야기를 해볼게."

"감사합니다. 기대되네요."

"아직 본인이 괜찮다고 하지도 않았는데, 성격이 급하네."

"괜찮잖아요. 그렇게 되면 좋겠다고 생각하는 게 더 즐거우니까요."

그런가……, 그렇겠지. 록시 님다운 생각이다. 정말 대단한 사람이야.

낙하 지점에서 꽤 많이 걸어왔다. 이 근처라면 쉬어도 될 것 같다.

내가 멈춰 서서 록시 님에게 말했다.

"그럼 여기서 쉬고 나서 그 다리가 나으면 탈출할 방법을 찾아 볼까."

"네! 여기까지 데려다주셔서 감사합니다."

록시 님은 그렇게 말하고 나서 땅바닥에 앉았다. 성기사의 스테이터스라면 길게 잡아도 한 시간 정도면 나을 것이다.

금이 쩍쩍 간 내 늑골은 자동 회복 스킬 덕분에 이미 나았다.

"무쿠로 씨도 앉으시죠. 저 대신 낙하 대미지를 거의 다 입으셨을 텐데."

"나는 자동 회복 스킬이 있으니까 대미지가 거의 남지 않아. 망을 볼 테니 느긋하게 쉬라고."

"자동 회복 스킬이라고요?! 부럽네요……. 꽤 희귀한 스킬이잖아요. 그 스킬을 가지고 있는 사람을 처음 봤어요. 어때요? 잠을 자지 않아도 계속 돌아다닐 수 있나요?"

"뭐, 육체적인 대미지를 회복시켜주긴 하지. 하지만 정신적인 피로는 회복할 수 없으니까 수면은 필요해."

"마물 중에서는 왕도 근처에 있는 고블린 킹이 그 스킬을 가지고 있죠. 고블린 킹은 그 스킬 덕분에 밤에도 계속 숲을 돌아다닐 수 있는 모양이에요."

록시 님은 신이 나서 그렇게 말하며 다친 왼쪽 발목을 문지르고 있었다.

그 고블린 킹의 스킬을 빼앗아서 내 스킬로 만들었다. 그런 말을 할 수가 없으니 원래 가지고 있었다고 거짓말을 할 수밖에 없다.

"무쿠로 씨는 왕도에 가본 적 있으신가요?"

나는 록시 님을 따라 왕도에서 가리아로 왔으니 솔직하게 말하자면 있다.

이야기가 어떻게 굴러갈지 모르니 피하는 게 나을까, 아니면 또 거짓말을 하는 게 나을까. 이것저것 생각한 끝에 왕도에 있었다는 것 정도는 이야기해도 될 거라 생각했다.

"있어."

"그런가요! 그러면 상업 지구에 있는 인카운터라는 술집 아시나요? 크기가 크진 않지만 정말 따스한 곳이거든요."

윽……, 그 술집은 내가 록시 님을 데리고 갔던 곳이다. 그때는 백성들의 삶을 알고 싶다고 했기에 단골 술집을 소개했었다.

내가 조용히 고개를 끄덕이자 록시 님이 기뻐하며 계속 말했다.

"정말로요?! 지금까지 거리를 지나다니면서 그런 가게는 바깥에서 보기만 했거든요. 저 혼자 들어갈 용기가 나질 않아서……, 그래도 어떤 사람이 데리고 가줬어요. 정말 즐거운 시간이었죠."

"거기는 생선 요리가 맛있지."

"맞아요, 맞아요. 그렇죠. 왕도로 돌아가면 또 먹으러 가고 싶은데."

"그럼 우선 여기에서 탈출해야겠군."

나는 우리가 떨어진 곳을 올려다보며 해골 마스크 안에서 기쁜 표정을 지었다. 안내해준 술집에 록시 님이 다시 가고 싶다는 말을 들으니 마음이 묘하게 들떠버렸다.

그녀는 방긋 웃은 다음 일어서려 했다.

"그렇죠. 아, 다리가 꽤 많이 나아졌네요. 보세요."

"역시 성기사님이시군. 회복이 빠른데."

"그건 당신도 마찬가지인 것 같은데요."

다친 다리가 거의 다 나은 모양이었다. 록시 님은 내 앞에서 폴짝폴짝 뛰어 보였다.

그녀는 여전했다. 내가 알고 있던 록시 하트였다. 하지만 나는 어떨까. 이제 이 해골 마스크가 없으면 이렇게 이야기를 할 수도 없다.

왕도에서 하인이었을 때는 당연했던 것이 내게 얼마나 소중한 일상이었는지 깨닫게 되어버렸다.

하지만 그것을 버리고 여기까지 왔기 때문에 록시 님에게 힘이 되어줄 수 있었다는 사실은 분명한 것 같다.

"함께 떨어진 기천사를 찾아요."

"이봐, 이봐, 그런 것보다 출구를."

"아뇨, 그걸 내버려 둘 수는 없어요. 쓰러뜨리고 이 대계곡의 안전을 확보하지 않으면 바빌론에 소재를 공급할 수가 없게 되니까요."

"성실한 성기사님이신데."

왕도에 있는 성기사라면 그렇게까지 노력하지 않을 것이다.

록시 님은 내가 스승으로 모신 아론 바르바토스와 닮은 것 같은 느낌이 들었다. 가리아로 오다가 만난 황혼의 성기사. 소중한 가족을 잃고 실의에 빠져 지위와 명예를 포기해버렸다. 그럼에도 불구하고 갈 곳을 잃은 백성들을 보다 못해 작은 마을에서 계속 지켜주고 있었다. 나는 그런 아론의 모습을 보고 자신이 어떤 상황에 처하더라도 백성들을 위해 싸울 수 있는 사람이라는 사실을 알게 된 것이다.

여기서 탈출하는 것이 우선이라고 생각한 나와는 달리, 록시 님은 기천사를 쓰러뜨려야 한다고 생각하신다. 그 생각으로 인해 평범한 무인과 백성들을 지키는 성기사의 차이를 절실하게 느끼게 되었다.

기천사를 찾기 시작한 그녀 뒤에서 말을 걸었다.

"알았어, 나도 협력하지. 여기까지 와서 당신 혼자 가게 둘 수는 없으니까."

"감사합니다. 자, 가죠!"

이런 상황인데도 힘차게 앞으로 나아가는 모습이 왕도에 있던 그녀의 모습과 겹쳐 보였다. 정겨워서 나도 모르게 말이 새어 나올 정도였다.

"정말……, 여전하시네요."

"뭐라고 하셨나요?"

"아니, 아무것도……. 그건 그렇고 우리가 떨어진 곳으로 돌아가는 게 낫지 않을까?"

"하긴, 그렇게 커다란 몸집이 떨어졌으니 우리보다 대미지를 크게 입었을 테니까요. 그 근처에서 아직 움직이지 못하고 있을지도 모르겠네요."

눈치가 빠른 록시 님은 내가 생각했던 것을 전부 말해주었다. 왠지 대충 말해도 전해지니 매우 편하다.

나는 록시 님 옆에 나란히 서서 떨어진 곳으로 향했다. 올려다보니 어둠 속에 구멍이 뻥 뚫려 있었고, 밝은 빛이 스며들고 있었다. 다시 말해 저 빛 아래로 가기만 하면 된다.

마지막 기천사를 쓰러뜨리면 이 시간도 끝나버리는 건가…….

해골 마스크 너머로 옆에서 걸어가는 록시 님을 보고 있자니 그녀가 앞을 보며 아무렇지도 않게 물어보았다.

"무쿠로 씨, 어째서 가리아로 오신 건가요?"

"그건 왜 갑자기."

"당신에게서는 가리아에 있는 무인들과 다른 분위기가 느껴지거든요. 그러니까 좀 흥미가 생겨서요."

"나도 다른 무인과 마찬가지야. 마물을 잔뜩 사냥하면 돈을 잔뜩 벌 수 있으니까. 이곳은 그러기에 딱 좋은 장소고……, 그러니까…………."

"무쿠로 씨? 왜 그러시죠?"

하필 이럴 때, 폭식 스킬이……, 방심했다. 의식이 희미해질 정도로 강한 공복감이 내 몸을 덮쳤다.

오랜만인데, 이 정도로 굶주린 건.

나는 흑검을 칼집에서 살짝 뽑아서 거울삼아 내 얼굴을 비추었다. 해골 마스크 너머로 오른쪽 눈이 붉게 물들어 있었다. 젠장, 반 기아 상태까지 단숨에 진행된 거냐고.

록시 님 일행과 함께 다니기 시작한 뒤로 마물을 거의 사냥하지 않았던 것이 문제가 된 것 같다. 최근에는 폭식 스킬이 이상하게 얌전했으니까 이 정도면 괜찮을 거라고 안심했는데.

근거도 없이 여유를 부리면서 지상에서 쓰러뜨렸던 기천사 두 마리의 마지막 공격도 록시 님에게 양보해버렸다.

그 대가를 지금 치르게 된 것이다.

록시 님이 나를 걱정하면서 들여다보고 말을 걸었다.

"갑자기 왜 그러시죠? 괜찮으신가요?"

오랜만에 느끼는 폭식 스킬의 강한 굶주림을 억누르느라 오른쪽 눈을 가릴 여유조차 없었다.

"보지 마……."

작은 목소리를 쥐어 짜냈다. 해골 마스크를 쓰고 있다 해도 이렇게 징그러운 눈을 그녀에게 보여주고 싶지 않았기 때문이다.

하지만 이미 늦었다.

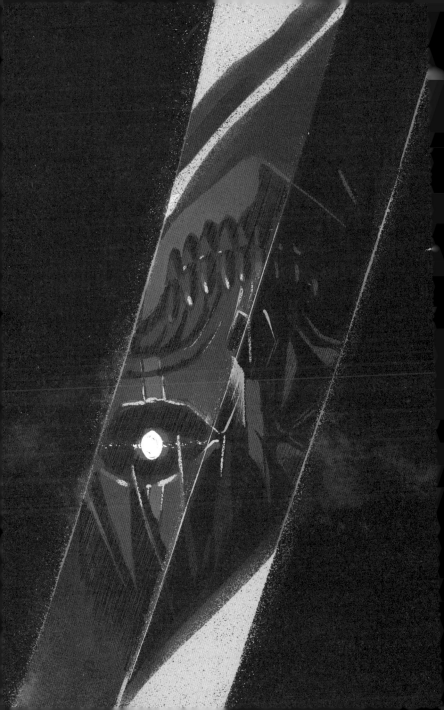

제18화 마수정 무더기

　록시 님이 분명히 내 눈을 봤다. 그녀는 살짝 놀라면서도 진지한 표정으로 말을 걸었다.

　"당신은 대체……, 그 눈은……."

　나는 대답하지 않고 일어섰다. 배가 고파진 폭식 스킬이 가르쳐주었다.

　맛있어 보이는 혼을 지닌 마물이 근처에 있다는 것을.

　흑검을 칼집에서 뽑아 들고 록시 님에게 경고했다.

　"기천사가 이쪽으로 다가온다!"

　"네? 저는 아직 기척을 느끼지 못──."

　록시 님은 그렇게 말하며 성검을 뽑아 들고 긴장했다. 아마 지상에서 기습을 당했던 것을 떠올린 모양이었다. 그 기천사는 다른 마물과는 달리 기척을 느끼지 못하게 하는 힘을 지니고 있다. 하지만 감각이 한 단계 더 날카로워진 나는 알 수 있었다.

　"록시 님은 거기 있어줘."

　"저도 싸우겠어요. 아, 기다려요!"

　나는 함께 싸우겠다는 그녀를 내버려 두고 뛰어갔다. 폭식 스킬의 굶주림이 이미 한계였다.

　기천사가 어디 있는지, 마력의 흐름으로 확실하게 알 수 있었다.

　최단거리로 접근하던 내게 그리드가 《독심》 스킬을 통해 말했다.

　『괴물처럼 싸우는 모습을 보여주고 싶지 않았던 거냐?』

"시끄러워."

가슴이 뜨끔해지는 말을 듣자 짜증이 나기 시작했다. 하지만 싸워야만 한다.

어둠 속에서 이쪽으로 다가오는 기천사가 보였다. 나는 크게 뛰어오르며 흑검을 흑겸으로 변형시켰다.

나를 눈치챈 기천사가 또 불꽃 장벽을 전개했다. 그것을 흑겸으로 가르며 없앴다.

착지한 것과 동시에 기천사의 앞다리 중 한쪽을 잘라냈다.

비명을 지르는 기천사를 곁눈질하며 곧바로 나머지 앞다리도 잘라냈다.

그런 다음 코어를 해치우려 했을 때, 기천사가 통나무보다 훨씬 두꺼운 두 팔로 코어를 가렸다.

"쓸데없는 짓을."

나는 아랑곳하지 않고 그 두 팔과 함께 코어인 하이 오크를 베었다.

하지만 생각했던 것보다 공격이 얕게 들어갔는지, 하이 오크의 목을 베지는 못했다. 다시 공격해서 입을 다물게 해주지.

흑검을 들어 올린 순간, 나는 굳어버렸다. 하이 오크의 눈이 새빨갛게 물들어 있었기 때문이다.

피가 눈에 흘러 들어가서 그렇게 보인 건지도 모르겠다. 하지만 발버둥치면서 어떻게든 나를 죽이겠다고 노려보는 하이 오크가 마치 내가 겁내고 있는 모습과 비슷하게 보였다.

"그만둬!! 그런 눈으로 나를…… 나를 보지 마!!"

강력 스킬을 발동시켜 근력을 두 배로 끌어 올렸다. 코어와 함께 기천사를 세로로 갈랐다. 너무 힘을 세게 줘서 지면이 크게 흔들릴 정도였다.

그리고 움직이지 않게 된 기천사를 향해 강력 스킬의 지속 시간이 끝날 때까지 수십 초 동안 계속 공격을 가했다.

어디를 어떻게 베었는지 거의 기억나지 않는다. 록시 님이 나를 부르는 목소리를 듣고 정신을 차렸을 때는 갈기갈기 찢어진 기천사가 내 발치에 굴러다니고 있었다.

이런 적은 처음이었다. 스테이터스가 상승했다는 것을 알려주는 무기질적인 목소리조차 미처 듣지 못할 정도로 정신없이 싸웠다. 기천사의 혼을 먹자 폭식 스킬의 굶주림은 사그라들었다. 들끓던 감정이 잠잠해지자 허무한 마음만 치밀어 오르고 있었다.

록시 님은 그런 나를 잠자코 바라보고 계셨다.

나는 그녀와 눈을 마주칠 수가 없어서 크게 한숨을 쉬어버렸다.

그때였다. 천장이 크게 무너져내렸다. 대공동을 덮고 있던 흙과 바위, 마물의 화석, 풀과 나무까지 쏟아져 내렸다.

안전한 곳으로 피해서 잠잠해질 때까지 둘이서 기다렸다. 아무 말도 없이, 정말 껄끄러운 분위기가 흐르고 있었다.

천장의 붕괴가 잠잠해지자 대공동 전체에 빛이 스며들고 있었다. 우리는 그 모습에 시선을 빼앗겼다.

"이건……."

"예쁘네요!"

햇빛을 머금고 희미한 보라색으로 빛나는 마수정 무더기가 펼쳐져 있었기 때문이다.

이런 곳에 있었구나. 지상만 찾다 보니 설마 지하에 있을 거라는 생각은 하지도 못했다.

　게다가 대공동 전체에 깔려 있는 마수정의 숫자는 엄청나게 많았다.

　나는 근처에 있던 마수정을 보고 깜짝 놀랐다.

　"마수정이 마물에서 생겨나는 거였어?!"

　커다란 짐승 모양이었고, 꼬리만 뱀처럼 생긴 처음 보는 마물의 화석. 그 등에 마수정이 빼곡하게 들어차 있었다. 척 보기에도 마물을 양분 삼아 돋아난 것 같았다.

　록시 님은 고개를 끄덕이면서 마수정을 손으로 살짝 만졌다.

　"정말…… 찾는 게 어떻게 생겨나는지도 모르셨나요? 물어보셨으면 가르쳐드렸을 텐데. 저도 실제로 마물에 달려 있는 마수정을 본 건 처음이지만요."

　이 대공동에 잔뜩 있는 마수정 덕분에 내 오른쪽 눈이 붉게 물들었던 거나, 기천사를 갈기갈기 찢어버린 게 전부 다 그런 건 아니지만 어느 정도 얼버무리게 된 것 같다.

　뭐, 사실은 록시 님만 알고 있다. 하지만 지금은 마수정에 정신이 팔려있다. 그게 분명 그녀의 자상한 마음씨일 것이다.

　"이만큼 있으니 100년 이상은 마수정 때문에 곤란하진 않겠네요. 전화위복이라는 거죠."

　해냈다고 하면서 웃는 록시 님. 나는 칼집을 만드는데 필요한 정도만 챙겨서 바지 주머니에 넣었다.

　"내 목적도 달성했군. 그쪽하고 마찬가지로."

　"네, 끝났어요. 아쉽게도 소재를 채집하러 온 사람들은 구하지 못했지만요."

"그렇군……."

어쩔 수 없다는 말은 가볍게 해선 안 되는 말이다.

나와 헤어진 뒤, 기천사가 나타나기 전에 록시 님 일행은 대계곡에 있는 왕도군의 거점으로 갔다고 한다. 그곳은 이미 누군가가 태워버린 뒤였고, 타버린 시체로 가득 차 있었다.

보다 못한 록시 님이 장례를 치러주라고 지시하자 노던이 그 역할을 나서서 맡았다. 그녀는 부대 일부를 남겨두고 그 참상을 일으킨 원인을 추적했다. 그리고 잠복하던 기천사 세 마리의 습격을 받은 것이다.

샐러맨더도 그랬지만, 이번 기천사도 마찬가지로 의도적인 느낌이 든다.

나는 다시 쓰러진 기천사 쪽으로 다가가 정보를 얻기 위해 조사하기 시작했다.

"왜 그러시는 거죠?"

"아니, 신경 쓰이는 게 있어서."

쫓아오는 록시 님에게 대충 둘러댔다.

코어였던 하이 오크의 시체를 꼼꼼히 살펴보니 역시 있었다. 보아하니 지상에 있는 오크의 시체에도 있을 것 같다.

샐러맨더와 마찬가지로 인위적으로 새겨진 것 같은 문장이 목덜미 근처에 있었던 것이다.

노리고 있는 건가? 이렇게 되니 그렇게 생각할 수밖에 없었다.

색욕의 대죄 스킬 보유자인 에리스가 말했었다. 누군가가 헤이트 현상을 이용해 인간임에도 관 마물과 마찬가지로 큰 힘을 지닌 자를 만들어내려 하고 있다고. 왕도에 사는 백성들의 헤이트는 한계에 도달했고, 이제 계기만 있으면 된다고 한다. 백성들이 잘 따르는 록시 님의 죽음은 그 퍼즐의 마지막 조각인 것이다.

대계곡으로 오는 동안 습격했던 샐러맨더. 그리고 이 기천사들은 록시 님이 가는 곳마다 배치되어 있었던 것 같다. 내 생각이 지나친 걸까.

"무쿠로 씨, 저길 봐주세요."

어느새 록시 님이 조금 떨어진 곳에서 손을 흔든 다음 남쪽을 손가락으로 가리켰다.

그쪽에는 지상으로 이어지는 출구가 있었다. 대공동 천장이 무너지자 위에서 떨어진 흙과 바위, 석화된 마물, 커다란 나무 같은 것들이 쌓여서 계단처럼 지상으로 이어진 것이다.

"오오, 저곳으로 올라갈 수 있겠는데."

"그렇죠! 지상으로 돌아가요."

우리는 그것들을 발판삼아 무너지지 않게끔 조심히 올라갔다.

지상에 거의 도착했을 때쯤 밀리아와 무간의 목소리가 들렸다.

대답하자 이쪽을 들여다보는 낯익은 얼굴이 두 개 보였다. 물론 밀리아와 무간이었다.

무간은 기천사가 기습했을 때 밀리아를 감싸다가 정신을 잃었다. 지금은 건강해 보이는 걸 보니 생각했던 것보다 많이 다치지는 않았던 모양이다. 록시 님도 걱정하고 있었는지 무사한 그들의 모습을 보고 안도의 한숨을 쉬고 있었다.

"록시 님! 록시 님!"

"걱정을 끼쳤네요. 무쿠로 씨 덕분에 적을 전부 쓰러뜨릴 수 있었어요. 지상에 있는 기천사는 어떻게 되었나요?"

코어만 쓰러뜨렸기 때문에 록시 님은 기천사가 움직이지 않게 된 이후로 신경을 쓰고 있었던 모양이다.

무간이 손가락으로 가리키며 말했다.

"저 근처에 있었는데요. 록시 님을 발견하기 조금 전에 이변이 일어나서 흙더미가 되어버렸습니다."

"어머, 그랬군요……."

록시 님은 조사를 하고 싶었던 모양이다. 보아하니 지하에 있는 기천사도 마찬가지일 것 같았다.

그래서 동쪽 절벽에 코어가 없는 기천사 한 마리가 묻혀 있다는 사실을 록시 님과 다른 사람들에게 가르쳐주었다. 그러자 무간이 병사들을 데리고 곧바로 조사하러 갔다.

록시 님도 무간을 따라가려 했지만, 부하들이 말렸다. 누가 봐도 그녀가 지쳤다는 걸 알 수 있었기 때문이다.

싸워봤기에 기천사의 힘을 잘 알고 있는 그녀가 내게 물었다.

"동쪽 절벽에 있는 기천사도 위험할까요?"

"괜찮을 거야. 바위에서 얼굴만 내밀고 있으니까. 코어를 흡수하는 부분은 바위 안에 있으니 당장 움직이지는 않을 테고. 그렇게 걱정되면 내가 가서 부수고 올까?"

"부탁드릴 수 있을까요? 그게 움직일 가능성을 없애두고 싶어요."

"알았어."

무간을 따라 동쪽 절벽으로 향했다. 그리고 무간 일행과 합류한 뒤 록시 님이 기천사를 파괴했으면 한다는 사실을 전했다.

"나도 그러는 게 낫겠다고 생각하던 참이야. 몇 시간 정도 조사하고 싶은데. 그런 다음에 파괴해줄 수 있을까?"

"그래, 마음껏 조사해."

"미안하군. 왕도군도 아닌데 힘을 빌리게 되어서."

"이런 상황인데 그런 말은 하지 말라고."

"고맙다."

샐러맨더와 기천사의 습격에서 그들을 구해내서 그런지, 바빌론에 있었을 때보다 왕도군의 호감을 산 모양이었다.

바위 안에 파묻혀 있는 기천사를 조사하는 동안에도 다른 병사들이 말을 걸곤 했다. 기천사와 싸워줘서 고맙다는 인사를 하는 사람이나 록시 님과 사이좋게 이야기하던데 어떤 관계냐고 물어보는 사람도 있었다.

딱히 중요한 이야기는 아니었다. 하지만 해골 마스크를 쓰게 된 뒤로는 이렇게 불특정 다수와 이야기를 하는 게 오랜만이라 즐거웠다. 왕도에서 하트 가문의 하인이었던 무렵 이후로 처음일 것이다.

조사를 지휘하는 무간, 그리고 병사들과 가끔씩 이야기를 나누며 지켜보고 있자니 금방 몇 시간이 지났다.

"조사는 끝났어. 이 기천사라는 녀석은 가리아의 기술로 마물을 한데 모아 만든 인공 마물인 것 같은데. 왕도로 가져가서 군사지구의 연구자들에게 자세히 보게 해줬으면 좋겠지만……. 바위에 가려져 있는 코어 부분이 언제 무너져서 드러날지 모르잖아. 좀 전처럼 오크를 코어로 삼아서 움직이면 곤란하고."

"대단하군. 이렇게 짧은 시간만에 기천사에 대해서 잘 알아냈어. 당신은 이런 가리아의 기술에 대해 잘 알아?"

"그래, 쑥스럽지만 내 가문은 대대로 사라진 가리아의 기술을 연구하고 있거든. 죽은 내 아버지도 그랬고, 딸도 연구자야. 나는 아무래도 의자에 앉아서 일을 하는 게 맞지 않아서 왕도군에 들어왔지. 그래도 이렇게 가리아의 기술을 보면 피가 끓어버리지……, 참 곤란하다고."

"피는 속일 수 없다는 건가? 딸은 왕도의 군사 지구에서 일하고 있어?"

"그래. 나와는 달리 잘난 딸이거든. 설마…… 딸을 소개해달라는 거야?!"

"아니, 아니. 그런 의미로 물어본 게 아니야. 그냥 흥미가 있어서."

"흐음~, 그렇군. 신기한데, 네가 다른 사람에게 흥미를 보이다니. 여기로 오면서 우리와 일정한 거리를 두려 했잖아."

무간이 말한 대로였다. 나는 정체를 숨기고 있기에 너무 사이 좋게 지내는 것을 두려워하고 있었다.

"뭐, 됐어. 그 해골 마스크를 벗을 생각이 들면 소개해줄 수도 있지."

"그건 힘들겠는데."

"그렇게 말할 줄 알았지. 하하하하하! 그럼 부숴줘."

나는 절벽에 묻혀 있던 기천사를 바라보며 흑검을 칼집에서 뽑아 들었다.

그리드가 《독심》 스킬을 통해 말했다.

『이제 일단은 끝이 나는군.』

"아니, 아직 멀었어. 록시 님을 노리고 있는 녀석의 정체도 모르니까."

『그냥 에리스를 다그쳐서 알아내면 되잖나.』

"그녀는 내게 말해줄 수 있는 걸 전부 이야기해줬어. 그 마음을 무시할 수는 없지."

『그러냐. 그렇다면 네 방식으로 할 수밖에 없겠지.』

나는 쥐고 있던 흑검에 힘을 주었다. 그리고 힘의 흐름을 느끼며 한 손 검 아츠, 《샤프 엣지》를 발동시켰다.

샤프 엣지는 고속 이단 베기이며 공격력이 높다. 다른 무인들이 즐겨 사용하는 아츠이기도 하다.

하지만 내가 평소에 이 아츠를 별로 사용하지 않는 데는 이유가 있다. 사용한 뒤에 경직 시간이 길기 때문이다. 기본적으로 홀로 싸우는 스타일인 내게는 그 경직 시간이 치명적으로 작용할 수 있다.

이 아츠를 사용하려면 마물이 한 마리, 그리고 마지막 공격 때 사용하는 것이 바람직하다.

지금은 그 조건에 들어맞는 상황이기에 써보는 것도 괜찮겠다고 생각했다. 그리고 강력 스킬을 사용한 반동으로 인해 근력이 10분의 1로 줄어든 것도 이유 중 하나다. 원래대로 돌아가려면 하루가 지나야 하기 때문에 부족한 근력을 샤프 엣지로 보충하기로 한 것이다.

처음에 가한 공격으로 기천사의 머리를 잘라냈다. 그리고 두 번째 공격으로 암반과 함께 안쪽에 묻혀 있던 기천사의 몸통을 갈랐다.

흑검을 칼집에 넣자 내 앞에 있던 절벽에 커다란 가로줄이 생겨났다.

무기질적인 목소리가 스테이터스가 올랐다는 것을 가르쳐주었다. 다시 말해 기천사의 파괴에 성공했다는 뜻이기도 했다.

기천사에게서 등을 돌리고 무간 일행이 있는 곳으로 돌아가자.

"참 대단하군. 어떻게 그렇게 강한 거야? 설마 흔해 빠진 샤프 엣지로 부숴버릴 줄이야. 저 기천사의 장갑은 강철 같은 건 비교도 안 될 정도로 튼튼했는데."

"과대평가야. 나 같은 건 아직 멀었다고."

"그 정도가 아직 멀었다는 거냐……, 너는 대체 뭐하고 싸우는 건데! 하하하하하."

그는 농담하는 것처럼 웃으며 말했다. 나도 그렇게 농담을 하면서 넘기고 싶긴 했지만, 천룡과 싸우기 위해서라는 말은 할 수가 없었다.

이대로 가다가는 천룡에게 이길 수가 없을 것 같다는 느낌이 들었다. 그러기 위해서는 마인이 말했던 E의 영역에 도달해야만 할 것이다. 하지만 그 방법을 전혀 알 수가 없다.

그렇게 생각하던 내 어깨에 무간이 손을 얹었다.

"왜 초조해하는 건지는 모르겠지만 너는 잘하고 있는 것 같거든. 연장자의 잔소리일지도 모르겠지만, 급하게 살면 제대로 되는 일이 없는 법이야."

"……그렇지."

내가 힘없이 대답하자 무간은 곤란하다는 표정을 지으면서 쓸데없는 소리를 해서 미안하다고 사과했다. 딱히 무간이 한 말이 마음에 들지 않았던 것은 아니다. 답을 찾지 못하고 초조해하기만 하는 내게 딱 좋게 해준 말에 어떻게 대답해야 할지 몰랐을 뿐이다.

마인이 한 말에 따르면 내가 E의 영역에 도달하려면 10년은 걸릴 거라 했다. 하지만 그럴 시간은 없다.

우리는 록시 님과 합류하기 위해 대계곡 서쪽에 있는 왕도의 거점으로 향했다. 그곳에서는 기천사에게 살해당한 사람들──, 소재 채집 임무를 맡고 있던 사람들의 무덤을 아직 만들고 있었다.

묘비의 숫자를 보니 수백 명은 되는 것 같다. 록시 님에게 이야기를 듣긴 했지만, 그때는 별로 실감이 나지 않았다. 이렇게 직접 보니 이렇게 많은 사람들이 여기서 죽어버렸다는 것을 느낄 수 있었다.

록시 님은 어디 있는 걸까.

"저기 있네……."

그렇게 지친 상태인데도 선두에 서서 매장을 지휘하고 있었다. 저녁놀 아래에 있는 그녀는 평소처럼 씩씩한 그녀, 내가 잘 알고 있던 록시 하트였다.

나도 모르게…… 멍하게 바라보고 있자니 뒤에서 말을 거는 사람이 있었다.

"여, 무쿠로."

"노던, 네가 이런 곳에서 느긋하게 있어도 되는 거야?"

다른 사람들은 매장 작업을 하느라 진흙투성이가 되었는데, 노던만은 깔끔한 성기사복을 입고 있었다.

"나는 이런 걸 하기 위해 여기에 온 게 아니니까. 그리고 왕도군에 참견하지 말아주겠어? 솔직히 말해서 폐가 된다고. 충고는 했다, 다음 기회는 없어."

노던은 일방적으로 그렇게 말하고는 떠나갔다. 록시 님이 시체를 매장하는 것을 맡겼을 텐데, 직속 부하에게 전부 다 떠넘긴 모양이었다.

이번 사건의 발단은 노던이 록시 님에게 대계곡에서 소재를 채집하던 병사들이 돌아오지 않는다는 것을 보고한 것부터 시작되었다. 그럼에도 불구하고 구하려던 병사들에게 전혀 흥미를 보이지 않는 건 이상하다.

나는 그리드에게 《독심》 스킬을 통해 물어보았다.

"어떻게 생각해? 방금 노던이 보인 태도 말이야."

『수상쩍다는 건 분명하지. 그리고 노던이라는 성기사는 꽤 강할 거다. 왕도군과 함께 행동하게 된 뒤로 계속 보고 있었는데, 몸놀림이 예사롭지 않아.』

"실력을 숨기고 있다는 거야?"

『그런 거지. 적어도 저 녀석에게서 느껴지는 힘은 기천사 정도는 쉽사리 쓰러뜨릴 수 있을 것 같다.』

"평범한 성기사가 아니라는 거구나. 처음 만났을 때 느꼈던…… 위험한 예감이 사실이었나?"

성기사 노던 아레스탈이라…… 정체를 알 수 없는 그의 뒷모습을 보고 있자니 왠지 모르겠지만 폭식 스킬이 욱신거렸다. 맛있어 보이니까 먹자고 하는 것 같았다.

그런 다음 나는 록시 님 일행이 하고 있던 매장 작업을 돕기로 했다. 시간이 꽤 오래 걸려서 정신을 차리고 보니 해가 뜨고 있었다.

돌아다니던 기천사를 쓰러뜨리자 조용해진 대계곡의 아침은 정말 멋졌다. 황폐한 가리아의 대지를 돌아다닌 뒤라서 그런지 식물로 가득 찬 세계가 얼마나 소중한 것인지 알게 되었다. 아침 이슬이 묻은 풀잎과 나뭇잎이 햇빛을 받아 반짝반짝 빛났다. 여기 있으면 정말 가리아인지 알 수가 없게 될 정도였다.

그런 대계곡을 볼 시간도 얼마 남지 않았다. 매장 작업이 끝나면 잠시 눈을 붙인 뒤 방어도시 바빌론으로 돌아갈 예정이다.

나는 마련된 텐트에서 겨우 숨을 돌리며 잠들었다. 일시적이나마 록시 님과 함께 행동할 수 있었던 것이 고마웠다. 즐거웠던 나날을 떠올릴 수 있었기 때문이다.

"감사합니다, 록시 님."

제19화 흑과 백

    가리아의 대계곡에서 귀환한 뒤 한 달이 지나려 하고 있었다. 지금까지 천룡이 가리아의 국경선을 넘어온 적은 없었다. 하지만 근처까지 온 적은 몇 번 있었다.

    그때는 몸속의 폭식 스킬이 깨어나서 나를 움직이려 했다. 그것을 필사적으로 억누르면서 천룡이 가리아의 중심부로 돌아갈 때까지 기다리곤 했다.

    나는 아직도 천룡과 맞설 힘을 키우질 못했다. 분명 스테이터스를 강화시키는 것뿐만이 아니라 무언가가 부족하기 때문이다. 그것이 바로 대계곡에서도 느꼈던 E의 영역일 것이다.

    하지만 그것에 도달하는 방법을 전혀 알지 못한 채 시간만 흘러갔다.

    "손님, 표정이 어두워 보이는데."

    그렇게 말하며 내가 앉아 있던 카운터석으로 다가온 사람은 에리스였다. 파랗고 윤기 있는 머리카락을 찰랑이며 매혹적인 미소를 지었다.

    그 말을 듣고 나는 어이가 없어서 내가 쓰고 있던 해골 마스크를 손가락으로 가리키며 대답했다.

    "이게 있는데 내 표정을 어떻게 알아봐?"

    "과연 그럴까? 나는 알아볼 수 있거든."

    에리스는 의기양양한 표정을 지으며 내 옆에 앉았다. 그래도 되는 거야? 일하는 중이잖아? 그런 내 생각을 읽었는지 그녀가 말했다.

"마스터는 내게 꼼짝도 못 하거든. 한참 동안 땡땡이쳐도 아무 말도 안 해."

"그런 짓을 하다가는 이 가게에 큰일이 벌어질걸?"

내가 주위를 보면서 지금 어떤 상황인지 가르쳐주었다.

에리스의 색욕 스킬에 매료된 사람들 때문에 가게는 오늘도 매우 붐비고 있었다. 뒤에서는 너무 바쁜 나머지 매우 수척해진 마스터가 비명을 지르며 돌아다니고 있었다.

"고용주가 죽을 것 같다만."

"아하하. 나한테 저런 일은 시킬 수 없다고 하는데 어떻게 해……."

촉촉한 눈으로 바라보는 그녀에게서 눈을 돌렸다. 위험하다……, 나도 매료당할 뻔했다. 에리스는 툭하면 내 허를 찌르며 매료시키려 든다.

"쳇, 아쉽네. 내 눈을 잘 보라고."

"싫어. 매료당하잖아."

"잠깐 정도면 괜찮지 않을까? 안 그래?"

"당연히 안 되지! 잠깐은 무슨."

잠깐이라도 매료당하면 끝장이다. 색욕 스킬은 그만큼 강력하다. 뭐, 저 매료가 본인이 의도하지 않고도 발동되는 색욕 스킬의 문제점이라고 하니 더욱 악질이다.

에리스와는 저번에 이 술집에서 이런저런 일이 있었지만, 나는 결국 그녀와 대립하지 않기로 했다. 그 이유는 록시 님에게 위기가 닥쳐오고 있다는 사실을 일부러 내게 가르쳐주었기 때문이고, 이번에는 방관자로 있겠다고 했기 때문이기도 하다.

전부 다 믿는 건 아니다. 그래서 이렇게 술집에 와서 에리스를 지켜보는 것이다.

의심하는 눈초리로 바라보고 있자니 에리스가 싱글거리면서.

"그건 그렇고 페이트가 우리 가게에 자주 오게 될 줄이야. 곤란하네……."

"착각하지 말라고. 너를 만나러 오는 게 아니니까."

그렇게 말하면서 접근하는 에리스를 밀쳐냈다. 하지만 그녀는 씨익 웃은 다음에.

"앗, 혹시 그건가? 새침부끄라는 거."

"……뭐어?! 무슨 소릴 하는 거야. 너한테 부끄러워할 리가 없잖아!"

"아아아아아, 너무하네."

에리스는 일부러 연기하는 듯한 느낌으로 충격을 받았다는 듯이 카운터에 엎드렸다.

그리고 팔에 얼굴을 묻으며 나를 힐끔 보고 작은 목소리로 말했다.

"매료당하면 좋을 텐데……, 부끄부끄하게 될 수 있는데."

"무서운 소리 하지 마."

내가 정색하고 있자니 에리스가 실력행사를 하겠다는 듯이 달려들었다. 말도 안 돼……, 내가 매료의 힘에 저항하면서 그녀를 떼어내고 있자니 뒤에서 헛기침을 하는 소리가 들렸다.

돌아보니…… 그곳에는 방어도시 바빌론의 통치자—— 록시 하트가 있었다.

여전히 씩씩한 표정을 짓고 있었고, 하얀 경갑주가 잘 어울렸다. 그런 그녀가 점점 얼굴이 굳어지면서.

"즐기고 계신 와중에 죄송합니다만, 잠깐 괜찮으실까요? 무쿠로 씨."

"그래, 그 전에……."

옆에서 투덜대고 있던 에리스를 완전히 떼어낸 다음 옆자리에 앉혔다. 그녀는 다른 사람이 끼어든 것이 마음에 들지 않는지 내 와인을 빼앗아서 멋대로 마셔버렸다. ……에리스도 그렇고 마인도 그렇고, 왜 이 여자들은 내 물건을 말도 안 하고, 마치 당연하다는 듯이 빼앗아가는 거지?

뭐, 됐어. 지금은 그런 걸 따지고 있을 때가 아니지. 그런데 록시 님은 내게 무슨 볼일이 있는 걸까?

나는 록시 님을 돌아보고.

"그래서, 무슨 일이지?"

"네, 잔뜩 있죠. 짐작가는 게 있나요?"

"아니, 전혀."

짐작가는 거? 다시 생각해봤지만 아무것도 없다. 하지만 록시 님의 표정을 보니 그렇지는 않은 모양이었다.

해골 마스크를 문지르면서 고개를 갸웃거리고 있자니 록시 님이 한숨을 쉬면서 뒤에 대기하고 있던 병사에게서 서류 한 장을 받아서 읽기 시작했다.

"무인들과 일으킨 폭력사건 56건, 기물파손 20건이에요. 게다가 이게 전부 한 달 만에 저지른 행위죠. 믿기지가 않네요."

아아아아아, 그거구나……. 이미 일상의 일부가 되어서 딱히 생각나지도 않았다. 오늘도 술집으로 오는 도중에 무인들하고 가볍게 운동을 했으니까.

"그건 어쩔 수 없어. 그 녀석들이 나를 너무 좋아해서 날마다 덤벼드니까. 말로 타일러서 알아들을 녀석들이 아니라는 건 당신도 알잖아?"

"하긴, 그런 무인이 바빌론에 특히 많긴 하죠."

"맞아, 맞아. 그렇지! 설탕에 몰려드는 개미들처럼 덤벼드니까."

"하지만 예전에도 말했듯이 뭐든지 폭력으로 해결하려는 건 옹호할 수 없어요."

혹시 예전에 말했던 감옥 말인가? 거기서 잠시 반성하라고……. 술집에서 느긋하게 술을 마시다가 설마하던 강제연행?

해골 마스크 안에서 식은땀을 흘리고 있자니 록시 님이 고개를 저으며 말했다.

"다른 무인들이 당신을 어째서 그렇게 노리는지 아나요?"

"나를 너무 좋아해서?"

"아니에요! 당신이 어떤 파티에도 소속되지 않기 때문이죠. 사람들은 개인을 공격할 순 있어도 집단 상대로는 손을 대지 못하는 심리가 있는 법이에요. 그러니 그렇게 혼자 돌아다니지 말고 어딘가에 들어가야만 해요."

"그렇게 하면 쓸데없는 싸움을 하지 않게 된다고?"

록시 님이 무슨 말을 하는지는 잘 알고 있다. 내게 덤비는 무인들은 적어도 다섯 명 이상이었다. 일대일, 맞대결로 승부를 내려는 녀석은 한 명도 없었다.

다시 말해 그런 녀석들을 견제하려면 나도 개인이 아니라 집단에 소속되는 쪽이 현명하다는 뜻이다.

록시 님은 고개를 끄덕이면서 계속 이야기했다.

"그러니 제가 제안하겠어요."

그녀는 뒤에 있던 병사에게 서류를 하나 더 받아서 내게 건넸다.

둥그렇게 말린 종이를 펼쳐서 읽어보니 예상하지 못했던 내용이 적혀 있었다.

"이건……."

"네, 어떠신가요? 당신 정도의 실력자라면 왕도군에서 용병으로 고용할 수 있어요. 그렇게 되면 그렇게 사나운 무인들도 당신에게 손을 대지 않게 되겠죠."

"호오~, 나를 높게 평가해주는구나."

그렇게 말하자 록시 님은 헛기침을 하면서 곤란한 듯한 표정을 지었다.

"당신은 지금까지 소규모 스탬피드를 혼자서 여러 번 진압했어요. 교환시설의 직원에게 보고를 받았죠. 그리고 가리아의 대계곡에서 활약하기도 했고요. 실력자라는 건 틀림없을 거예요. 현재 왕도군의 우선사항은 전력 증강이에요. 그리고 당신 같은 사람에게는 목줄을 채워두는 것이 제일이다, 저는 그렇게 생각해요."

바빌론에서 너무 날뛴 모양이었다. 대계곡에 갔을 때는 관계가 양호했는데, 록시 님이 위험인물로 인정해버렸다. 화를 펄펄 내는 걸 보니 어지간히 마음에 들지 않는 모양이다. 나는 해골 마스크 안에서 쓴웃음을 지으면서.

"나는 개가 아닌데."

"그렇죠……, 죄송합니다. 말이 지나쳤네요. 제가 보기에는…… 당신이 치열하게 사는 것처럼 보여서 견딜 수가 없거든요."

록시 님은 나를 위해 말해주고 있다. 하지만 이제 그녀가 지켜주는 곳으로 들어갈 일은 없다. 그건 왕도에 있는 하트 가문의 저택을 나올 때 결심했다.

그리고 성기사 노던도 있다. 내가 만약 왕도군에 합류했다는 걸 알면 그 녀석이 어떤 행동을 취할 것이다. 다음 기회는 없다고 충고까지 할 정도니까.

역시 움직이기 편한 게 제일이다.

"마음을 써준 건 고맙지만 나는 어디에도 소속될 생각이 없어."

내 대답을 듣고 록시 님이 따질 거라 생각했지만, 그녀는 쉽사리 받아들였다.

"알겠습니다. 왠지 그렇게 말할 거라는 생각이 들었어요. 그럼 잠깐 저와 함께 가주시겠어요?"

록시 님은 그렇게 말하며 술집 바깥을 손가락으로 가리켰다. 바깥으로 나오라는 건가?

그게…… 어떤 의미인 건지는 굳이 말하지 않아도 알 수 있었다. 록시 님 주위의 분위기가 확 바뀌었기 때문이다.

"거절한다면?"

"군사 지구에 있는 독방에서 지금까지 저지른 행동을 반성해주셔야겠어요. 그게 싫다면 대결해보실래요? 저는 무인 무쿠로의 힘에 흥미가 있거든요."

록시 님은 먼저 술집에서 나가버렸다. 이런, 최대한 피하고 싶었는데, 가능할 것 같지는 않다.

어째서 록시 님하고 검을 맞대야 하는 건데. 그렇게 생각하고 있던 내게 에리스가 손을 흔들며 응원했다.

"재미있게 되었네. 나는 응원밖에 못 하지만, 열심히 해."

"참 느긋하구나."

"나는 방관자니까."

그랬지. 그래서 록시 님과 이야기를 하고 있을 때 한 번도 도와주지 않았던 것이다. 싱글싱글 웃기만 하고……, 성격도 참 좋지.

그리고 나는 성격이 참 좋은 다른 존재, 흑검에 손을 댔다.

『재미있게 되었구나! 페이트!』

"너도 똑같은 말을 하냐!"

『하하하하하하하, 이 몸도 방관자나 마찬가지지. 무기니까. 자, 어서 가지 않으면 록시가 기분이 상해서 너를 독방에 넣어버릴 거다.』

말도 안 돼! 나는 록시 님을 따라 술집을 나섰다. 대결이라고 했으니 터무니없는 짓을 하게 되지는 않겠지. 마음이 내키진 않지만 할 수밖에 없겠다.

제20화 흑검과 성검

술집을 나서자 조금 떨어진 곳에 사람이 모여 있는 것이 보였고, 록시 님이 그 한복판에 서 있었다.

병사들이 대결을 방해하지 않게끔 지나가던 사람들이나 구경꾼들을 유도하고 있었다. 참 익숙한 것 같다.

저렇게 침착한 걸 보니 처음부터 이걸 노리고 있었다는 생각밖에 안 든다. 그렇게까지 싸우고 싶어 하다니……. 록시 님의 뜻밖의 일면에 깜짝 놀랐다.

꽤 많은 사람 앞에서 싸우는 건가……. 그리고 보니 이런 건 처음이네. 애초에 사람들 몰래 싸워왔다. 그리고 상대가 록시 님이니 지금까지 내게 덤벼들던 무인들과는 전혀 다르다.

봐줄 수는 없을 것이다.

하지만 도망칠 수도 없을 것 같다.

나는 마음을 굳게 먹고 심호흡을 했다.

그리고 해골 마스크가 전투를 벌이면서 벗겨지지 않게끔 제대로 고쳐 쓰고 다리에 힘을 준 뒤 뛰었다. 사람들을 뛰어넘어서 뻥 뚫려 있는 곳, 록시 님이 있는 곳에 착지했다.

록시 님과 마주 보며 말했다.

"수고를 많이 들였군."

"그런가요? 이렇게 하지 않으면 당신이 대결해주지 않을 것 같아서요."

"……그렇군."

잘 아네……. 하지만 이 바빌론을 통치하는 입장에서 그래도 되나.

"이렇게 사람들이 많은 곳에서 만약 지기라도 하면 어떻게 할 셈이신가?"

"걱정하실 필요 없어요. 저는 그런 걸 신경 쓰지 않으니까요. 그리고 질 생각도 없어요."

올곧은 눈으로 나를 보던 록시 님은 칼집에서 성검을 뽑아 들었다.

그런 식으로 바라보면 찜찜한 마음이 생긴다. 나는 그런 마음을 떨쳐내려는 듯이 허리에 차고 있던 흑검 그리드를 칼집에서 뽑아 들지 않고 손에 쥐었다.

그 모습을 본 록시 님이 눈살을 찌푸리며 말했다.

"칼집을 채운 채로 저와 검을 맞댈 생각이신가요? 웃기지도 않는 농담이네요."

"아니, 진심이야. 이대로 싸우도록 하지. 그리고 내 검은 너무 날카롭거든."

나는 칼집에 들어 있는 흑검을 겨누었다. 이 칼집은 전속 계약을 맺은 제이드 스트라토스가 만들어준 칼집이다. 가리아의 대계곡까지 고생하면서 채집한 마수정을 사용했다. 검은색 기반에 금색 선이 가운데에 들어간 것이 멋진 악센트로 작용해서 마음에 드는 칼집이다.

내가 의뢰한 것은 검은색 기반에 금색을 조금 넣는 디자인이었다. 하지만 제이드의 장난기가 발동해서 어떤 기능이 추가되었다. 그 내용을 들었을 때, 나와 그리드는 그의 재능에 감탄했다.

나와 마찬가지로 성검을 겨눈 록시 님은 당황하면서.

"칼집이 망가져도 저는 몰라요."

보통은 그렇게 생각할 것이다. 하지만 이렇게 사용하는 방식을 상정해서 만든 칼집이다.

만약 성검과 부딪힌다 해도 버틸 수 있는 강도를 지니고 있다.

"자, 시작해볼까."

"좋아요. 저는 봐 드릴 생각이 없어요. 그럼."

"그래……."

서로 거리를 좁히며 달려들었다. 과연 대계곡에 다녀온 지 한 달이 지난 록시 님의 실력은 어떨까. 스테이터스, 보유 스킬은 감정 스킬을 쓰면 알 수 있다. 하지만 그렇게 촌스러운 짓은 하고 싶지 않다.

그녀가 이렇게 진지하게 대결하려 하는데 그럴 수는 없다. 검에는 검으로, 록시 님에게 부응하고 싶었다.

그러자 그리드가 코웃음치며 《독심》 스킬을 통해 말했다.

『기사도 아닌 네가 기사도 정신이냐? 웃기네.』

"시끄러워."

나는 그리드를 무시하고 바로 앞까지 달려든 록시 님과 검을 맞부딪혔다.

금속음이 날카롭게 울려 퍼졌다. 그리고 내 발이 지면으로 파고들었다.

예상했던 것보다 묵직하다! 하지만 록시 님의 공격은 계속 이어졌고, 더욱 무게가 실리면서 기어코 나를 중심으로 돌바닥이 크레이터 모양으로 함몰되었다.

"크윽……, 너무 심하잖아."

"말했을 텐데요. 봐 드릴 생각은 없다고요."

나는 견디지 못하고 흑검으로 성검을 밀어냈다. 록시 님은 공중으로 뛰어올라 내게서 거리를 벌리며 착지했다. 일격에 담긴 힘은 꽤 대단했다. 스킬을 통해 얻을 수 있는 힘이 아니었다.

날마다 단련해서 익힌 기술이다. 자신의 스테이터스를 한계까지 발휘할 수 있게끔 끊임없이 노력하고 있을 것이다. 한달 만에 실력이 늘었다는 사실은 방금 그 일격으로 확실해졌다.

지금 나는 스테이터스만 놓고 보면 록시 님보다 더 강할 것이다. 하지만 그 모든 것을 제어할 수는 없다.

보통은 마물을 쓰러뜨리고 자신을 갈고닦아 경험치를 얻어서 레벨을 올려 스테이터스를 강화한다. 그렇기 때문에 무인들은 대부분 자신의 스테이터스를 제어할 수 없는 상황에 빠질 일이 없다. 최소한은 제어할 수 있고, 그 이상을…… 한계치까지 아슬아슬하게 끌어낼 수 있게끔 단련한다.

내 경우는 전혀 다르다. 마물을 쓰러뜨리면 쓰러뜨릴수록 마물의 스테이터스가 그대로 내 것이 되어버린다. 급격한 스테이터스의 성장과 비교하면 그것을 다루는 경험과 기량이 압도적으로 부족하다.

그것을 제어할 수 있게 되는 꼼수가 있긴 하지만, 정말…… 다루기가 힘들다. 일부러 폭식 스킬을 반 기아 상태로 만들면 신체 능력이 비약적으로 향상되어서 지금 지닌 스테이터스를 완전히 제어할 수 있다.

하지만 그 대가로 폭주할 위험도 있고……, 상대방을 반드시 죽여야만 한다는 제약까지 있다. 그러니 이렇게 강한 상대와 사투를 벌이는 것이 아닌 싸움──, 대결은 껄끄럽다는 걸 실감했다.

상대가 록시 님이니 더더욱 그렇다.

느긋하게 생각하고 있자니 참을성이 바닥난 록시 님이 공격을 가해왔다.

"싸우는 도중인데 뭐하는 거죠?"

"생각을 좀."

"어이가 없네요. 그럼 이렇게 하면 의욕이 좀 생기려나요?"

"뭐?!"

그건 반칙……, 아니, 그런 건 아니지만 그러지 말았으면 좋겠다.

록시 님이 내 해골 마스크를 집중적으로 공격하기 시작한 것이다.

"뒤집어쓰고 있는 가면을 벗겨드리겠어요."

"잠깐?!"

게다가 록시 님의 속도가 좀 전보다 훨씬 빨라졌다. 방심하고 있던 건 아니었지만, 단숨에 뒤를 잡혀버렸다. 돌아서서 대처하다가는 해골 마스크가 두 동강 날 것이다.

윗몸을 젖혀서 록시 님의 검을 피하며 백 덤블링, 그리고 뒤로 공중제비를 돌면서 겨우 거리를 벌렸다.

휴우……. 숨을 돌린 것도 잠시. 투둑, 그렇게 기분 나쁜 소리가 귓가에 울렸다.

해골 마스크에 금이 가버린 것이다.

허둥대며 《감정》 스킬을 발동시켜서 상태를 알아보았다.

해골 마스크 내구도 : 10/20 장착한 사람에 대한 인식을 저해하고 다른 사람으로 보이게 만든다.

으아아아아아아아아아아아아아아아아아아아아아아. 내구도가 절반으로 떨어졌어!

검이 살짝 스치기만 했을 뿐인데?!

오래된 골동품이긴 한데, 이 해골 마스크가 금방 부서지는 물건인가? 아니, 록시 님의 공격이 그만큼 날카로운 거겠지. 다음에 스치기라도 한다면 파괴될 거다.

그렇게 생각하니 등에 식은땀이 줄줄 흐르기 시작했다.

"왜 그러시죠? 움직임이 갑자기 둔해졌는데요. 그렇게 얼굴을 드러내는 게 싫으신가요?"

"그그그그, 그렇진…… 않아."

"매우 동요하고 계신데요. 어째서죠……, 신기하네요? 점점 당신의 진짜 얼굴을 보고 싶어지는데요."

장난꾸러기 같은 표정을 지으며 방긋 웃는 록시 님. 나는 알고 있다…… 저 표정을 지었을 때는 진심이다.

마음속으로 당황하면서 나는 해골 마스크를 감싸며 록시 님에게 말했다.

"자, 잠깐. 지금은 대결 중이잖아……."

"그렇죠. 그럼 당신도 슬슬 온 힘을 다해주세요. 안 그러면 그 마스크는 여기에 두고 가주셔야겠어요."

뭐, 그렇겠지. 내가 좀 들떠 있었는지도 모르겠다.

이렇게 록시 님과 다시 함께 있을 수 있는 시간을 정겨워하던 건 분명하다. 그래서 그런 방심이 해골 마스크에 금을 가게 만드는 허점을 만들어버렸다.

과연 나는 마인이나 아론처럼 모든 싸움에서 허점을 버릴 수 있을까.

……글쎄. 역시 나는 나일 수밖에 없으니까 나답게 그녀와 맞서자.

"그걸 원한다면 어쩔 수 없지."

나는 칼집에 들어 있는 흑검에 마력을 담았다. 검은 칼집이 성스러운 빛을 내뿜기 시작했다.

그 모습을 본 록시 님이 깜짝 놀라 하며 말했다.

"당신……, 그 힘은?!"

"그래, 짐작한 대로 성검기 스킬……."

그리고 이 스킬의 아츠, 《그랜드 크로스》를 발동시키지 않고 담아두는 기술, 아론이 직접 전수해준 기술이다.

제이드 스트라토스가 새로 만들어준 칼집은 지금까지 써먹을 수가 없었던 성검기를 다룰 수 있는 기능을 지닌 특수 확장 무기였다.

설마…… 이렇게 많은 사람 앞에서 선보이게 될 줄은 상상도 못했지만. 그래도 좋은 기회다.

성검기 스킬을 다룰 수 있다는 걸 록시 님이 알게 되면 내가 페이트 그래파이트라는 생각을 꿈에도 하지 못할 것이다. 그녀에게 페이트 그래파이트는 가지지 못한 자—— 지켜야만 하는 존재이기 때문이다.

"아츠를 그렇게까지 다루는 기술. 당신은 이름난 성기사⋯⋯, 아니, 전 성기사였나요?"

"아니, 나는 성기사 같은 게 아니야. 그때부터 언제나 그냥 무인이었지."

마력을 더욱 강하게 담자 더 환하게 빛나는 흑검 그리드를 들고 이번에는 내가 록시 님에게 덤벼들었다. 이 대결에서는 진부하게 밀고 당기기를 할 필요가 없다. 단순명쾌, 그저 자신이 믿는 힘을 보일 뿐이다.

제21화 추억의 펜던트

나는 그 일격에 록시 님의 성검을 부술 수 있을 정도로 강한 힘을 담았다.

더 이상 질질 끌면서 싸우다가 들키게 되는 걸 우려했다. 그녀에게는 미안하지만 싸우지 못하는 상태가 되어줘야겠다. 하지만 그런 내 생각을 배신하는 듯이 그 일격을 그녀의 성검이 막아냈다.

두 무기가 맞부딪히며 엄청난 충격을 일으키자 구경하고 있던 사람들이 조용해졌다.

그렇게 시끄럽게 야유하면서 나를 사랑해주던 무인들, 망할 녀석들까지 얌전해졌다. 그렇다, 내가 날린 것은 그 정도로 묵직한 일격이었다.

록시 님이 내 공격을 막아냈다는 것은 척 보기에도 알아챌 수 있었다. 나와 마찬가지로 성검기 스킬의 아츠, 《그랜드 크로스》를 성검에 담아두고 있었기 때문이다.

그녀도 나와 마찬가지로 바빌론으로 오는 도중에 어떤 경험을 겪고 성장한 모양이었다.

강한 척하는 듯이 방긋 웃는 록시 님.

"아쉽게 됐네요."

"쳇, 하지만……."

공격한 건 나다. 아직 끝나지 않았다.

이번에는 내가 밀어붙여야겠다. 단순한 힘과 힘의 맞대결이라면 근력이 더 높은 내가 유리하다.

팽팽하게 맞붙던 흑검과 성검이 점점 무너지기 시작했다. 생각했던 것보다 강한 힘 때문에 록시 님의 얼굴에서 땀이 한 줄기 흘러내렸다. 그리고 나는 그녀를 성검과 함께 뒤쪽으로 밀쳐냈다.

"꺄악⋯⋯."

내가 알고 있던 록시 님 답지 않게 귀여운 목소리를 듣자 죄책감이 밀려왔다. 싸움을 지켜보고 있던 사람들도 마구 야유를 보냈다.

완전히 내가 악당인 것 같다. 뭐, 해골 마스크를 쓰고 있으니 보기에도 인상이 좋진 않겠지.

얼른 끝내주지. 나는 뒤쪽 건물로 날아가는 록시 님에게 지면을 세차게 박차고 접근했다.

그녀의 자세가 무너진 지금, 들고 있는 성검을 튕겨내서 싸우지 못하게 만들고 끝낸다.

그때, 그녀의 가슴 쪽에서 푸른 보석 펜던트가 고개를 내밀었다.

저건?! ⋯⋯⋯⋯나는 갑자기 움직일 수가 없게 되어버렸다.

계속 가지고 다녀줬구나⋯⋯.

저 푸른 보석은 내가 하인이었던 무렵에 록시 님과 함께 왕도 거리를 극비리에 시찰했을 때 어쩌다가 선물하게 된 물건이었다.

왕도의 저택을 떠나려던 그녀가 펜던트로 가공해서 계속 소중히 여기겠다고 말해주었던 것이 지금도 선명하게 떠오른다. 그리고 지금 이 순간에도 그녀는⋯⋯.

싸움에 의식을 집중하지 못하고 있던 내게 그리드가 《독심》 스킬을 통해 소리쳤지만 때는 이미 늦었다.

공중에서 자세를 바로 잡은 록시 님이 오히려 내가 들고 있던 흑검을 하늘 높이 튕겨낸 것이다.

"앗?!"

나도 모르게 얼빠진 소리를 내버렸다. 그리드는 손에서 빠져나가기 직전에『이 멍청아아아아아』라고 소리치고 있었다. 하긴, 대결이라 해도 싸우던 도중에 한눈을 팔다니……

어느새 사람들 사이에 끼어서 나와 록시 님의 대결을 지켜보고 있던 에리스도 배를 부여잡으며 웃고 있었다. 나중에 술집에 가면 이번 실수를 손짓 발짓하면서 재현할 것 같다.

그리고 공중에서 돌아와 돌바닥에 꽂힌 그리드도 시누이처럼 잔소리를 해댈 것이다. 바로 줍기가 망설여진다……

내가 하늘을 올려다보고 있자니 록시 님이 들고 있던 성검 칼끝을 들이밀었다. 승부는 끝났다.

나는 손을 들고 항복이라는 포즈를 취했다.

그럼에도 불구하고 록시 님은 불만이라는 듯이 성검을 거두었다. 그리고 옷 바깥으로 삐져 나온 푸른 펜던트를 소중하게 집어넣었다.

그녀는 한숨을 쉰 뒤 아직 손을 들고 있던 나를 다그쳤다.

"어째서 그때 봐준 거죠?"

"무슨 소린지……, 나는……"

"그런가요? 이긴 건 좋지만 석연치 않은 싸움이었어요. 한 번더 싸워보실래요?"

"……좀 봐줘."

역시 그녀와는 싸울 수가 없다. 아무리 대결이라 해도. 그 사실을 이번에 뼈저리게 알게 되었다.

"이제 충분하잖아. 나는 이만 실례하지."

"앗, 잠깐만 기다리세요."

록시 님에 대한 칭찬, 나에게 쏟아지는 야유가 들리는 와중에 지면에 꽂혀 있던 흑검 그리드를 회수했다. 바로 그리드가 《독심》 스킬을 통해서.

『한심하긴.』

"시, 시끄러워."

예상했던 대로 잔소리다. 흘려들으면서 여기를 벗어나야지.

록시 님과 대결은 끝났다. 이제 감옥에 들어갈 일은 없을 것이다.

패자는 빠르게 사라지는 게 제일이다. 남아 있어봤자 관전하던 사람들에게 욕만 먹는다.

하지만 록시 님이 또 불러세웠다. 게다가 내 앞을 가로막으면서.

"당신에게 한 가지 물어볼 게 있어요."

"또 뭔데?"

"어디서 그 검술을 배운 거죠? 대계곡에서도 그렇게 생각했는데, 당신의 그 검술은 아론 바르바토스 님과 비슷해요. 발놀림, 검 솜씨가 정말로요."

왜 그러는 걸까. 그녀는 평소보다 진지한 표정을 짓고 있었다.

내가 그렇게 생각하고 있자니 록시 님이 계속 말했다.

"저는 바빌론으로 오던 도중에 황폐한 하우젠을 다시 세우려 하던 아론 바르바토스 님을 만났어요. 그분은 은거하셔서 성기사를 그만두셨죠. 하지만 어떤 남자와 만나서 다시 검을 들기로 하셨다고 해요."

록시 님은 그렇게 말하며 나를 바라보았다.

그건 그렇고 그녀도 아론을 만났구나. 게다가 나와 아론이 죽은 자들이 활개 치던 하우젠을 해방한 난 뒤에. 만약 그대로 아론 곁에 머물러 있었다면 록시 님과 마주칠 뻔했다.

뭐, 가는 방향은 똑같았으니까. 록시 님이 아론을 만났다는 것도 이상하진 않다.

그녀는 생각에 잠겨 있던 내 손을 잡으려 했다. 하지만 내가 거부했다. 지금 같은 상황에서 제대로 제어할 수도 없는데 닿아버리면 《독심》 스킬이 발동되어 버릴 것 같았기 때문이다.

"아론 님은 그 남자의 이름을 가르쳐주지 않으셨어요. 하지만 그가 가리아로 떠났다고 하셨죠. 그리고 이렇게도 말씀하셨어요. 그 사람은 분에 넘치는 힘 때문에 괴로워하고 있다고. 만약 당신이 그 사람이라면…… 제게."

"글쎄다. 만약 내가 그 사람이라 해도 그건 본인의 문제야. 당신이 신경 쓸 일이 아니라고. 이 가리아에서는 우선 자신의 몸을 지키는 것부터 생각해야지."

록시 님은 언제나 너무 자상하다. 자신의 몸에 위기가 닥치고 있는데…….

하지만 나는 왕도에서 그 자상한 마음씨에 구원받았다. 그녀와 만나지 않았다면 지금쯤 폭식 스킬에 금방 삼켜져서 자아를 잃고 아무나 닥치는 대로 습격하는 괴물이 되어버렸을 것이다.

"…………여전하네요. 당신은 언제나 그렇게 올곧죠……."

나도 모르게 중얼거린 그 목소리는 바빌론 도시 전체에 울려 퍼진 사이렌으로 인해 묻혀버렸다.

이게…… 뭐지? 갑자기 우리를 둘러싸고 있던 사람들이 시끄럽게 떠들기 시작했다.

이 사이렌은 바빌론으로 온 뒤에 처음 들었다. 하지만 주위에 있던 사람들은 나와 달리 이 상황이 무슨 상황인지 당연하다는 듯이 짐작하고 있는 모양이었다.

그리고 록시 님도 마찬가지였다. 그녀에게서 느껴지는 것은 팽팽하고 묵직한 분위기였다.

이 느낌은, 그건가…… 나는 바빌론 거리에서 남쪽 방향을 바라보았다. 가리아 대륙에서 검은 하늘이 다가오고 있었다.

사람들이 가득 차 있던 이곳에 남자 성기사가 무인 몇 명을 데리고 억지로 파고들어 왔다. 찰랑거리는 금발을 나부끼며 나타난 사람은 노던 아레스탈이었다.

제22화 데스 마치

노던은 나를 힐끔 보더니 조금 놀란 듯한 표정을 지으며 록시 님이 있는 곳으로 걸어갔다.

"록시 님, 가리아에서 대규모 스탬피드가 발생하여 국경선을 넘을 기세로 다가오는 중입니다."

부하인 노던의 보고를 듣고 록시 님은 좀 전까지 전투를 벌인 사람 같지 않게 침착한 표정으로 말했다.

"데스 마치인가요……, 숫자는요?"

"약 1만 5천 정도인 것 같습니다. 데스 마치 중에서는 적은 편입니다."

"……알겠습니다. 국경선 도달 예상 시간은요?"

"속도를 그대로 유지하며 진군해 온다면 네 시간 뒤입니다."

"그 전에 가리아에서 요격합니다. 준비 진행 상황은……."

록시 님은 내게 고개를 숙여 인사한 뒤 노던과 이야기하면서 그 곳을 빠르게 떠나갔다.

그녀가 바로 군대를 이끌고 데스 마치를 막기 위해 움직인다. 그게 록시 님이 바빌론으로 와서 맡은 역할이기 때문이다.

용병으로 군대에 참가하는 것을 거부한 나는 거기에 낄 수 없다.

하지만 신경이 쓰였다. 록시 님을 곁눈질로 보고 있자니 노던과 눈이 마주쳐버렸다.

"쳇, 저 녀석……."

그때, 노던이 나를 보고 씨익 웃었다.

무슨 의미인지는 모르겠다. 충고한 대로 얌전히 있어라……라는 뜻인지, 의외로 겁쟁이구나……라는 뜻인지, 평범한 너는 거기가 어울린다……라는 뜻일지도 모르고 아예 다른 의미일지도 모른다.

아무튼 건방지고 기분 나쁜 미소였다.

록시 님과 노던, 병사들이 떠나고 나 혼자 남았다. 대결을 지켜보던 사람들도 계속 울리는 사이렌을 듣고 빠르게 흩어져 버렸다.

그런 와중에 흑검 그리드가 《독심》 스킬을 통해 말했다.

『페이트, 너는 어떻게 할 거냐?』

"당연하지. 그리고 배가 고파진 참이거든."

『갈 거냐…….』

대답도 하지 않고 걸어가고 있자니 에리스가 홀로 서 있었다.

뭔가 호소하는 듯한 눈빛으로 나를 보았다. 평소에는 일방적으로 참견하곤 하지만, 저런 표정을 지을 때만은 신기하게도 내성적인 모습을 보여준다.

급한데 말이지…….

"왜 그래……, 너답지 않게 그런 표정을 짓고."

다가가자 에리스가 등을 돌리며 내게서 거리를 조금 벌렸다.

그리고 작은 목소리로 충고했다.

"가지 않는 게 좋을 거야."

"에리스가 그렇게 말하니 반드시 가야겠네. ……걱정해줘서 고마워."

"…………말도 참 안 듣는다니까."

그녀는 나를 돌아보지도 않고 술집 안으로 들어가 버렸다. 에리스는 중립이라고 했다. 그렇기 때문에 내게 위험하다고 말해주면서도 뭐가 기다리고 있는지까지는 말할 수 없는 모양이었다.

그 정도로도 내게는 좋은 정보다. 그녀를 믿고 고맙게 여기면서 마음속에 담아두어야겠다.

이번 데스 마치는 일반적인 데스 마치가 아니다.

그럼 이제 가자. 걸어가면서 흑검 그리드에게 물었다.

"물어봐도 돼?"

『뭐냐? 이런 상황에.』

"그리드는 대죄 스킬 보유자, 대죄무기의 기척을 감지할 수 있지?"

『그래, 할 수 있긴 하지만 바빌론 내부 정도다. 갑자기 왜 그러지? 지금까지 그런 걸 물어본 적이 없었잖아.』

그래. 지금까지는 일부러 물어보지 않았다.

만나본 적이 없는 대죄 스킬 보유자가 또 있고, 나를 적대시할 가능성을 생각하지 않으려 했기 때문이다.

그 이유는 마인처럼 규격에서 벗어난 힘을 지닌 강자와 대결하기에는 내 힘이 아직 부족하다고 생각하면서 자신이 없었기 때문이다. 하지만 이제 그렇게 느긋한 소리를 하고 있을 수가 없다.

록시 님의 죽음을 계기로 억압된 백성들의 증오(헤이트)를 승화시켜서 관 마물과 마찬가지로 강력한 스킬을 지닌 새로운 인간을 만들어낸다. 에리스가 한 말을 믿는다면 그 계획을 추진하고 있는 자가 에리스 말고도 있다. 아마 대죄 스킬 보유자나 비슷한 존재일 것이다.

그 녀석은 바빌론에 있다.

내 확신에 가까운 예감을 듣고 그리드가 말했다.

『이 바빌론에서 느껴지는 건 너와 에리스뿐이다. 그밖에는 아무도 없다고.』

"어? 정말?!"

『그래. 하지만 기척을 지우고 있을 가능성도 있지. 너처럼 어설픈 수준이 아니라면 그 정도는 쉽사리 해낼 수 있을 테니까. 에리스도 마찬가지다. 그 녀석은 일부러 네게 자신의 존재를 가르쳐주기 위해서 저러는 거니까.』

그렇게 쉽게 풀리진 않을 것 같다. 하지만 시간은 점점 다가오고 있다. 더 이상 알 수 없는 존재를 걱정해봤자 소용없겠지.

왼손으로 주먹을 쥔 내게 그리드가《독심》스킬을 통해 말했다.

『뭐, 조금이나마 안심했다.』

"뭔데, 갑자기."

『페이트 너는 그 여자 일만 생기면 주위를 제대로 볼 수가 없어서 위험했으니까. 조금 성장한 건가?』

"계속 어린애 취급하지 말라고. 천룡 말고도 봐야 하는 존재가 있다는 것 정도는, 나도…… 알고 있어."

천룡보다 골치 아플지도 모르지. 그렇게 생각하고 있자니 그리드가 웃어댔다.

『하하하하하하하하하, 이 몸이 보기에는 너 같은 건 이제 막 태어난 아기나 마찬가지다.』

그래, 그래. 4000살이 넘은 어르신이니까. 터무니없이 긴 세월 동안 이렇게 비뚤어진 성격이 되어버린 거겠지. 불쌍하게도…….

『이봐, 페이트.』

"뭔데."

『무리하지 마라.』

"이제 와서 무슨 소리야."

그때, 왕도에 있는 하트 가문의 저택……, 하인이었을 때 폭식
스킬의 대가를 알아버리게 되었을 때부터 지금까지 계속 똑같은
일만 반복하고 있잖아. 그리고 지금은 무시무시할 정도로 폭식
스킬이 안정되어 있다고.

"이번에도 괜찮을 거야. 앞으로도 그럴 거고."

『그래, 그렇지.』

큰길을 향해 걸어가는 나와 차례차례 스쳐 지나가는 무인들.
모두가 거창한 장비를 챙겨서 북쪽에 있는 바깥쪽 대문을 향해
뛰어가고 있었다.

보아하니 그들은 록시 님이 이끄는 왕도군이 잡다 남긴 마물을
노리는 모양이었다. 매우 드문 기회인 것 같다.

나는 해골 마스크에 손을 대고 남쪽에 있는 군사 지구를 바라
보았다. 그러자 그리드가 《독심》 스킬을 통해 말했다.

『왜 그러냐, 페이트. 출구는 반대 방향인데.』

"괜찮아. 이쪽으로 가도."

저쪽은 이동하는 군대, 무인들, 그리고 데스 마치로 인해 매우
허둥대는 상인들 때문에 매우 혼잡하다.

더 빠르고 사람이 없는 길이 있다.

데스 마치로 인해 군사 지구가 매우 분주한 지금이라면 당당하
게 갈 수 있을 것이다.

"매우 빠르게 지름길로 가자."

『그렇군.』

내가 근력을 살려 매우 높게 뛰어오른 뒤 건물 지붕에 착지하자 그리드도 이해한 모양이었다.

『이대로 건물을 타고 남쪽으로 간 다음 아다만타이트 외벽을 넘어서 가리아로 가려는 거냐?』

"그런 거지!"

하지만 곧바로 가리아로 가진 않고 외벽 위에서 왕도군이 나서는 모습을 지켜볼 생각이다.

주역은 어디까지나 왕도군. 데스 마치뿐이라면 록시 님이 이끄는 왕도군이 문제없이 해치울 수 있을 것이다. 방금 대결해보고 알았다. 록시 님은 강하다.

내가 해야 할 일은 그곳에서 무슨 이변이 일어나기 전에 파악하고 행동하는 것이다.

올라간 외벽 위에는 생각했던 것보다 바람이 세게 불어서 방심하면 날아가 버릴 것 같았다.

남쪽…… 가리아에서는 검은 지면, 검은 하늘이 다가오고 있었다.

아직 저렇게 멀리 있는데 이렇게 또렷하게 보일 줄이야……, 1만 5천 이상의 마물 무리란 말이지.

"압권인데."

『페이트, 너는 데스 마치를 처음 봤겠구나. 그렇다면 명심해둬라. 마물을 단번에 잔뜩 쓰러뜨리지 마라. 스테이터스가 급격하게 오르면 폭식 스킬이 깨어나 마구 설쳐댈 거다.』

"그래, 조심할게. 그건 이제 사양이야."

기분 나쁜 기억이다. 록시 님의 영지에 갔을 때, 관 마물——'통곡을 부르는 자'라는 고유명칭을 지닌 코볼트 어설트와 싸웠을 때 있었던 일이다.

어떻게든 쓰러뜨렸던 것까지는 괜찮았다. 지금까지 경험해본 적이 없을 정도로 질이 좋은 혼을 먹음으로 인해 스테이터스가 크게 오르긴 했지만, 그 반동으로 폭식 스킬이 폭주할 뻔했다.

괴로워하며 목을 쥐어뜯었고, 이성을 유지하기 위해 바위에 머리를 들이받기도 했다. ……응, 정말 기분 나쁜 기억이다.

그 현상이 전투 도중에 일어나 버리면 눈 깜짝할 새에 마물에게 포위당해서 싸우지도 못하고 저 세상에 가게 될 것이다.

그렇게 되지 않기 위해서 폭식 스킬을 다스리는 수행을 해왔지만, 그리드가 말한 것처럼 단번에 수천 마리 규모로 마물을 먹으면 위험할 것 같다.

뭐, 그건 왕도군의 역할이다. 내가 데스 마치와 정면으로 맞붙어서 싸울 일은 없을 테니까.

잠시 후 바빌론에서 왕도군이 나왔다. 물론 그 사람들중에는 록시 님도 있었다. 백마를 타고 군대를 지휘하고 있었다. 데스 마치가 다가올 장소를 예측하고 국경선에서 맞서 싸울 생각이다.

마술사와 궁병을 배치해서 원거리 공격을 가해 다가오는 마물의 숫자를 줄일 셈인 것 같다. 그런 다음 나머지 마물들을 근접 전투로 확실하게 해치우려는 건가?

숫자가 저렇게 많다. 그중에는 고유명사를 지닌 관 마물도 꽤 있을 것이다. 그것을 쓰러뜨리는 것이 록시 님……, 강력한 스킬을 지닌 성기사의 역할이다.

지켜보던 그리드가 말했다.

『이제 곧 시작된다.』

"우리도 언제든지 움직일 수 있게끔 하자."

칼집에서 흑검 그리드를 뽑아 든 다음 흑궁으로 변형시켰다.

나도 한 달 동안 아무 생각 없이 마물을 쓰러뜨리고 혼을 먹기만 한 게 아니라고. 그리드의 힘을 더욱 이끌어낼 수 있게끔 단련했으니까.

제23화 변천하는 힘

　잠시 후 남쪽에서 진군해 온 마물 무리가 기다리고 있던 록시 님의 왕도군과 정면으로 충돌했다.

　마물들은 주로 피부가 녹색인 오크들이었다. 보아하니 고유명사를 가지고 있는 것 같은 마물은 몇 마리 정도. 군대에는 록시 님 말고도 성기사가 많이 있으니 쉽사리 밀리지는 않을 것이다.

　폭식 스킬이 욱신대는 느낌도 그리 심하진 않았다. 그러니 지금까지는 저곳에서 벌어지고 있는 전투가 위협적이지는 않았다.

　안도의 한숨을 쉰 다음 계속 높은 곳에서 록시 님 일행의 전투를 구경하려 했지만, 그리드가 동쪽에서 다가오는 기척을 감지했다.

　『왕도군과 데스 마치가 전투를 벌이고 있는 곳을 향해 무언가가 빠르게 다가오고 있다.』

　"?! 아무것도 없는데……."

　그리드가 말한 방향을 보았지만, 아무것도 없는 황야가 펼쳐져 있기만 했다. 겉으로 보기에는.

　"강해?"

　『그래, 강하다.』

　"그럼 나도 뜸을 들이고 있을 때가 아니지."

　지금 내게 보이지 않는다면 보이게끔 만들면 된다.

　그 녀석이 강하다면 더더욱 그렇다.

　장벽의 기천사와 전투를 벌였을 때 사용했던 그걸 쓸 수밖에 없다.

『무리하지 말라고 해도 소용이 없겠지.』

"그래. 그럼 시작한다."

심호흡을 하면서 마음을 가라앉힌 뒤 각오를 다졌다.

아무리 적이 보이지 않는다 해도 그것을 반드시 먹어주겠다……
죽여주겠다는 각오로 폭식 스킬을 억지로 깨웠다.

갑자기 오른쪽 눈이 뜨겁게 타오르는 듯한 느낌이 들었다. 폭
식 스킬을 잘 이끌어내서 반 기아 상태에 이르렀다는 신호이기도
했다.

『전보다 더 능숙하게 다룰 수 있게 된 모양이구나.』

"그리드가 가르쳐준 단련 덕분이야."

『흥, 이 몸도 이 정도로 끝나면 곤란하니까.』

괜찮아, 이 상태가 되더라도 마음은 아직 침착하다. 예전처럼
초 단기결전을 벌여야만 하는 상황이 아니니까.

나는 마력의 흐름이 보이는 눈으로 동쪽을 바라보았다.

"저건……."

거대한 무언가가 대지 안에서……, 땅속 깊은 곳을 헤엄치고
있었다. 마치 물속에서 헤엄치고 있는 것처럼 느긋하게.

감정 스킬을 사용하고 싶지만, 너무 멀어서 쓸 수가 없다.

혹시 모르니 다가오고 있는 게 또 있는지 둘러보았다. 지금까
지는 없는 모양이네.

다시 대지를 헤엄치는 적을 보았다. 이대로 가다간 록시 님의
왕도군 바로 아래로 파고들 것이다. 눈앞에 있는 적에게 집중하
고 있는 그들이 미리 알아낼 수 있을까.

힘들 것 같다. 그럴 수 있다 해도 저렇게 많은 군대에 알리고 대응하게 만들 시간이 없을 것 같다. 그러기 전에 아래쪽에서 날 아드는 치명적인 공격에 당해버릴 것이다.

저렇게 거대한 걸 보니 왕도군이 상당한 피해를 입을 것 같다.

"그 전에 막자."

『이렇게 대놓고 싸우는 건 처음이군. 싸움에 휘말리지 마라.』

이렇게 뜨거운 열기와 압박감을 느끼는 건 평소에 벌이던 전투와는 다른 느낌이 들었다.

그리드가 말한 것처럼 흐름에 휘말리면 위험할 것 같다. 모처럼 안정된 폭식 스킬이 흐트러질 수도 있다.

"그걸 쓰자."

『호오……, 시험해볼 거냐. 좋다.』

땅속을 헤엄치는 적을 향해 흑궁의 오의── 모든 스테이터스의 10퍼센트를 사용한 공격을 날리고 싶지만, 최대한 아껴두고 싶다.

그러니까 새로 고안해낸 변이 파생 아츠를 사용한다. 조건은 반 기아 상태일 것.

이것은 하우젠에서 사령들과 싸웠을 때, 나와 함께 싸우던 아론에게 일어난 현상에서 힌트를 얻은 것이다. 그때 아론은 폭식 스킬의 영향을 받아 레벨의 한계치가 해방되는 한계돌파라는 현상이 일어났다.

나는 그것을 내가 가지고 있는 스킬에 응용할 수 있지 않을까 하고 생각했다. 예를 들어 폭식 스킬의 영향을 궁술 스킬에 적용시킨다. 그리고 그 스킬의 아츠를 변이 파생시켜서 마궁인 그리드에 강제로 적용한다.

이런 식으로…… 차지 샷……, 변이 파생 아츠,『차지 샷 스파이럴』.

차지 샷은 활의 사정거리를 두 배로 늘려주는 아츠다. 그리고 지금 사용하려는 차지 샷 스파이럴은 마력을 많이 담으면 담을수록 사정거리가 늘어나고 관통력이 비약적으로 올라간다.

『평소에는 사용하지 않는 스킬을 억지로 이 몸의 형태에 적용시켜서 위력을 키운단 말이지…… 재미있는 생각을 하는구나.』

"나도 언제까지나 그리드의 연비가 안 좋은 오의에만 의존할 수는 없으니까."

『말은 잘하는군.』

그러니까 보여주겠어. 입만 산 게 아니라는 사실을.

한쪽 눈이 붉게 물든 지금이라면 땅속 깊이 숨어 있는 적도 확실하게 파악할 수 있다.

나는 조준하고 마력을 담기 시작했다. 검은 마력 화살이 방전되는 것처럼 검은 번개가 치기 시작했다.

아직 부족하다. 마력을 더 쏟아 넣자 흑궁까지 마력이 전달되어 파직파직 소리를 내기 시작했다. 흑궁을 쥐고 있는 왼손이 전류가 흐른 것처럼 저리기까지 했다. 슬슬…… 때가 되었네.

여전히 표적을 놓치지 않았고, 내 시야 앞에서 거칠게 헤엄치고 있었다.

내 마력을 듬뿍 머금은 마력 화살을 날린다!

날아간 마력 화살은 곧바로 공기의 벽을 여러 겹 부수고 가른 뒤 동쪽으로, 동쪽으로 검은 선을 그렸다. 그리고 대지를 뚫은 뒤 그 기세를 유지하며 땅속 깊이 사라졌다.

잠시 후 대지가 크게 흔들리기 시작했다. 잠잠해지나 싶더니 마력 화살이 파고든 지면이 부풀어 올랐고, 화산이 분화된 것처럼 큰 폭발을 일으켰다.

그곳에서 흙과 바위를 흩뿌리며 푸르고 투명하고 거대한 고래가 나타난 것이다.

"봤어? 내 낚시 솜씨!"

『하하하하하하하하, 오늘은 월척이로구나!』

"그래, 저렇게 커다란 건 처음 낚아본다니까."

아직 죽이지는 못했다. 땅속 깊이 도망치기 전에 단숨에 몰아붙여 주겠어.

나는 아다만타이트로 만들어진 두꺼운 외벽에서 뛰어내렸다. 곧바로 외벽을 힘껏 박찬 뒤 동쪽으로 크게 뛰어올랐다.

낙하하면서 나도 모르게 웃어버렸다. 그 소리를 들은 그리드가 《독심》 스킬을 통해 물었다.

『왜 그러냐? 갑자기 웃고 말이야.』

"아니……, 이렇게 높은 곳에서 뛰어내리다니, 예전에 나였다면 상상도 못 했겠다 싶어서."

『슬슬 확실하게 자각해야지, 안 그러면 이 몸도 곤란하다. 앞으로 네게 가장 중요한 거니까.』

"나도 안다니까."

착지한 것과 동시에 근력과 민첩을 전부 발휘해서 지면을 헤집는 듯이 뛰어가기 시작했다.

투명하고 푸른 고래는 여전히 공중으로 튀어 오르고 있었다.

한 발짝에 100미터 정도 나아가고 있으니 수십 발짝만에 저 녀석이 있는 곳에 도착할 수 있을 것 같다. 흑궁을 꽉 쥐면서 서둘러 갔다.

좋았어, 이 정도면 범위 이내다. 나는 하늘을 올려다보면서《감정》스킬을 발동시켰다.

"네 정체를 가르쳐줘야겠다."

나는 뜬 내용을 보고 깜짝 놀랐다. 이런 게 어딨어…….

그런 내게 그리드가 말했다.

『뭐, 가리아에서는 자주 있는 일이다.』

"말도 안 돼……."

고유명칭을 지닌 관 마물이라는 건 이해가 된다. 하지만 하필이면 저게 말이지.

가리아에는 먹이가 잔뜩 있으니까 이렇게 크게 자라버린 건가?

내가 알고 있는 그것은 귀여운 마물이었다.

예상을 벗어난 적의 스테이터스 내용을 다시 확인했다.

제24화 대지를 침범하는 무형체

[대지를 침범하는 자]
오메가 슬라임 Lv440
    체력 : 13360000
    근력 : 8760000
    마력 : 11983000
    정신 : 11248000
    민첩 : 5347000
    스킬 : 부식 마법, 체력 강화 (대)

너무 커지면 귀여워지지 않게 된다. 바로 저걸 두고 하는 말일 것이다.

무형체이기 때문에 어떤 형태로든 변할 수 있다. 그렇기 때문에 땅속을 헤엄치기 편한 모습으로 고래 같은 형태를 띠게 되었을 것이다.

레벨이 꽤 높다. 그로 인해 스테이터스 중 일부가 천만이 넘는다.

이래선 아무리 성기사라 해도 방어하기도 벅찰 것이다. 그리고 저 관 마물로부터는 기분 나쁜 압박감이 느껴진다.

오메가 슬라임은 내가 올려다보고 있다는 것을 눈치채고 공중에서 몸을 부풀리기 시작했다.

그리드가 《독심》 스킬을 통해 소리쳤다.

『이 몸을 마순으로 변형시켜라! 어서!』

그 말대로 흑궁을 흑순으로 변형시키자 오메가 슬라임이 몸속에서 대량의 수분을 뿜어냈다.

그것은 중력에 따라 비처럼 지면으로 쏟아져 내렸다.

나는 그리드의 충고를 받아들여 흑순을 우산처럼 쓰고 그 비를 버텨냈다. 호우처럼 쏟아져 내린 그것이 지면을 변형시키기 시작했다.

"이봐, 이봐…… 이건."

그리드 덕분에 살았다. 제대로 맞았다면 스테이터스가 높다 해도 이 공격을 막아내지 못했을 것이다.

비가 그친 뒤 지면이 찐득찐득하게 녹아버렸기 때문이다.

『강산이다. 설마 싸움을 시작하자마자 산을 뿜어낼 줄이야……, 뜻밖인데.』

"그런 건 미리 좀 알려줘."

『너도 슬라임의 몸이 강산이라는 것 정도는 알고 있었을 텐데.』

"그렇긴 하지만 말이지……, 설마 그걸 뿜어낼 줄이야. 그리고 이 냄새."

오물 같은 악취가 주위 일대에 피어오르고 있었다. 구역질이 날 정도로 썩은 내가 났다.

이건 설마…… 흑순 틈새 너머로 오메가 슬라임이 가지고 있는 부식 마법 스킬을 《감정》해보았다.

부식 마법 : 물리 공격에 부식 속성을 부가할 수 있다. 닿은 대상은 썩게 된다.

흉악한 스킬이었다. 아마 몸속에서 방출한 강산에 저 부식 속성을 부가시켰을 것이다.

그렇기 때문에 대지가 말도 안 될 정도로 깊게 파인 것이다.

그렇구나……. 오메가 슬라임은 저 부식 속성이 부가된 강산을 이용해서 땅속의 바위나 모래 같은 것들을 녹이고 썩히면서 헤엄쳐온 것이다.

그렇다면 저것과 접근전을 벌이는 건 불가능하다. 흑검이나 흑겸으로 베다가 만약 체액인 강산이 뿜어져 나온다면 뼈까지 전부 다 찐득찐득하게 녹아버릴 것이다.

"골치 아픈 마물이네."

『스테이터스만으로는 간단히 이길 수 없는 특수한 적도 있다는 거다. 어때, 도움이 되지?』

"잘난 척하기는…….."

거만한 그리드를 흑순에서 흑궁으로 변형시킨 다음 낙하하기 시작한 오메가 슬라임을 노렸다.

저런 녀석은 단숨에 해치우는 게 제일이다. 그렇다면 사용해야 하는 건…….

"어서 끝내자. 내 모든 스테이터스 중 10퍼센트를 빼앗아가라고."

『오? 아껴두는 거 아니었나?』

실실 웃으며 내게 물어보는 그리드. 말투가 밉살스럽다.

"시끄러워. 됐으니까 가자고."

『뭐, 초조해하는 것도 이해가 된다만. 좋다, 그럼 가져가마.』

오메가 슬라임은 공중에서 몸을 꿈틀대며 내 머리 위로 이동하려 하고 있었다. 거대한 몸집으로 나를 짓뭉갤 생각인 모양이다.

그리고 몸에서 강산이 새어 나오고 있다.

초조해지는 것도 당연하다.

그리드가 내 스테이터스를 빼앗기 시작했다. 몸에서 힘이 빠져나가는 이 느낌은 몇 번을 맛봐도 기분이 나쁘다. 몸속에서 힘을 쥐어짜 내는 것 같다.

날씬했던 흑궁의 형태가 무시무시하게 변하며 한층 더 커졌다.

이제 이 제1위계의 오의를 날리기 위한 그리드의 모습은 많이 봐서 익숙해졌다. 하지만 오의를 날릴 때 반동이 엄청나기 때문에 방심할 수는 없다.

대지에 발을 확실하게 디딘 다음 나를 뒤덮으려는 듯이 떨어지는 오메가 슬라임을 조준했다.

당기고 있던 검은 마력 화살에 화염탄 마법── 화염 속성도 부가시켰다. 이걸 날려서 튀어대는 부식 강산까지 모조리 태워주겠어.

반 기아 상태인 지금이라면 오메가 슬라임의 몸속에 흐르고 있는 마력의 중심부까지 보였다. 그곳이 약점이다.

관통시켜주지.

날아간 붉은 마력 화살은 불똥을 튀기면서 커다란 번개로 변해 오메가 슬라임과 교차했다.

폭염과 함께 거대한 수증기가 주위 일대를 뒤덮었다.

아마 관통시킨 오메가 슬라임의 체액이 단숨에 증발했기 때문일 것이다.

손맛은 느껴졌다. 하지만…….

『해치웠나?』

"알고 있는 주제에……, 일부러 그러는 거지?"

『하하하하하하하, 말해보고 싶었을 뿐이다.』

쓰러뜨렸다면 그 무기질적인 목소리가 폭식 스킬이 발동되어 스테이터스가 상승한 것과 스킬을 획득했다는 사실을 알려줄 것이다.

그런 알림이 없는 이상 오메가 슬라임은 건재하다.

우선 지금 있는 곳에서 이동해야 한다. 지면을 세게 박차고 크게 뒤로 뛰었다. 그러자 한 박자 늦게 내가 있던 곳에 푸르고 투명한 덩어리가 떨어져내렸다.

그와 동시에 지면이 녹아서 커다란 구멍이 뚫렸다.

그리고 곧바로 그것이 산탄처럼 주위 일대에 쏟아져 내렸다.

"쳇……, 그런 게 어딨어."

『분열해서 공격을 가하다니. 그렇군, 이 몸의 오의도 저렇게 자신의 몸을 잘라낸 다음 방패로 삼아서 막아낸 모양이다.』

"또 땅속으로 파고들었는데."

『하지만 오메가 슬라임의 코어는 하나밖에 없다. 분열체에 한눈팔지 말고 그것만 부수면 된다.』

"말은 쉽지."

방금 그랬던 것처럼 코어를 꿰뚫으려 하면 분열해서 막을 것이다.

해치우려면 더 접근해서 공격을 가하거나 분열체까지 함께 코어를 뚫을 화력이 필요하겠는데.

"이럴 줄 알았다면 모든 스테이터스의 10퍼센트가 아니라 20퍼센트를 넘길 걸 그랬네."

『페이트는 짠돌이니까 말이지. 쓸데없이 아끼지 말라고.』

"시끄러워."

그건 그렇고 오메가 슬라임은 어디로 갔지?

땅속으로 파고든 그 녀석의 마력을 추적했다. ……젠장.

"왠지 모르겠지만 우리를 무시하고 서쪽으로 가고 있어."

『으음, 그곳에는 왕도군이 있지.』

서쪽을 바라보며 고개를 끄덕였다. 내게 겁을 먹고 도망친 것이 아니다. 확실한 의지를 지니고 왕도군을 노리고 있다.

지능이 비교적 높을 것 같은 관 마물이라 해도 그렇게까지 할까?

어째서지……, 저 전투 방식은 본능으로 싸우는 것 같은 느낌이 들지 않는다. 뭐라고 해야 하나……, 인간스럽다.

나는 그리드를 흑검 형태로 되돌리고 칼집에 넣었다. 정말 이런 부분이 말이지.

공중으로 뛰어올라 곧바로 성검기 아츠, 《그랜드 크로스》를 지면 쪽으로 발동시켰다.

그곳에는 지면에서 막 튀어나온 오메가 슬라임의 분열체가 세 마리 있었다.

성스러운 빛으로 정화되어 갔다.

『기습이로군.』

"그래, 내게 관심이 없는 척하면서 확실하게 노리고 있어. 이렇게 잔머리를 굴려대는 모습이 아무래도 마물스럽지 않단 말이지."

『에리스가 경고하기도 했으니까. 주의를 게을리하지 마라.』

그렇지. 그래도 지금은 서둘러 가자. 저게 왕도군 안으로 파고들면 위험하다.

나는 앞을 막아서는 오메가 슬라임의 분열체를 《그랜드 크로스》로 정화시키면서 서쪽을 향해 이동했다.

제25화 검은 흉탄

　오메가 슬라임을 따라잡는다 해도 공격을 어떻게 가할까.

　그렇게 생각하고 있다가 바빌론의 외벽에서 여기로 오다가 지면이 북쪽으로 크게 파여있던 곳이 있다는 게 생각났다.

　록시 님이 이끄는 왕도군 쪽으로 가장 빠르게 가려면 그곳을 뛰어넘어가야 한다. 땅속에서 느껴지는 오메가 슬라임의 마력을 보더라도 그곳을 지나려 하고 있는 것 같았다.

　그렇다면 그 녀석이 모습을 드러내는 순간 공격을 가하는 게 나을까……, 아니면…….

　결단을 내리지 못하고 있던 내게 그리드가 《독심》 스킬을 통해 말을 걸었다.

　『왜 그러지?』

　"아니, 아무것도 아니야."

　만약 그렇다 해도 지금은 넘어갈 수밖에 없다.

　그런 내 마음을 꿰뚫어 봤는지, 그리드가 웃었다.

　『페이트…… 네 맥박이 빨라지고 있다만.』

　"이렇게 빨리 뛰어가고 있잖아. 숨이 찰 만도 하지."

　『훗, 그런 것 때문이라면 좋겠지만.』

　여전히 잘난 척하는 흑검이다. 하지만 덕분에 마음이 조금 진정되었다.

　벌써 대지가 갈라진 곳이 보이기 시작했다. 나는 땅속을 헤엄치는 오메가 슬라임을 바라보면서 한발 먼저 가속에서 뛰어들었다.

낙하하는 것과 동시에 칼집에서 흑검을 뽑아 들고 형태를 흑궁으로 변형시켰다.

"그리드! 20퍼센트다!"

내 허락을 받고 그리드가 스테이터스를 빼앗아가기 시작했다. 힘이 빠져나가는 느낌과 함께 흑궁이 점점 변하기 시작했다. 무시무시하고 크게 변한 흑궁을 겨누었다.

그리고 보험을 하나 들었다.

변이 아츠, 《차지 샷 스파이럴》을 발동시켰다. 그리드의 오의 형태와 합쳐서 쓰는 건 처음이지만, 분명 잘 제어해줄 것이다. 평소에 잘난 척만 해대니까 그 실력을 발휘하게 만들어야겠다.

『페이트?! 너…….』

갑자기 아츠를 추가하자 신기하게도 그리드가 조금 초조해하는 것 같은데, 못 들은 척하자.

이렇게 관통력이 있는 변이 아츠를 사용하면 오메가 슬라임이 몸에서 떼어낸 분열체를 방패로 내세우더라도 구멍을 뚫어줄 수 있을 것이다.

그렇기 때문에 무슨 짓을 할지 모르는 오메가 슬라임이 또렷하게 보이는 이곳에서 사용한다. 확실하게 쓰러뜨리기 위해서.

마력의 흐름이 보이는 눈에 오메가 슬라임이 당장에라도 땅을 뚫고 고개를 내밀 것 같은 모습이 보였다.

타이밍을 맞춰서 오메가 슬라임이 등장하기를 기다렸다.

지금이다!!

암벽을 녹이면서 나타난 커다란 고래 형태의 오메가 슬라임.

그 중심에 있는 코어를 향해 마력을 한계까지 쏟아부은 검은 화살을 날렸다.

평소 이상의 반동, 공중이라 발판도 없어서 힘차게 뒤로 날아가 버릴 정도였다.

하지만 조준은 정확하다. 이대로 가면……, 하지만.

"크읙, 이 타이밍에?"

누군가가 위쪽에서 검은 선 같은 것을 날려 오메가 슬라임을 떼어놓으려 했던 것이다.

숫자는 세 발. 그것은 터무니없이 빨랐다.

반 기아 상태의 동체시력으로도 간파할 수 없을 정도였다.

알아볼 수 있는 건 검은 줄기가 지나갔다는 정도에 불과했다.

그리고 방금 공격과는 다르게 조금 붉은 기운이 감도는 그것이 내가 오메가 슬라임에게 날린 공격과 합쳐지는 듯이 착탄되었다.

오메가 슬라임과 함께 대지에 구멍을 뚫을 거라 예상했지만, 전혀 다른 광경이 눈앞에 펼쳐지고 있었다.

내 공격을 맞은 오메가 슬라임은 코어를 잃었는데도 불구하고 구멍이 뻥 뚫린 채 살아 있었다. 그럴 수도 있나…….

《폭식 스킬이 발동됩니다.》

《스테이터스에 체력+13360000, 근력+8760000, 마력+11983000, 정신+11248000, 민첩+54347000이 가산됩니다.》

《스킬에 부식 마법이 추가됩니다.》

무기질적인 목소리가 머릿속에 들리며 오메가 슬라임의 혼을 먹었다는 사실을 알려주고 있었다. 그런데 어째서 저게 아직 움직이고 있는 거지?

형태를 잃고 불규칙적으로 꿈틀대고 있는 오메가 슬라임.

그리고 나는 천만이 넘는 스테이터스── 오랜만에 질이 좋은 혼을 먹어서 뇌가 마비되는 듯한 폭식 스킬의 기쁨에 휘둘리고 있었다.

오메가 슬라임을 먹자 제약이 해제되어 반 기아 상태를 벗어났지만, 이렇게 날뛰는 걸 보니 한참 걸릴 것 같다.

뭐, 그렇게 느긋하게 있을 수는 없을 것 같지만.

『페이트! 물러나라. 위험하다.』

"나도 알아."

그리드 말에 따라 나는 땅이 갈라진 곳에서 지상으로 올라가기 시작했다.

암벽을 뛰어 올라가던 내게 그리드가 말했다.

『드디어 나타난 모양이로군. 이 느낌은…… 이 몸과 마찬가지로 대죄무기다.』

"에리스가 말했던 대로 위험한 녀석이야?"

『그래, 이건 가장 이질적이고 골치 아픈 녀석이야.』

이제 곧 지상이다. 그리드가 말한 대죄무기를 다루는 녀석은 내게 공격을 전혀 가하지 않았다. 위쪽을 선점하고 있으니 매우 유리한 상황임에도 불구하고.

그렇게 따지면 오메가 슬라임을 공격하려던 순간도 나를 공격할 절호의 기회였을 텐데.

일부러 그러지 않았다면…….

『지상으로 올라가면 알게 되겠지.』

"그렇겠지."

지상으로 올라와 보니 여전히 황폐한 풍경이 펼쳐져 있었다.

그곳에 서 있는 검은 옷을 입은 남자. 후드를 눌러 쓰고 있었다. 게다가 나와 비슷하게 생긴 해골 마스크까지 쓰고 있었다. 신기하게도 그 마스크를 보고 있으니 검은 옷을 입은 남자의 생김새를 제대로 인식할 수 없었다.

"내 마스크와 같은 효과를 가지고 있는 건가? 따라하기는……."

그 남자가 들고 있는 것은 흑검. 하지만 그리드와는 생김새가 많이 달랐다.

칼날 부분 말고도 뭔가 통 같은 것이 달려 있었다.

검은 옷을 입은 남자는 여전히 움직이지 않은 채 나를 바라보고 있었다.

그리드가 《독심》 스킬을 통해 내 의문에 대답해 주었다.

『저 남자가 가진 무기는 엔비. 총검이라 불리는 특수 형태다. 저 통 부분으로 마탄을 날릴 수가 있지. 그리고 그 마탄에는 추적 기능이 달려 있다.』

"그렇다면……."

『그래. 저 대죄무기는 원거리와 근거리 전투를 양쪽 다 할 수 있는 올레인지다.』

말도 안 돼. 그래서 저렇게 여유가 넘치는 건가?

감정 스킬로 저 녀석의 정체를 간파하려 했지만 그럴 수가 없었다. 검은 옷을 입은 남자가 해골 마스크 너머로 살짝 웃은 것처럼 보였기 때문이다.

아마 저 녀석은 감정 스킬을 무효화시키는 방법을 알고 있을 것이다. 사용하면 마력을 날릴 테고, 카운터를 맞은 나는 앞을 보지 못하게 될 것이다.

　잠시 서로 노려보는 시간이 이어졌고, 양쪽 다 어떻게 나올지 지켜보고 있었다. 먼저 움직인 것은 검은 옷을 입은 남자였다.

　왠지 모르겠지만 흑총검을 칼집에 넣고는 나를 향해 한 손을 가슴에 대면서 거창하게 인사를 했던 것이다.

　그러자 발치의 지면이 크게 흔들리기 시작했다.

　이건……, 설마.

　예상은 적중했다. 아니, 그것을 뛰어넘은 것들이 땅속에서 고개를 들기 시작했다.

　코어를 되찾은 오메가 슬라임이 한 마리, 두 마리, 세 마리……, 더 늘어났다. 그리고 코어에는 지금까지 보이지 않았던 문장이 새겨져 있었다. 저 문장은 본 적이 있다. 가리아의 대계곡으로 갈 때 록시 님이 이끄는 군대를 집요하게 노리던 마물에게도 저것과 똑같은 문장이 있었다.

　그리드가 혀를 차면서 말했다.

　『그때 날린 마탄이 오메가 슬라임의 잠재능력을 이끌어낸 모양인가 보군. 분열체를 만들어내는 능력에서 스테이터스를 그대로 유지하면서 코어까지 분열시키는 능력을 얻은 모양이다. 그래서 페이트가 코어를 파괴하기 전에 분열해서 도망친 거겠지.』

　"그렇다면 위험하잖아……."

　『그래, 잠재능력을 끌어내고 있는 동안에는 한없이 증식할 거다. 그런데 저건…… 페이트 너와 상성이 너무 안 좋다.』

　그렇지 않아. 아직 덜 먹었다고 생각하던 참이니까.

　의식을 집중해서 다시 폭식 스킬의 힘을 끌어냈다.

흑궁 그리드를 겨누고 인사하는 대신 구경하고 있던 검은 옷을
입은 남자에게 마력 화살을 날렸다.

제26화 E의 영역

내가 날린 화살은 검은 옷을 입은 남자가 요격하며 날린 마탄으로 인해 쉽사리 사라져버렸다.

소용이 없나……. 그렇다고 해서 포기할 생각은 없다.

저 녀석이 가지고 있는 흑총검의 성능을 알아보기 위해서 소용이 없는 공격을 계속해 나갔다.

"쳇, 걸리적거리네."

지면에서는 지금까지도 오메가 슬라임이 계속 증식하고 있었다. 이미 그 숫자는 100마리가 훨씬 넘을지도 모르겠다.

오메가 슬라임을 상대하기보다는 그 근원인 검은 옷을 입은 남자를 막아야만 하는데…….

그래도 발을 디딜 곳도 없을 정도로 늘어나니 무시할 수가 없게 되었다.

"정말 걸리적거리네."

오메가 슬라임이 나와 검은 옷을 입은 남자 사이의 시야마저 가로막기 시작했다. 나를 둥글게 포위하는 투명한 슬라임들. 반투명한 슬라임 너머로 희미하게 보이는 그 녀석은 모습을 드러낸 뒤 한 발자국도 움직이지 않았다.

무시무시할 정도로 여유를 부리고 있다.

지금 내가 어떻게 해볼 수가 없다고 생각하고 있기 때문일 것이다.

이제 막 시작했을 뿐인데 멈춰 설 거라 생각한다면 큰 오산이다.

너무 얕보는 거 아니야? 그렇게 생각하고 있자니 나를 포위하고 있던 오메가 슬라임이 일제히 덤벼들었다. 도망칠 곳은 없나……

나를 뒤덮고 몸에서 새어 나오는 강산과 부식 마법으로 흔적도 없이 녹여버릴 셈이다.

그리드도 조금 당황했는지《독심》스킬을 통해 마구 소리쳤다.

『페이트! 왜 그러냐! 요격해라! 페이트!』

시야가 푸르고 희미하게 변했다. 하지만 나는 그것을 밀쳐내면서 앞으로 나아갔다.

검은 옷을 입은 남자를 향해 계속 걸어가면서 오메가 슬라임들의 벽을 지나갔다.

"휴~, 숨을 쉬지 못하니까 정말 괴롭네."

『너…… 벌써 다루게 된 거냐.』

"폭식답지?"

내가 걸어간 지면이 까맣게 변질되며 부패하기 시작했다. 그리고 나를 덮쳤던 오메가 슬라임들도 마찬가지로 탁한 색으로 변하며 무너져내렸다.

──부식 마법.

방금 얻은 이 마법을 사용해서, 강산과 부식 마법을 상회할 정도의 마력으로 오메가 슬라임을 해치운 것이다.

"이제 오메가 슬라임은 내 적이 못 돼."

무기질적인 목소리가 오메가 슬라임을 쓰러뜨렸다는 사실을 가르쳐주었다. 문제는 지금부터다.

《폭식 스킬이 발동됩니다.》

《스테이터스에 체력+133600000, 근력+87600000, 마력 +119830000, 정신+112480000, 민첩+53470000이 가산됩니다.》

가산된 스테이터스 중 일부가 1억이 넘는다. 게다가 질이 좋은 혼인 관 마물 열 마리를 동시에 먹었다.

오메가 슬라임을 한 마리 먹었을 때의 열 배 정도라고 생각했는데.

하하하하하하하하…… 이거 큰일인데……. 록시 님의 영지에서 쓰러뜨렸던 관 마물인 코볼트 어설트를 먹었을 때가 생각난다.

아니, 그 이상인가…….

오른쪽 눈으로 보이는 시야가 붉게 물들었기 때문이다.

폭식 스킬이 폭주하려 하는 것 같다. 볼을 따라 흘러서 땅바닥에 뚝뚝 떨어지는 피를 바라보며 이를 악물었다.

"아직, 덜 먹었다고."

『무리는 금물이다.』

"그럴 수는 없잖아. 우선 저 녀석의 목소리를 들어봐야지."

여전히 움직이지 않고 바라보고만 있는 검은 옷을 입은 남자. 오메가 슬라임을 쉽사리 쓰러뜨리면 태도가 조금 변할 줄 알았는데, 아직 여유가 있는 거냐.

그리드가 내게 주의를 주었다.

『저 녀석은 네가 더 이상 먹지 못하게 될 때까지 기다리고 있는 거겠지. 그러기 위해 오메가 슬라임을 이용한 거다.』

"그렇게 되기 전에 내 스테이터스가 터무니없이 올라갈걸?"

『아니, 그건 네게 달렸다.』

"그리드?"

물어보려 했지만 다시 오메가 슬라임들이 공격해서 방해했다.

젠장, 평소보다 말을 더 흐리는 그리드를 보니 위화감이 들었지만 일단 오메가 슬라임들을 먹기 시작했다.

무기질적인 목소리를 들을 때마다 강해지고 있다는 실감과 폭식 스킬의 환희로 인한 고통이 해일처럼 나를 덮쳤다.

하지만 어떤 시점을 경계로 무언가가 이상하다는 느낌이 들었다. 오메가 슬라임을 아무리 먹어도 고통만이 내 몸을 가로질렀기 때문이다.

어째서지? 무기질적인 목소리는 오메가 슬라임의 스테이터스가 가산되었다고 알려주고 있는데, 그걸 실감할 수가 없다.

그럴 리가 없다. 나는 지금 지닌 마력을 최대한 담으며 흑궁의 활시위를 당긴 다음 검은 옷을 입은 남자에게 마력 화살을 날렸다. 지금까지와는 비교도 안 될 정도로 위력을 지닌 마력 화살이었다.

하지만 검은 옷을 입은 남자는 마탄으로 요격하지도 않고 직접 받아냈다.

"이건……."

저 녀석은 전혀 대미지를 입지도 않고 비뚤어진 해골 마스크를 고쳐 썼다. 처음 내가 날린 마력 화살 공격은 사실 요격할 필요도 없이 약한 공격이었다고 하는 것 같았다.

그리드가 내게 감정 스킬로 나 자신의 스테이터스를 확인하라고 재촉했다. 하긴 그러는 편이 내가 지금 어떤 상황인지 알 수 있을 것 같다.

페이트 그래파이트 Lv1

　체력 : 999999999

　근력 : 999999999

　마력 : 999999999

　정신 : 999999999

　민첩 : 999999999

　스킬 : 폭식, 감정, 독심, 은폐, 암시, 격투, 저격, 강력, 성검기, 한 손 검기, 양손 검기, 궁기, 창기, 화염탄 마법, 모래먼지 마법, 환각 마법, 부식 마법, 근력 강화 (소), 근력 강화 (중), 근력 강화 (대), 체력 강화 (소), 체력 강화 (중), 체력 강화 (대), 마력 강화 (소), 마력 강화 (중), 마력 강화 (대), 정신 강화 (소), 정신 강화 (중), 정신 강화 (대), 민첩 강화 (소), 민첩 강화 (중), 자동 회복, 화염 내성

아홉 자리에서 늘어나지 않고 있다. 이제 아무리 먹어도 스테이터스를 올릴 수 없다는 건가?

내 의문에 대답하는 듯이 그리드가 말했다.

『거기까지가 인간으로서의 한계다. 그 너머부터는 인간을 벗어난 영역이다. 그것을 속된 말로 E의 영역이라고 하지.』

"E의 영역……, 그건."

마인이 했던 말이 생각났다. 천룡도 그 영역에 있고, 내가 그것에 도달하려면 10년은 걸릴 거라고.

그리고 다른 말도 했었지…….

지금 나는 그 벽을 돌파할 수 있는 무언가가 부족하다. 천룡을

보고 움직일 수 없게 되어버리는 것과 연관이 있는 건지도 모르겠다.

『페이트, 지금부터가 중요하다. 잘 들어라. E의 영역에 도달한 자와 그 아래에 있는 자는 절대적인 차이가 있다.』

"그게……."

『E의 영역에 있는 자에게 공격이 결코 통하지 않는다. 물리 공격, 마법 공격, 특수 효과, 모든 것들이 무효화된다.』

"그럼 방금 저 녀석에게 날린 마력 화살이 통하지 않았던 건……."

흑궁을 흑검으로 변형시켜 습격하는 오메가 슬라임을 베면서 그리드가 대답하기를 기다렸다.

『틀림없이, 저건 E의 영역이다.』

내가 바라본 곳에 있던 검은 옷을 입은 남자는 씨익 웃었다. 해골 마스크 너머로 보이던 새까만 눈 안쪽이 새빨갛게 물들기 시작했다.

그것은 싫증이 날 정도로 잘 알고 있는 색이었다.

꺼림칙해질 정도로…… 피처럼 선명한 진홍색. 보기만 해도 내 심장을 움켜쥔 것 같은 착각이 들 정도다.

『페이트, 미리 말해두마. 아무리 이 몸이 날카롭다 해도 어차피 무기에 불과하다. 사용자에게 의존하지. 좀 전에도 말했지만 지금부터는 네게 달렸다.』

그 말에 대답하는 듯이 흑검을 꽉 쥐었다. 마인이 말했던 것처럼 10년을 기다릴 수는 없다.

지금 당장 E의 영역으로 뛰어 올라가 주겠어.

제27화 두 개의 각오

가자! 지니고 있는 스테이터스를 완전히 발휘해서 단숨에 검은 옷을 입은 남자에게 다가섰다.

그런 와중에 오메가 슬라임들이 여러 겹으로 앞길을 가로막았다. 하지만 나는 이미 저 남자만 보고 있었다.

어차피 이렇게 비정상적인 오메가 슬라임의 증식을 막으려면 근원인 저 남자를 해치울 수밖에 없다.

앞길을 가로막는 오메가 슬라임만 베면서 앞으로 나아갔다. 스테이터스에 반영되지도 않는데 무기질적인 목소리가 마물을 쓰러뜨릴 때마다 꼼꼼하게 상승한 내용을 가르쳐주었다.

내가 다가가고 있는데도 저 녀석은 아직 꿈쩍도 하지 않는구나……. 그렇다면 이건 어떠냐.

기세를 그대로 살려, 들어 올린 흑검에 혼신의 힘을 담아 내리쳤다.

대기가 크게 흔들렸다.

검은 옷을 입은 남자는 내 참격을 쉽사리 막아냈다. 생채기 하나도 나지 않았다.

남자는 해골 마스크 너머로 살짝 웃은 다음.

"아직…… 모르겠나. 이 압도적인 힘의 차이를……, 쓸데없는 짓을 하는군."

"쓸데없진 않아. 겨우 이렇게 네 목소리를 들을 수 있었으니까."

내가 한 말이 마음에 들지 않았는지, 검은 옷을 입은 남자는 혀를 차고는 맞대고 있던 흑검을 밀어냈다.

그것은 상상을 초월하는 힘이었다.

단숨에 100미터……, 200미터 정도 뒤쪽으로 날아가 버릴 정도로.

멈추기 위해 흑검을 지면에 꽂으며 제동을 걸었다. 그럼에도 불구하고 좀처럼 기세가 죽지 않았다. ……무슨 힘이 저렇게 센 거야?

밉살스러운 눈초리로 앞쪽을 보니 검은 옷을 입은 남자가 흑총검을 내게 겨누고 있었다.

쳇. 곧바로 흑검을 흑순으로 변형시킨 것과 동시에 발포한 소리가 울려 퍼졌다.

막아내고 있긴 하지만 반동이 무시무시하다. 그것이 여러 겹으로 겹쳐서 나를 덮쳤다.

한 발, 두 발, 세 발, 그렇게 막아내고 있다가 버티지 못하고…… 뒤쪽으로 다시 날아가기 시작했다. 곧바로 뒤에 있던 커다란 바위에 세차게 부딪혔다.

"커헉……."

내 등 근처부터 바위에 커다란 금이 갔고, 부서지기 시작했다.

세차게 날아가 부딪힌 내가 중력에 따라 땅바닥에 떨어졌을 때, 위에서 올라온 피를 입에서 토해내고 있었다.

입에서 흐르는 피를 닦아낼 시간조차 주지 않을 모양이었다. 벌써 검은 옷을 입은 남자가 다가와 있었다. 정말 빠르다.

모든 면에서 차원이 다르다……, 너무나도 다르다.

이렇게 된 이상 시험해볼 가치는 있다. 더 큰 대가── 제약을 치른다 하더라도…….

지금 내가 바칠 수 있는 모든 것을 바치자. 그걸로 10년이라는 경험을 대신하겠어.

검은 옷을 입은 남자는 흑총검을 들어 올리고 나를 내려다보았다. 손에는 매우 강한 힘이 담긴 것처럼 보였다.

그리고 매우 치열하기 그지없는 참격이 내 정수리를 향해 날아들었다.

금속끼리 맞부딪히는 날카로운 소리가 가리아 대륙 전체에 빨려들어 갔다. 그 여파로 인해 뒤쪽에 있던 거대한 바위에 금이 쩍쩍 갔고, 무너지기 시작했다.

머리 위로 커다란 바위가 계속 비처럼 쏟아져 내렸지만, 지금 나는…… 신경 쓸 필요가 없었다.

왜냐하면 나도 마찬가지로…….

이변을 눈치챈 검은 옷을 입은 남자는 맞부딪히고 있는 자신의 흑총검과 내 흑검을 보고 나서 나를 돌아보았다.

"그 양쪽 눈은……, 설마……, 그 정도까지."

"대죄 스킬을 전부 해방시켰어. 너처럼 말이야."

점점 지금까지 느껴보지 못했던 힘이 몸속을 맴돌기 시작했다. 동등하게 맞부딪히고 있던 무기를 조금씩 밀어낼 수 있을 정도였다.

이것이…… E의 영역. 세계가 다르게 보인다. 들이마신 공기의 맛조차도, 몸의 감각조차도 정보밀도가 전혀 달랐다. 초감각……, 이것이 가장 그럴싸한 표현이다.

내가 변화하자 검은 옷을 입은 남자의 목소리가 조금 달라진 것 같았다.

"그 경지에 도달하기에는 아직 이를 텐데……."

"그래, 금방 도달할 수 없다면 도달할 수 있게 만들면 되지."

그래, 어설픈 각오로는 이 폭식 스킬이 말을 들어주지 않는다. 그래서 내가 할 수 있는 최대의 각오를 바쳤다.

죽일 각오. 그리고 죽을 각오. 이 두 각오를 통해 폭식 스킬을 일시적이나마 완전히 제어한다.

"고마워. 네가 없었다면 이런 각오는 하지 못했을 거야."

"크윽."

E의 영역에 도달하자 반영되지 않았던 스테이터스가 적용되었다. 보아하니 근력은 내가 더 높은 것 같았다.

"간다! 준비는 됐냐!"

왼쪽 다리를 크게 내디뎠다. 그것만으로도 지면이 솟구치면서 발치의 모양이 변할 정도였다.

있는 힘껏 검은 옷을 입은 남자가 들고 있던 흑총검을 밀어냈다.

그 남자는 견디지 못하고 뒤쪽으로 뛰어서 물러났다. 그와 동시에 주위에 있던 오메가 슬라임을 이동시켜서 방패로 삼으려 했지만, 두 눈이 붉게 변한 내게는 소용이 없었다.

"방해하지 마!"

시야 안에 있는 모든 오메가 슬라임을 노려보고 움직이지 못하게 만들었다. 이것은 폭식 스킬이 효과적으로 약한 상대를 먹기 위한 힘이다.

움직이지 못하게 된 오메가 슬라임들이 만들어낸 한 줄기 길을 달려갔다. 검은 옷을 입은 남자는 원거리 공격을 가하기 위해 총구를 들이댔다.

날아든 탄환도 마찬가지로 지금이라면 간파할 수 있다.

흑검으로 튕겨내고 베어내면서 흑검을 겨누고 다시 덤벼들었다.

검은 옷을 입은 남자도 맞서려는 듯이 흑총검을 중단으로 겨누었다. 서로 타이밍을 재면서 접근했다.

흑검과 흑총검이 다시 맞부딪힌다……라고 생각하게 만들면서 내가 상대방의 참격을 피해 지면을 깊게 베어 올렸다.

계속 똑같이 싸우면 시시하잖아. 검은 옷을 입은 남자 주위에 흙먼지가 피어오르며 시야를 가렸다.

그 얼굴, 해골 마스크와 함께 뚫어주지. 이 정도로 강적이다. 급소인 머리를 사정없이 공격하는 게 제일 나은 선택일 것이다.

흑검의 칼끝을 들이대며 찔렀다. 흙먼지를 뚫은 칼끝이 검은 옷을 입은 남자의 얼굴을 향해 나아갔다.

하지만 그 직전에 흑총검이 끼어들어 와서 궤도가 엇나가 버렸다.

해골 마스크의 왼쪽 볼을 찌른 뒤, 나는 돌진하던 기세를 살려 그대로 달려가며 검은 옷을 입은 남자로부터 거리를 벌렸다.

그리고 등을 돌리고 있던 그 녀석이 돌아보았을 때, 해골 마스크의 내구도가 바닥났는지 부서지고 있었다. 인식 저해의 힘으로 인해 가려져 있던 남자의 얼굴은 눈에 익은 얼굴이었다.

좀 전에 만난 남자였다.

잊을 수도 없다. 저 찰랑찰랑한 금발에 억지스러운 미소.

"역시 너였구나……, 노던 아레스탈."

딱히 놀랍지는 않았다. 만났을 때부터 기분 나쁜 느낌이 들었으니까. 그리고 그리드를 잘 아는 것 같은 낌새를 보였다. 고문서에서 본 적이 있다고 했는데, 그 말도 거짓말 같았다. 그리고 대계곡에서 사건이 일어났을 때도 그렇고.

노던은 후드를 내리며 씨익 웃었다.

"절반은 정답이고, 나머지 절반은 틀렸어."

"그럼 그 나머지 절반을 가르쳐주시지."

"미리 말해두지만 나는 에리스처럼 어설프지 않으니까 이런 짓도 할 수 있지."

노던은 내게 흑총검을 겨눈 채 품속에서 새하얀 피리를 꺼냈다. 그리고 다시 웃고는 피리를 불었다.

날카로운 음색이 조용히 울려 퍼졌다.

"대체 무슨 짓을 한 거지?"

"금방 알 수 있을 거야. 그건 하늘을 날아올 테니까. 눈 깜짝할 새에."

하늘을? 날아온다고? ……설마.

남쪽 지평선에서 믿기지 않을 정도로 거대하고 하얀 물체가 천천히 고개를 내밀었다. 폭식 스킬이 욱신거리는 느낌으로도 그것이 무엇인지 알 수 있었다.

"천룡……."

"그래, 살아 있는 천재지변이지. 너무나도 강해서 어떤 사람들은 신의 사자라고도 부르지."

노던은 하늘을 향해 흑총검을 발포했다.

"자, 시작하자. 나와 천룡이 온 힘을 다해 그녀를 죽일 거야. 너는 온 힘을 다해 그걸 막아봐."

"너……."

젠장, 느긋하게 노던과 이야기할 시간도 없다. 천룡은 내가 아니라 록시 님이 이끄는 군대를 향해 날아가고 있기 때문이다.

제28화 하늘을 다스리는 굉룡

아무리 생각해도 눈앞에 있는 노던을 상대하고 있을 시간이 없다.

그걸 눈치챘는지 그 녀석이 살짝 웃고 있었다.

"30초야. 네가…… 제때 맞춰서 갈 수 있을까?"

"빌어먹을!"

완전히 모습을 드러낸 천룡이 커다란 입을 벌리고 록시 님이 이끄는 군대를 노리고 있었다.

이제 수단을 가릴 때가 아니다. 서쪽을 향해 전속력으로 뛰어가기 시작했다.

하지만 노던이 내버려둘 리가 없었다. 예상했던 대로 내 등을 향해 수많은 탄환을 날렸다.

그 앞으로 나아가면서 흑검을 뒤로 휘둘러 베어냈지만……. 이래선 그리드의 형태를 흑궁으로 바꾸어서 저 천룡을 견제할 틈도 없다.

노던은 그걸 노리고 있을 것이다. 하지만 지금은 어떻게 해서든 서쪽으로 갈 수밖에 없다.

나아가고 있는 방향에서, 그리고 뒤쪽에서 기분 나쁜 마력의 흐름이 느껴졌다.

너무 많이 늘어난다고!

이 앞은 통행금지라는 듯이 푸르고 투명하고 거대한 물체──

오메가 슬라임이 벽을 만들고 있었다. 이상하게도 웃음이 나와버린다. 노던에게 이건 그저 게임에 불과하다. 저 녀석······.

『페이트! 공격이 계속 날아온다!』

오메가 슬라임을 베면서 길을 만드는 와중에도 노던이 주기적으로 원거리 공격을 날렸다. 그리드의 말을 들으면서 겨우 막아냈다.

이제 얼마 남지 않았다.

왕도군과 데스 마치가 맞부딪히고 있는 전장에 뛰어드는 데 성공했다. 병사들이 오크와 가고일, 그리고 본 적이 없는 마물들과 열심히 교전을 벌이고 있었다.

하지만 사기가 높다고는 할 수가 없었다. 남쪽에서 나타난 천룡 때문에 공포가 조금씩 마음을 좀먹고 있기 때문일 것이다.

그럼에도 불구하고 도망치지 않다니······, 계속 싸우고 있는 이유는 아직 이 군대를 지휘하는 자가 남아 있기 때문일까. 아니면 손이 닿지도 않는 하늘이 제압당한 상황이라 끝이 보이기 때문인 걸까.

나는 모르겠다.

지금은 저 천룡의 포효에 집중해야 한다. 더욱 가까이 다가온 천룡은 너무 거대해서 그림자가 드넓게 드리워져 있었다. 부분적으로 밤이 되었다고 착각할 정도였다. 하지만 최대한 폭식 스킬을 끌어낸 지금 상태라면 정면으로 맞서더라도 예전처럼 얼어붙지는 않는다.

몸이 경직되지 않는다는 걸 알고 있으니 평소처럼 움직일 수 있다. 아마 같은 E의 영역에 도달했기 때문일 것이다.

이제 천룡의 공격을 견뎌낼 수 있는지에 달렸다. 천룡은 입가에 한계까지 모은 고 에너지파를 날리려 하고 있었다.

거대한 입으로 날린 엄청난 공격이 가리아의 황폐한 대지를 무로 되돌리면서 휩쓰는 듯이 군대와 마물이 부딪히고 있는 한복판으로 이동하기 시작했다.

교전을 벌이던 곳 남쪽 끝에 있던 마물이 단숨에 증발해버릴 정도였다. 오크, 가고일…… 관 마물조차도 저항하지 못하고 사라져갔다.

그 고귀한 포효는 그야말로 신의 사자. 사람들이 그렇게 부르며 숭배하고 싶어 하는 마음도 이해가 되는 것 같았다.

하지만 그걸 부정해야 한다.

"그리드!"

기천사를 먹음으로써 얻은 제3위계── 흑순을 지금.

형태를 바꾸어 다가오는 포효와 충돌했다. 믿기지 않을 정도로 강한 중압이 흑순을 들고 있던 양팔로 전해졌고, 양쪽 다리에까지 얹혔다.

약간 뒤로 밀려나긴 했지만 어떻게든 버틸 수 있을 것 같았다. 흑순과 충돌한 포효는 무지개색 빛이 되어 점점 확산되고 있었다.

내 뒤에 있던 병사들은 처음에는 무슨 일이 일어나고 있는지 이해하지 못했지만, 조금씩 상황을 이해하게 된 것 같았다. 나중에는 나를 응원하는 사람까지 나타났다.

그런 건 됐으니까 얼른 도망치라고.

안심하려 했을 때, 거센 통증이 나를 덮쳤다. 탄환 한 발이 내 오른쪽 허벅지를 뚫었기 때문이다.

"젠장, 저 자식이."

내가 천룡의 공격을 막느라 움직이지 못하자 노던이 마침 잘됐다는 듯이 노리는 것이다. 머리나 심장을 노리는 것이 아니라 허벅지를 노린 걸 보니 성격이 참 좋은 것 같다.

버티고 있던 힘이 사라졌기에 거의 동등하게 맞서고 있던 역학관계가 무너지기 시작했다. 질질 밀렸다. 힘을 주려 해도 구멍이 뚫린 오른쪽 다리가 피를 흘리기만 할 뿐, 말을 들어주지 않았다.

《자동 회복》 스킬이 발동되어 회복되고 있긴 하지만, 보아하니 시간이 부족할 것 같다.

그리고 이대로 가다가는 다음 탄환에 대처할 수가 없다. 그런 와중에 내게 다가오는 사람들이 있었다.

내 뒤에 있던 병사들이었다. 각자 방패를 들고 동쪽에서 날아오는 흉탄으로부터 나를 지키려 하고 있었던 것이다.

그들은 낯익은 병사들이었다. 가리아의 대계곡에서 함께 여행했던 병사들이었다.

고맙긴 하지만 너무…… 무모하다. 상대는 E의 영역이야. 당신들과는 아예 차원이 다르다고.

"그런 건 됐으니까 어서 도망쳐!"

내 말을 들으려 하지 않는 병사들이 오히려 나를 둘러싸며 진을 치기 시작했다. 딱히 누군가가 명령을 내린 것도 아닌데 스스로 그렇게 움직여주는 것이 기쁘기도 했지만, 매우 괴로웠다.

노던은 어설픈 인간이 아니니까. 오히려 재미있어하면서 이 상황을 즐길 정도다.

탄환이 왼쪽 구석에 있던 병사를 방패와 함께 꿰뚫었다. 터무니없는 스테이터스로 날린 공격 때문에 몸이 터지면서 그 피와 살이 내 해골 마스크에 묻었다.

그럼에도 불구하고 그들은 움직이려 하지 않았다.

또 한 명, 또 한 명, 쓰러지기 시작했다. 내 발치까지 피가 흘러와 고이고 있었다.

얼른, 얼른, 얼른 끝나라. 그리고 천룡의 공격이 잦아들기 시작했다.

하지만 그것은 두 번째 공격을 날리려고 힘을 모으는 준비였다. 게다가 첫 번째 공격보다 더 강한 고 에너지파를 날리려고 하는 것이다.

큰일이다.

그렇게 생각하고 있자니 귀에 익은 여자 목소리가 들렸다.

"이게 대체……."

천룡의 공격으로 인해 내가 계속 뒤쪽으로 밀려나고 있기도 했지만, 분명 그녀 나름대로 이 이변을 어떻게든 하려고 달려와 줬을 것이다.

록시 님은 그런 사람이다.

하지만 지금은 최고로 타이밍이 안 좋다.

움직일 수가 없다고. 천룡이 두 번째 공격을 날렸기 때문이다. 너무 강력 위력으로 인해 입고 있던 옷의 양쪽 소매가 날아가고, 해골 마스크까지 금이 가서 사라져 버렸다.

안 돼! 노던의 총구가 록시 님을 확실하게 노리고 있을 텐데.

"그것만은, 안 된다고오오오오!"

『이건………… 페이트, 너…….』

그리드가 깜짝 놀라서 목소리를 낸 순간, 힘이 빠져나가는 느낌과 함께 흑순의 형태가 변하기 시작했다.

이것은 흑궁이나 흑검이 변형될 때와 비슷한 변화다. 그와 동시에 그리드가 가르쳐주지 않았는데도 이 특이한 대형 방패를 다루는 방법을 이해할 수 있었다.

"가라아아아아아아아아!"

내 스테이터스를 빼앗아서 날뛰는 흑순이 푸른 섬광을 주위 일대에 파동처럼 내뿜었다.

그 순간, 천룡의 입가가 폭발했다. 그렇게까지 압도적이었던 포효가 잠잠해졌고, 들리는 것은 천룡이 괴로워하는 비명뿐이었다. 그리고 노던이 날리던 공격도 멈췄다.

그리드가 《독심》 스킬을 통해 쓴웃음을 지으며 말했다.

『설마 이 몸을 통하지 않고 억지로 제3위계 오의에 도달할 줄이야. 푸하하하하하, 정말 대단하구나. 그 정도로…….』

"시끄럽다고……, 아직 끝나지 않았어."

대미지를 입은 천룡이 발버둥 치는 동안 어서 대피해야 한다.

하지만…… 나는 해골 마스크를 잃은 상태라 돌아보지 못하고 있었다. 인식 저해를 걸 수가 없어졌기에 내가 누군지 그녀가 알아챌 것이다.

얼른 피해야만 하는데도 움직이지 못하고 있던 내게 뜻밖에도 록시 님이 작은 목소리로 이렇게 불렀다.

"…………페이트. 페이 맞죠?"

그 목소리, 그 말에 내 심장을 움켜쥔 듯한 느낌이 들었다.

내가 돌아선 채 조용히 고개를 끄덕였다. 그러자 그녀는 깜짝

놀라면서도 왠지 이해가 된다는 듯이 계속 말했다.

"역시…… 페이였군요. 대계곡 때부터 계속 무쿠로 씨가……
페이로 보였으니까요. 하지만 그럴 리가 없다고 생각했어요. 하
지만……, 저는…… 페이를."

아, 때가 와버린 모양이다. 그렇구나, 대계곡에 갔을 때 록시
님에게 들켰구나. 함께 지하로 떨어졌을 때 얼굴을 보인 게 치명
적이었는지도 모르겠다. 그때 록시 님은 의식이 또렷하지 않았으
니까 괜찮을 거라 생각하고 있었는데.

하지만 이렇게 된 이상 이미 지나간 일이다.

나는 크게 한숨을 쉬었다. 그리고 돌아섰다.

그곳에는 여전히 올곧은 눈으로 바라보는 그녀가 있었다.

제29화 선택할 때

록시 님은 내 이름을 부른 뒤 아무런 말도 하지 않았다.

아니, 아무런 말도 할 수 없게 되었다는 게 정확한 표현인가…….

폭식 스킬을 끌어내서 기아 상태가 된 지금, 이 붉은 두 눈으로 바라보면 스테이터스가 나보다 훨씬 낮은 그녀는 움직일 수 없게 되어버린다. 이 비정상적인 힘이 내가 이상하다는 것을 증명해버리고 있다.

그녀는 눈만 움직여서 뭔가 말하려 하고 있었지만, 시간은 기다려주지 않았다. 뒤쪽에서 울부짖고 있는 천룡이 언제 다시 공격할지 알 수가 없다.

지금까지 속여왔던 것에 대한…… 비난은 나중에 듣기로 하자. 먼저 내가 해야 할 말을 전해두고 싶다.

"바로 여기에서 군대와 함께 퇴각해주세요. 저건 이제 곧 움직이게 될 겁니다. 그동안 제가 시간을 벌겠어요."

간단히 말한 다음, 마지막으로.

"……계속 거짓말을 해서, ……죄송합니다. 록시 님. 지금까지 감사했습니다."

일방적으로 나만 하고 싶은 말을 하는 게 비겁한 것 같아서 가슴이 아팠다.

그리고 천룡 쪽으로 돌아서려 하던 순간, 나는 눈치채버렸다.

록시 님이 눈을 크게 뜨고 눈물을 흘리고 있었다는 것을. 그 눈물이 어떤 의미인지는 모르겠고, 이제 알 필요도 없을 것이다.

내 붉은 눈의 구속에서 풀려난 록시 님은 아무 말도 하지 않았다. 하지만 그곳을 떠날 때 작은 목소리로 내 이름을 다시 부른 것 같은 기분이 들었다.

단숨에 뛰어가기 시작하자 상처를 회복하고 있는 천룡, 그리고 그 머리 위에서 팔짱을 끼고 있는 노던이 보였다. 그야말로 천상의 존재로서 지상에 있는 자들을 내려다보는 듯이 웃고 있었다.

그건 그렇고 천룡은 정말 생명력이 대단하구나. 치명적일 정도로 큰 부상을 입었는데…….

완전히 회복하기 전에 손을 써야만 한다. 나는 그렇게 생각하고 흑검을 흑궁으로 변형시켜서 골치 아픈 노던을 견제했다.

마력 화살을 연달아 날려서 여러 각도로 노던을 노렸다. 그는 그것을 흑총검 탄환으로 요격하다가 중간부터는 베어내기 시작했다.

왜…… 저러는 거지? 탄환으로 전부 다 쏴서 없애면 될 텐데, 왜 저렇게 하는 거지?

그리드도 위화감이 들었는지 《독심》 스킬을 통해 말했다.

『보아하니 연속으로 총탄을 날릴 수 있는 횟수에 제한이 있는 것 같군. 생각해보니 저 녀석은 공격을 가한 다음 한동안 뜸을 들이곤 했어.』

"그런 모양이네. 그런데 그리드! 왜 네가 그런 걸 모르는 거야. 같은 대죄무기잖아?"

『엔비는 나중에 생겨났다. 초기인 나는 모르는 것도 많지. 알고 있는 건 원안 정도고.』

"뭐야. 도움이 안 되네……, 그리드는."

『시끄러워! 그리고 저 녀석은 비밀주의고 성격도 비뚤어져서 답이 없는 녀석이다. 이 몸을 본받아야지.』

……그리드도 마찬가지로 성격이 참 대단한 것 같은데, ……일부러 말할 필요는 없겠지. 지금은 싸우고 있는 도중이다. 토라지면 곤란하다.

그렇다면 치켜세워주자.

"나는 그리드라 다행이네!"

『그러냐?! 그렇지! 하하하하하.』

쉽네. 기분이 좋아진 쉬운 무기를 쥐고 왕도군이 있는 방향을 확인했다. 보아하니 군대가 후퇴하기 시작한 모양이었다. 내가 한 말을 믿어준 것 같다.

다행이다……, 그렇다면 이제 힘을 제대로 써볼 시간이다.

『페이트, 그걸 써봐라! 지금 너라면 할 수 있을 거다. 자잘한 제어는 이 몸에게 맡겨라.』

"그래, 가자!"

천룡 아래쪽으로 파고들었다. 여기라면 유효 범위 안이다.

흑궁을 흑검으로 재빠르게 되돌렸다. 그리고 성검기 스킬──변이 파생 아츠, 《그랜드 크로스 리터너블》을 발동시키기 시작했다.

가라아아아!

있는 힘껏 마력을 담아 흑검을 물들였다. 점점 성스러운 빛을 내뿜기 시작한 이단의 검이 아츠가 완성되었다는 사실을 알려주었다.

손목을 비틀어서 자물쇠를 여는 듯이 발동시켰다.

천룡 머리 위에 거대한 빛의 십자가 네 개가 나타났다. 그것이 단숨에 내려와 천룡을 둘러쌌다. 그리고 서로 빛을 순환시키는 듯이 번쩍이기 시작했다.

천룡은 더 크게 비명을 질렀지만, 발버둥 치지도 못했다. 이것이 변이 파생 아츠인 그랜드 크로스 리터너블의 효과—— 무한감옥이다.

가까운 곳까지 접근해야 쓸 수 있기에 성공할 확률은 그리 높지 않다. 하지만 한 방 먹이기만 하면 먹잇감을 놓치지 않는다. 기아 상태가 되고 E의 영역에 도달한 지금이기에 성공할 확률이 높아지기도 했다.

그 안에서 무한한 대미지를 입히면서 천룡을 약하게 만들어주지.

……하지만 그렇게 간단하게 끝나진 않을 것 같다.

위에서 총탄이 쏟아져 내렸다. 예상하였기에 흑검으로 베어냈다.

추격타를 날리려는지 흑총검이 내 정수리를 향해 날아들었다.

그 공격을 막아내면서 노려보았다.

"용케도 이런 짓을 하는구나. 그리드의 제3위계 오의 때문에 내 귀여운 슬라임들이 늘어나지도 못하고 빈사 상태야. 그리고 본적도 없는 이 아츠도 말이야. 왕도 방어의 핵심인 천룡이 불쌍하잖아. 이걸 풀어주면 안 될까?"

"너……. 왕도군 사람들에게 그런 짓을 해놓고……, 천룡이 불쌍하다는 말이 나오냐?"

"그런 건 얼마든지 보충할 수 있잖아. 그리고 그 성기사도 마찬가지야. 아니, 조금 도움이 되니까 쓸 만한 존재인가. 뭐, 죽여봐야 성과가 얼마나 나올지 알 수 있겠지만. 만약 잘 풀리지 않으면 다음 사람을 마련하면 되고."

노던이 더욱 힘을 주었다. 크윽…… 검압이 무겁다.

역시 제3위계의 오의를 사용해서 스테이터스가 저하된 것이 크게 영향을 주고 있는 것 같다. 근력이라면 내가 더 높을 텐데, 지금은 노던에게 밀리고 있다. 하지만 원인은 그것뿐만이 아닐 것이다.

노던은 이미 알고 있다는 듯이 살짝 웃었다.

"첫 번째, 무리하면서 E의 영역에 도달했지. 슬슬 한계가 다가오고 있는 거 아닐까? 두 번째, 너는 저 아츠를 지속시키기 위해 계속 힘을 소비하고 있어. 세 번째, 나는 아직 온 힘을 다하지 않았거든."

맞부딪히고 있던 힘의 균형이 무너지기 시작했다. 대단한 힘이다. 견디지 못하고 흘려 노던의 흑총검을 지면으로 떨어뜨렸다.

갈라진 대지 쪽에서 그 충격으로 인해 수많은 바위가 솟구쳤다. 그 사이를 뚫고 노던의 목덜미를 베려 했다.

"어이쿠, 위험하네."

뒤로 뛰어서 아슬아슬하게 피한 노던. 그러자 그리드가 주의를 주었다.

『거리를 좁혀라. 절대 떨어지면 안 된다.』

"나도 안다니까."

굳이 그런 말을 할 필요도 없다. 자세를 낮추고 재빨리 다가서서 흑검을 휘둘렀다.

노던은 다시 피하면서 고개를 갸웃거렸다.

"이상하네. 싸우는 방식이 변했어. 어째서지?"

그는 내 흑검을 피하지 않고 받아낸 뒤 얼굴을 들이대면서 말했다.

"그렇군, 알겠어. 저게 원인이구나."

노던은 잠깐 천룡을 보고 마치 아이처럼 기뻐했다.

"어때. 정답이지? 네 아츠는 사용자가 어느 정도 멀리 떨어지면 유지할 수 없게 되는 거 아니야?"

그래, 정답이다. 그래서 너를 멀리 가게 둘 수는 없지. 그리고 이 아츠를 사용하는 도중에는 무기의 형태가 한 손 검으로 고정된다. 멀리 떨어지면 흑궁을 쓸 수 없으니 공격을 하지 못하게 되어버린다.

내 표정을 보고 그 사실을 알아낸 노던은 신이 난 듯한 표정을 지으며 말했다.

"보아하니 정곡을 찌른 모양이네."

"……아직 멀었어."

노던이 다시 도망치려 하자 필사적으로 다가가 공격했다.

하지만 노던은 그렇게 초조해하는 걸 기다리고 있었던 모양이었다.

흑총검을 휘둘러 올리는 참격이 내 왼쪽 팔을 잘라낸 것이다. 베인 순간은 아픔을 느끼지 못했지만, 점점 뇌가 저릴 정도로 강한 통증으로 변했다. 너무 심한 통증에 무릎을 꿇었다.

내가 그를 올려다보자 노던은 이미 승부가 났다는 듯이 하늘을 올려다보고 있었다.

"안타깝군. 에리스는 네게 기대하고 있었던 모양인데, 나를 이렇게까지 방해했으니까. 그 대가를 치러야겠어."

그렇게 말한 다음 일어서려 하는 내 가슴을 흑총검으로 찌르기 시작했다.

저건 아플 것 같네. 왼팔만으로 끝나서 다행이다.

하지만 고통스럽게 소리를 지른 사람은 노턴이었기 때문이다.

나는 흑검으로 그 녀석의 등을 있는 힘껏 찌르고 있었다.

"뭐야……, 이게……."

가슴에서 흑검이 뚫고 나와 있을 것이다. 나는 노턴 뒤에 서 있기에 잘 보이지 않는다.

피를 잔뜩 토하면서 노턴이 뒤돌아보려 했지만, 나는 흑검을 더욱 깊게 박아넣었다.

"너는 마지막 순간에 너무 방심했어."

그렇게 말하고 아직 노턴의 흑총검에 심장이 뚫려 있던 내 환각을 보았다.

이제 괜찮겠지. 환각 마법을 해제하자 내 허상은 흩어져서 사라졌다. 평소였다면 노턴에게 환각 마법이 통하지 않았을 것이다.

하지만 자신의 승리를 확신했을 때라면 파고들 틈이 생길 거라 예상했다. 이제 써먹을 방법이 이것밖에 없었던 내게는 거의 도박이나 마찬가지였다.

그 대가로 왼팔을 바치게 된 건 어쩔 수 없을 것이다.

"일부러 내가 왼팔을 베게 한 거냐……."

"그래, 맞아. 이렇게 하지 않으면 지금 내가 너를 이길 수 없었을 테니까. 그 왼팔은 네게 주마. 가지고 가라."

나는 찔러넣은 흑검을 곧바로 옆으로 움직이며 노턴의 몸통을 두 동강 냈다.

제30화 현실처럼 생생하다

　시체가 되어 쓰러진 노던을 바라보고 있자니 항상 듣던 목소리가 들렸다.

《폭식 스킬이 발동됩니다.》

《스테이터스에 체력+2・1E(+8), 근력+1・8E(+8), 마력+2・1E(+8), 정신+2・4E(+8), 민첩+1・4E(+8)가 가산됩니다.》

　이게 E의 영역의 스테이터스구나. 어라?! 추가된 스킬이 없네⋯⋯⋯⋯. 폭식 스킬이 미쳐 날뛰자 멀어지는 의식 속에서 노던 아레스탈의 존재에 위화감이 들었다.

　정신을 차리고 보니 어째서인지 내가 새하얀 공간에 있었다.

　이유가 뭘까, 여기에 와본 기억이 있었다. 생각이 날 것 같은데 뭔가가 걸린 것처럼 떠오르지 않았다.

　한없이 새하얀 세계를 둘러보면서 생각하고 있자니 갑자기 한 소녀가 나타났다.

　그 소녀도 마찬가지로 너무나도 새하얬다. 이 세계의 일부라 하도 이상하지 않을 정도로.

　그녀는 나를 보고 한숨을 쉬었다.

　"그렇게 무리하지 말라고 했는데⋯⋯, 나 혼자서는 슬슬 한계인데."

　그녀는 그렇게 말한 다음 발치의 하얀 지면을 손가락으로 가리켰다. 아래쪽에 있던 어두운 부분이 희미하게 보였다. 그곳에서는 정체를 알 수 없는 자들의 원망스러운 목소리가 울리고 있었다.

본능적으로 이해가 될 정도로 공포로 가득 찬 세계가 이 아래에 있었다. 그것을 보고 그제야 나는 이곳이 생각났다. 꿈에서 한번 보았던 곳이다.

눈앞에 있는 소녀도 알고 있다.

"너는…… 내가 쓰러뜨린 기천사 안에 있던 여자애구나."

"그래, 맞아. 다행이야. 처음이지? 제대로 이야기를 하는 건."

무표정했던 그녀는 처음으로 웃으면서 자신의 이름을 말했다.

"나는 루나. 그렇지! 고맙다는 인사를 할게."

"무슨 인사?"

고개를 갸웃거리고 있던 나를 보고 루나가 어이없다는 표정을 지은 다음 매우 진지한 표정으로 말했다.

"나를 죽여줘서 고마워."

뭐라고 대답해야 할지 몰라서 말문이 막혀버렸다. 내 마음속에는 그녀를 죽여버린 것 때문에 죄책감이 남아 있는데…….

그렇게 말하니 솔직히 기뻐해야 할지 알 수가 없어져 버렸다.

"그런 표정 짓지 마……, 본인이 괜찮다고 하니까, 그러면 괜찮은 거야."

"……그래도 나는, ……그러면 괜찮다는 말을 할 수가 없어."

"고집이 센 사람이구나. 뭐, 여기에서 보고 있었으니까 대충 이해가 되지만."

뭐지…… 왠지 내 사생활을 마구 침해하는 것 같은 말을 한 것 같은데.

루나는 그런 내 마음을 아랑곳하지 않고 계속 이야기했다. 이 일방적인 말투를 들으니 마인이 생각났다. 얼굴도 왠지 닮았고.

"그리고 말이지. 마인……, 언니하고 다시 만날 수 있었으니까. 나는 더할 나위 없이 만족스러워."

"언니?! 네가 마인하고 자매야?"

그렇구나, 그런 거였어. 그렇다면 닮을 만도 하지. 멋대로 납득하고 있자니 루나가 웃어버렸다.

"분명 네가 생각하는 것과는 다를 거야."

"무슨 소리야?!"

나는 루나가 무슨 말을 하는 건지 이해할 수가 없어서 고개를 갸웃거렸다. 평범한 자매가 아니라면 어떤 관계인 걸까…… 전혀 알 수가 없다. 그녀는 더 이상 가르쳐주지 않을 모양이었다.

"지금은 그런 것보다 물어볼 게 있지 않아?"

나를 이끌어주는 듯이 이 새하얀 세계를 바라보며 말했다.

"그래, 여기는 대체 뭐야?"

"폭식 스킬에게 먹힌 자들이 모이는 정신세계 같은 거라고나 할까? 그리고 이 공간은 내 힘으로 만든 거야."

"흐음~."

"그 표정?! 제대로 이해하지 못했지? 그래도 되나? 내가 이 공간을 전개하고 있는 덕분에 폭식 스킬의 영향을 거의 받고 있지 않은데, 그런 태도를 보여도 되는 거야?"

정말로……? 생각해보니 기천사 하니엘을 먹은 뒤로 내 안의 폭식 스킬이 이상할 정도로 잠잠했다.

훈련이라고 하면서 굶주림을 견디는 연습을 하기도 했지만, 그래도 계속 이상하다고 생각했었다. 지금 그 답을 알아버렸다.

설마 먹은 상대가 나를 지켜주고 있었다니…….

"어째서 그런 짓을."

"그러니까, 말했잖아? 죽여줘서 고맙다고. 그 보답이야. ……하지만 더 이상은 힘들 것 같아. 나는 네 기둥이 되어줄 수 없는 것 같거든."

루나는 새빨갛게 물든 눈동자로 슬픈 듯이 하얀 세계를 바라보았다.

그녀와 이야기하고 있자니 어느새 세계에 틈새가 생겨나고 있었다.

"천룡을 먹어선 안 돼. 먹어버리면 내 힘으로는 어떻게 할 수가 없어. 당신이 당신으로 있을 수가 없게 돼……, 분명히."

그렇다고 해서 멈춰 설 수는 없다. 여기서 나갈 방법을 물어보려 하던 참에 틈새로 인해 발치의 지면에 구멍이 뻥 뚫려버렸다.

"으아아아아."

하마터면 어두운 바닥으로 떨어질 뻔한 나를 구해준 것은 머리카락이 붉고 낯선 남자였다. 나보다 나이가 많은 것 같고, 키가 무척 컸다.

그 녀석은 욕을 내뱉으면서 거만하게 내 손을 잡고 끌어올려 주었다.

"진짜…… 대답을 안 한다 싶었더니, 이런 곳에 있었냐? 이 몸 혼자서는 한계다. 이제 곧 천룡의 속박이 사라진다고."

"그 목소리……, 설마 그리드야?!"

"그래, 맞아. 가짜 몸이지만 말이야. 그리고 고맙다는 인사를 하려면 저 녀석에게 해라. 이 몸을 여기로 부른 것도 저 녀석이니까."

그리드는 귀찮다는 듯이 루나를 손가락으로 가리켰다. 아는 사이인지 왠지 껄끄러운 표정을 짓고 있었다.

항상 무기인 그리드밖에 몰랐기에 사람 모습으로 표정을 짓고 있으니 신선했다.

"이봐, 그렇게 빤히 보지 말라고."

"……혹시 너, 예전에는 사람이었어?"

"쳇. 지금은 그런 건 상관없잖아. 가자, 시간이 없다."

그렇긴 하지. 그리드가 돌아갈 길을 알고 있다면 다행이다.

"그리드, 힘을 빌려줘."

"당연하지. 그래서 이 몸이 여기로 온 거니까."

나는 루나에게 말했다.

"말해줘서 고마워. 하지만 천룡을 쓰러뜨릴 거야. 주인을 잃은 천룡을 저대로 내버려둘 수는 없어."

루나는 아무런 말도 하지 않았다. 그저 조용히 고개를 끄덕일 뿐이었다.

그리드가 내게 손을 내밀었고, 악수했다. 그러자 빛에 휩싸였고, 정신을 차리고 보니 원래 있던 곳── 가리아로 돌아와 있었다. 나는 오른손으로 흑검 그리드를 꽉 쥐고 있었다.

"돌아온 건가……."

『그래. 번거롭게 하기는.』

"미안."

상공에는 빛의 십자가로 속박당해 움직이지 못하는 천룡이 있었다. 하지만 그 속박이 희미해져서 당장에라도 풀려나려는 참이었다. 이렇게까지 약해졌으니 어떤 수단을 쓰더라도 무너지는 건 시간 문제일 것이다.

나는 문득 땅바닥에 쓰러져 있던 노던을 보았다. 이 녀석을 먹었는데도 스테이터스 말고 다른 걸 얻지 못했다. 대죄 스킬 보유자라면 그에 맞는 스킬을 얻는다 해도 이상하지는 않을 텐데.

그리드가 《독심》 스킬을 통해 그 의문에 대답해주었다.

『저건 단순한 꼭두각시다. 아무래도 본체는 엔비였던 모양이군. 설마 그 녀석이 그런 기능을 갖추고 있었을 줄이야. 사람을 조종하다니……, 뭐 그 녀석답긴 하다만.』

"그럼 내버려둘 수는 없지."

내가 흑검을 들어 올린 다음 땅바닥에 굴러다니던 흑총검을 파괴하려고 하자 그리드가 말렸다.

『소용없다. 그만둬. 대죄무기는 파괴할 수가 없다. 대죄무기를 사용한다 해도 파괴할 수가 없다고.』

"그래도 그냥 놔두면 화가 나니까."

흑검으로 쳐서 가리아 저편으로 날려 보냈다. 저렇게 멀리 날려 보냈으니 꼭두각시와 금방 마주치지는 않겠지.

"생각했던 것보다 멀리 날아갔네."

『하하하하하, 엔비가 죽을 만큼 분통을 터뜨리는 게 눈에 선하군. 잘했다!』

상공에서는 빛의 구속이 무너지기 시작했다.

천룡이 등장한다.

주인을 잃은 천룡은 미쳐 날뛰며 폭주하기 시작했다. 역시 이대로 두면 방어도시 바빌론까지 와서 습격할지도 모르겠다.

"가자, 그리드."

마지막으로 엄청 날뛰어주지. 가지고 있는 힘을 전부 걸고 천공을 다스리는 저 괴물을 땅으로 떨어뜨리자.

신기하게도 지금이라면 뭐든지 할 수 있을 것 같은 기분이 들었다.

제31화 남김없이 먹어 치우다

천룡은 목을 커다랗게 부풀린 다음 포효를 내지르려 하고 있었다. 방향을 보아하니 방어도시 바빌론을 노리고 있는 것 같다. 혹시 아직 주인의 지시를 수행하려는 건가…….

그렇게 둘 수는 없다.

"그리드, 공중 산책해보지 않을래?"

『?! 무슨 뜻이냐?』

나는 대답하지도 않고 흑검 그리드를 있는 힘껏 천룡의 턱을 향해 던졌다.

손에서 벗어나는 순간, 그리드가 뭐라고 소리쳤지만 별다른 말은 하지 않았을 것이다.

원래 이런 짓을 하고 싶지는 않았지만, 왼팔을 잃은 내가 흑궁을 다룰 수는 없다. 자동 회복 스킬에 맡기고 기다린다 해도 잃어버린 팔은 돋아나지 않는 것 같았다. 힐끔 보니 피는 멎은 모양이었다. 잃은 지 얼마 되지 않아서 그런지 아직 팔이 있는 것 같은 신기한 감각이 남아 있다.

검은 선을 그리며 일직선으로 날아간 흑검은 포효를 내지르기 직전이었던 천룡의 턱 아래에 꽂혀서 커다란 입을 억지로 다물게 만들었다.

그 순간, 대폭발.

갈 곳을 잃은 큰 에너지가 임계점을 넘어 입속에서 파열된 모양이었다.

그 충격으로 인해 천룡은 크게 기울어진 채 천천히 고도를 낮추기 시작했다.

좋았어, 저 정도라면 닿는다.

나는 뛰어오른다기보다, 주위의 지면이 솟구칠 정도로 힘껏 박찼다. 단숨에 공중에 있던 천룡에게 다가가 곧바로 턱 아래를 노렸다.

오른쪽 주먹에 힘을 담아 격투 스킬—— 아츠, 《촌경》을 발동시켰다.

아무리 천룡의 피부가 단단하다 해도 내부를 파괴할 수 있는 이 아츠라면 문제가 없다. 주먹을 있는 힘껏 박아 넣었다. 그 장소를 기점으로 삼아 천룡의 피부가 부풀어 오르기 시작했고, 마지막에는 피와 살점을 흩뿌리면서 파열되었다.

나는 기세를 그대로 살려 아래턱을 잃은 천룡보다 높게 올라갔다. 그리고 흩어진 천룡의 피와 살점 사이를 잘 찾아보니 흑검이 있었다. 살점을 발판삼아 다가가서 집었다.

"어서 와, 그리드. 공중 산책은 어땠어?"

『페이트……, 두고 보자. 이 몸을 1회용 투척 무기처럼 다루다니…….』

"제대로 회수했잖아."

『그런 문제가 아니다!』

그래, 지금은 그런 게 문제가 아니지. 천룡이 우리를 향해 엄청나게 두꺼운 팔을 휘두르고 있으니까. 그걸 피하고 《감정》 스킬을 발동시켰다.

[하늘을 다스리는 자]

천룡 Lv 1500

    체력 : 2 · 1E(+8)

    근력 : 1 · 8E(+8)

    마력 : 2 · 1E(+8)

    정신 : 2 · 9E(+8)

    민첩 : 1 · 5E(+8)

    스킬 : 체력 강화 (특대), 마력 강화 (특대), 정신 강화 (특대),

자동 회복 부스트

당연하게도 E의 영역이다. 레벨이 세 자리가 넘는 건 처음 보는 것 같다.

스킬도 스테이터스 강화 계열이 특대였다. 내가 가지고 있는 스킬은 대가 최고니까 그것보다 더 강한 효과를 지니고 있을 것이다. 뭐, 이 스킬은 레벨이 올랐을 때 가장 큰 효과를 발휘한다. 일반적인 스테이터스도 강화시켜주긴 하지만 레벨을 올릴 수 없는 내게는 그리 짭짤하지 않은 스킬이라고도 할 수 있다.

하지만 나는 이 스킬을 전부 다 모으는 것을 기대하고 있었다. 특대가 제일 높은 걸까, 아니면 더 높은 게 있을까……, 신경 쓰인다. 하지만 지금은…… 어찌 됐든 상관없다.

그건 그렇고 자동 회복 부스트 스킬이라……, 그렇구나. 그렇게 공격을 받았는데도 아직 하늘을 날 수 있는 이유가 이것 덕분일 것이다. 내가 가지고 있는 자동 회복 스킬의 상위 버전이겠지.

자동 회복 부스트 스킬을 감정해서 확실하게 알아보고 싶긴 하지만 천룡이 기다려주지 않았다.

다시 팔로 나를 공격한 것이다. 그 팔을 베면서 그리드에게 물었다.

"이봐, 왜 천룡하고 눈이 마주쳐도 경직되지 않는 거야?"

『스테이터스가 더 높다 해도 상대가 E의 영역이라면 통하지 않는다. 말했잖아? E의 영역은 인간을 벗어난 세계라고. 여러 가지가 지금까지와는 달라질 거다.』

"아쉽네……."

잘 풀리기만 하지는 않는 것 같다.

나는 천룡의 팔에 착지한 뒤, 등 쪽을 향해 뛰어갔다. 중간에 천룡이 벼룩을 털어내려는 듯이 날뛰었지만 떨어질 생각은 없었다.

내가 노리는 것은 천룡이 하늘을 날기 위해 사용하고 있는 기관── 여섯 장의 천익이다.

한 장 한 장, 꼼꼼하고 빠르게 잘라주지. 날개 한 장을 잃을 때마다 고도가 쭉쭉 내려갔다.

"떨어지는 건 너야."

마지막 한 장을 잃은 천룡을 걷어차서 지면으로 내동댕이쳤다. 신의 사자라고도 불리며 일부에서는 신앙의 대상인 존재의 말로다.

기동력을 잃은 거대한 몸집만큼 좋은 표적은 없다. 아래턱이나 천익이 있었던 곳을 보아하니 자동 회복 부스트 스킬에는 잃어버린 부위를 원래대로 만드는 힘은 없는 것 같다.

모처럼 땅으로 떨어뜨렸는데 다시 퍼덕퍼덕 날아오르면 곤란하니까.

자유낙하 하면서 흑검 그리드를 세게 쥐었다.

천룡은 아래턱을 잃고도 또 그 강력한 포효를 내지르려 하고 있었다. 내가 천룡을 딱 좋은 표적이라 생각했던 것처럼 천룡도 내가 공중에서 낙하하고 있어서 제대로 피하지 못한다고 생각한 모양이었다.

그리드도 지금 상황을 보고 경고했다.

『페이트!』

"문제없어."

고 에너지파가 날아드는 것과 동시에 나도《강력》스킬과 한 손검 스킬── 아츠, 《샤프 엣지》를 발동시켰다.

강력 스킬은 일정 시간 동안 근력을 두 배로 만들어준다. 사용한 뒤 그 반동으로 인해 근력이 10분의 1로 약해지고 회복될 때까지 하루가 걸리지만 여차할 때는 딱 좋은 스킬이다.

그로 인해 E의 영역인 스테이터스를 두 배로 만들자 흔한 아츠인 샤프 엣지가 천룡의 공격조차 쉽사리 베어버릴 정도로 터무니없는 힘을 발휘했다.

고 에너지파가 반쪽으로 갈라져서 빛의 입자로 변해 사라져갔다. 그리고 그 너머에 있던 천룡조차 두 동강 냈다. 멈추는 것을 모르는 참격이 대지조차 깊숙하게 갈랐고, 커다란 균열을 만들어냈다.

두 동강 난 천룡은 바닥이 보이지 않는 그 균열에 빨려들어 가는 듯이 떨어지기 시작했다. 하늘에서 떨어진 뒤 땅속으로…….

천룡이 사라져서 가리아에서 넘어오는 마물들을 억누를 수가 없게 되었지만, 그 문제도 이 대륙을 양단할 정도로 넓은 균열로 어느 정도 해소될 것이다. 하늘을 날지 못하는 마물은 간단히 왕국 쪽으로 넘어오지 못할 테니까.

끝났다. 지면에 착지하자 무기질적인 목소리가 들렸다.

《폭식 스킬이 발동됩니다.》

《스테이터스에 체력+2·1E(+8), 근력+1·8E(+8), 마력 +2·1E(+8), 정신+2·9E(+8), 민첩+1·5E(+8)가 가산됩니다.》

《스킬에 체력 강화 (특대), 마력 강화 (특대), 정신 강화 (특대), 자동 회복 부스트가 추가됩니다.》

갑자기 몸속에 지금까지 겪어보지 못할 정도로 심한 통증이 생겨났다. 폭식 스킬의 환희가 이미 내 한계를 넘어서 고통으로 변하고 있었다. 내 안에서 폭식 스킬을 억눌러주고 있었던 루나의 힘도 통하지 않을 정도로.

저항하면 몸속에서 피가 뿜어져 나올 정도였다.

시간문제일 것이다. 내가 나 자신일 동안에 해둘 필요가 있다.

지금이라면 할 수 있을 것 같다. 지금까지 세 번이나 했으니 감각으로 알 수 있다. 조건은 분명히 만족시키고 있을 것이다.

"미안하다, 그리드."

『페이트! 잠깐! 기다려라…….』

"이제…… 나를 유지할 수가 없어……."

그리드가 초조해하는 걸 보니 알 수 있었다. 위계 해방은 사용자가 승낙하면 일방적으로 해버릴 수 있다.

해방을 마음속으로 떠올리자 힘이 엄청난 기세로 빠져나가는 것을 느꼈다.

그리고 흑검 그리드도 동시에 빛으로 감싸였고, 형태가 변하기 시작했다.

나타난 것은 우아한 흑장(검은 지팡이)이었다.

　잘 살펴보고 싶지만 아무래도 그럴 수는 없는 것 같다. 폭식 스킬의 영향 때문에 흑장도 제대로 쥘 수가 없다. 놓치는 순간에 《독심》 스킬을 통해 그리드의 목소리가 들렸다.

　너도냐……, 그가 말한 것치고는 신기하게도 쓸쓸한 듯한 목소리였다.

　제4위계를 해방시켜서 스테이터스가 낮아진 나를 가리아에 있는 무인이나 마물이 쉽사리 죽일 수 있을 것이다. 하지만 만에 하나의 경우도 있다. 폭주하기 전에 나를 확실하게 죽여줄 수 있는 사람이 필요하다.

　그런 불안한 마음을 떨쳐주려는 듯이 남쪽에서 머리카락이 하얗고 피부가 갈색인 소녀가 걸어왔다. 손에는 커다랗고 검은 도끼. ……틀림없다, 마인이다.

　약속한 때가 온 것이다.

제32화 여행의 끝

일어설 수 없을 정도로 폭식 스킬에 침식된 내 곁으로 마인이 다가왔다.

눈동자는 여전히 꺼림칙할 정도로 새빨갛게 물들어 있다. 하지만 그녀답지 않게 왠지 쓸쓸해 보이는 것 같기도 했다.

무릎을 꿇은 나를 향해 마인이 흑부를 들어 올렸다. 그리고 그녀가 입을 열었다.

"그렇게 말했는데……, 천룡에게는 손을 대지 말라고."

"그래도 싸울 수밖에 없었어."

마인이 이렇게 될 거라고 미리 충고해주었다. 하지만 여기까지 온 이유는 천룡으로부터 록시 님을 지키고 싶다고 생각했기 때문이다. 그걸 해낸 지금, 아무런 후회도 하지 않는다.

신기하게도 마음이 후련할 정도로 죽음이 두렵지 않았다.

"……부탁할게."

죽는다면 내가 나일 때 죽고 싶다. 두 눈에서 끊임없이 피가 흘러내려서 시야가 새빨갛게 물들었다. 언제 정신을 잃는다 해도 이상하지 않을 것이다.

마인은 좀처럼 움직이지 않았다. 잠시 후에야 대답이 들렸다.

"알았어."

내가 마지막 힘을 쥐어 짜내서 올려다본 마인의 얼굴에는 지금까지와는 달리 망설임이 사라진 것 같았다.

이렇게 더러운 일을 그녀에게 부탁하는 게 마음에 걸리지만, 역시 부탁할 수 있는 건 그녀밖에 없다.

　나는 눈을 감았다.

　그러자 지금까지 있었던 추억들이 차례차례 지나갔다. 처음에 왕도에서는 록시 님이 브레릭 가문으로부터 구해줬고…… 술집 주인은 갈 때마다 나를 놀려대기도 했지.

　그리고 록시 님을 따라 왕도를 떠난 뒤로는 고향에도 돌아갔었고, 검성 아론과 만나기도 했다. 아론에게 이 여행이 끝나면 다시 만나러 가겠다고 약속했는데, 아무래도 그 약속은 지킬 수 없을 것 같다. 부흥하고 있을 하우젠을 보지 못하는 건 아쉽다.

　이곳 가리아에 온 뒤로는……, 방어도시 바빌론에서는 록시 님의 건강한 모습을 다시 볼 수도 있었으니 이제 여한은…… 없다.

　아무래도…… 슬슬 끝인 것 같다. 의식이 멀어지기 시작했다.

　"마인! 어서!"

　그녀의 살기가 느껴진다. 드디어 때가 왔다.

　속마음을 말하자면 한번만 더, 록시 님의 얼굴을……, 목소리를 듣고 싶었다.

　그때.

　"안 돼애애애애애애애!"

　뜻밖의 목소리가 들렸다. 게다가 그 목소리가 들린 것과 동시에 내가 누군가에게 밀쳐졌는지 땅바닥을 굴러갔다. 그것도 그 목소리를 낸 사람과 함께.

　목소리를 듣고 누군지는 알고 있었지만, 눈을 떠 보니 역시 록시 님이었다. 둘 다 흙투성이다.

그녀는 나를 껴안고 말했다.

"무슨 짓을…… 하려는 거예요!"

"……록시 님, …………저는."

설마 그녀가 달려와 줄 거라고는 상상조차 하지 못했다. 아니, 그건 내 착각이었다.

록시 하트는 분명히 나 혼자서 싸우는 걸 용납하지 못하는 사람이다. 왕도군을 대피시킨 다음 혼자서 달려와 준 것이다. 하지만 내게는 타이밍이 너무 안 좋았다.

이대로 가다가는 그녀에게 결코 보이고 싶지 않은 나를 보여주게 된다. 그것만은 피하고 싶었는데…….

그런 내게 록시 님이 말했다.

"제가…… 제가 그런 것 때문에 페이를 싫어하게 될 리가 없잖아요. 페이는 페이예요! 그러니까 이런 짓을 하지 말아줘요."

록시 님이 흘린 눈물이 내 볼에 닿았다. 그 온기를 통해 잊고 있었던 편안함을 느꼈다.

계속, 계속 무서웠다. 만약 이 폭식 스킬의 힘 때문에 그녀에게 미움을 사고, 그녀가 두려워 한다고 생각하니 무서워서 견딜 수가 없었다.

하지만 내 그 꺼림칙한 눈, 힘을 보고도 그녀는 나를 받아들여 주었다.

록시 님 안에는 여전히 페이트 그래파이트가 존재하고 있었다. ……대단한 사람이다.

그녀가 나를 받아들여 주어서 안심했기 때문인지는 모르겠지만 그렇게 미쳐 날뛰고 있던 폭식 스킬이 잠잠해지기 시작하고 있었다. 한계조차 넘어서 이제 막을 수가 없을 정도였는데 왠지 모르겠지만…… 겁이 날 정도로 조용해졌다.

"이게……, 대체……."

있을 수 없는 현상으로 인해 깜짝 놀란 내게 록시 님이 미소를 지으며 손을 내밀었다.

"자, 바빌론으로 돌아가요."

록시 님의 저 표정을 보니 잊을 수 없는 기억이 떠올랐다. 왕도에서 문지기를 하고 있었을 때다. 브레릭 가문의 라팔 일행에게 폭행을 당하던 나를 구해주고 손을 내밀어주었던…… 그때 그 표정이었다.

그래서 나는 깨닫게 되었다.

그렇구나…… 그녀를 구하고 싶다고 했지만 사실 그때처럼 그녀가 나를 구해줬으면 했던 거였다.

폭식 스킬로 인해 어찌할 도리가 없는 나를 구해줬으면 했던 거였다.

어째서…… 이렇게 간단한 사실을 눈치채지 못한 척하면서 여기까지 와버린 걸까.

록시 님의 품속에서 멀어지는 의식. 그런 와중에 나는 그녀에 대한 마음을 이제 속일 수가 없었다.

*

루나의 목소리가 들린다.

『찾아냈어, 당신의 기둥………….』

무슨 뜻인지 물어보려 했는데 침대 위였다. 아무래도 나는 자고 있었던 모양이다.

이곳은 잘 알고 있는 방이다. 왜냐하면 바빌론으로 온 뒤로 계속 머무르고 있는 여관이었기 때문이다.

일어나려다가 왼쪽으로 넘어져버렸다.

그랬지…… 나는 노던── 엔비의 꼭두각시와 전투를 벌이다가 왼팔을 잃었다. 살펴보니 깔끔하게 붕대가 감겨 있었다.

상황을 짐작해보니 록시 님이 감아준 건지도 모르겠다.

방을 둘러보았지만 아무도 없었다. 시간을 확인하기 위해 방 벽에 걸려 있는 시계를 보았다.

"11시구나……."

시간을 보아하니 하루가 넘게 지난 것 같다. 그리고 나는 그 녀석이 없다는 걸 깨달았다.

그리드가 없다! 어디 간 거지? 그 잘난 척하던 녀석이?!

필사적으로 찾다가 아직 가리아에 굴러다니고 있는 거 아닌가……, 그렇게 생각하니 얼굴이 새파랗게 질렸고, 그때 방문을 노크하는 소리가 들렸다.

들어온 사람은 머리카락이 푸른색인 에리스와 머리카락이 하얀색인 마인이었다. 왠지…… 대죄 스킬 보유자가 두 명이나 있으니 엄청난 압박감이 느껴졌다.

"여, 깨어난 모양이구나."

"1주일이나. 너무 오래 잤어."

뭐라고?! 그 싸움 이후로 내가 1주일이나 자버린 모양이었다. 끝난 뒤에는 거의 빈사 상태였으니 어쩔 수 없겠지만.

나는 그런 와중에 에리스가 들고 있던 흑장을 발견했다.

"그리드?!"

"아, 이건 가리아에서 이제야 회수해왔어. 그 싸움이 끝난 뒤에 마인이 그리드를 가지고 오는 걸 깜빡해버렸거든."

에리스가 마인을 흘겨보았지만, 마인은 아랑곳하지 않았다.

그 모습을 본 에리스는 한숨을 쉬면서 계속 말했다.

"게다가 마물이 어디론가 물고 가버린 모양이라 엄청 고생했다니까. 가리아 중심 근처까지 가게 되었거든?"

다시 마인을 흘겨보았지만 여전히 무시하고 있었다. 마인답긴 한데……. 아무래도 이 두 사람은 상성이 안 좋은 것 같다. 이런 곳에서 싸우지 않기만을 바랄 뿐이다.

아직 완전히 낫지 않은 내가 휘말리게 된다면 다시 1주일 동안 잠들게 될지도 모른다.

조마조마한 마음으로 에리스에게 흑장을 받았다.

제4위계 형태. 이렇게 들어보니 지금까지 사용했던 무기와는 다른 느낌이다. 자잘한 장식이 되어 있는 걸 보니 타격할 때는 쓰지 못할 것 같다.

바라보고 있자니 그리드가 《독심》 스킬을 통해 독설을 내뱉었다.

『페이트으으으으으으으! 너, 왜 그렇게 터무니없는 짓을 한 거냐!』

"그렇게 화내지 마. 결과적으로는 살아났으니까."

사과했지만 그리드가 화를 펄펄 내면서 꽤 오랫동안 잔소리 타임을 시작했다. 귀에 딱지가 생길 것 같다.

그리고 그게 끝나자.

『마물에게 물려가서 오랜 여행을 하고 왔다. 이제 돌아가지 못할 거라 생각했을 정도다.』

"그런 모양이네."

『……음, 페이트에게 중요한 이야기를 할 게 있다. 그건 저기 있는 에리스에게 듣는 게 낫겠지.』

평소보다 목소리기 진지해진 그리드가 에리스를 보라고 재촉했다.

그러자 에리스가 방긋 웃었다.

"너는 천룡을 쓰러뜨리고 우리에게 증거를 보여줬어. 아직 그 시기가 되지 않았다고 생각했지만, 록시의 죽음을 이용한 관 인간을 만드는 실험을 하지 못하게 된 지금, 네 힘이 필요해. 부디 힘을 빌려줬으면 좋겠어."

"그게 대체 무슨 소리야?"

"아마 네게 거부권은 없을 거야. 같은 대죄 스킬 보유자라면 결코 피해갈 수 없을 테니까. 그러기 전에, 한쪽 팔만 있으면 불편할 테니 우선 그걸 원래대로 되돌리자."

어? 그런 게 가능하다고?! 이 세계에는 회복 마법 같은 게 존재하지 않을 텐데……. 게다가 잃은 부위를 고치다니, 가능한 거야?

상식을 뛰어넘은 발언에 깜짝 놀라고 있자니 에리스가 아무렇지도 않게 말했다.

"가능해. 그리고 록시가 오기 전에 여기를 나서자. 지금 네가 그녀를 만나버리면 위험하거든."

왠지……, 록시 님의 이름을 들으니 폭식 스킬이 꿈틀댔다.

……정말 기분 나쁜 예감이 든다.

그렇게 생각하고 있자니 계속 조용히 있던 마인이 어떤 것을 내밀었다.

"이거……, 네 트레이드 마크."

마인에게 받은 것은 천룡과 전투를 벌이다가 산산조각 난 해골 마스크였다. 아니……, 이걸 트레이드 마크로 삼은 적은 없는데 말이지.

나는 그녀가 건넨 해골 마스크를 쓰고 방을 나섰다. 하지만 편지를 한통 남겼다.

사실 직접 말하면 되겠지만 아직 만나면 안 될 것 같은 느낌이 들었기 때문이다.

그래서 록시 님에게 지금 전하고 싶은 말을 써서 남겼다.

제33화 페이트의 편지

믿기지 않을 정도 치열했던 싸움이 막을 내렸다. 그것은 살아 있는 천재지변이라 불리던 천룡과의 싸움이었다.

마물이 무리지어 밀어닥치는 스탬피드가 그 시작이었다. 방어 도시 바빌론에 울려 퍼지는 사이렌을 듣고 나는 왕도군을 이끌며 왕국과 가리아의 국경선으로 향했다. 스탬피드가 왕국에 침입하지 못하게 하기 위해서였다.

그 전에 어떤 사람과 대결을 벌였다. 해골 마스크로 얼굴을 가린 무쿠로라는 무인이었다. 그는 하우젠에서 아론 님이 말했던 흑검을 지닌 무인일 거라는 확신이 있었다. 무쿠로를 보고 있자면 아론 님이 걱정하던 사람이라는 생각이 들었기 때문이다. 그는 너무 강한 힘을 제어하지 못하고 있고, 힘 그 자체에 휘말리려 하는 것처럼 보였다.

그것은 가리아의 대계곡에서 일어난 이변을 조사할 때, 우연히 그와 함께 행동하게 되었을 때 느끼게 되었다. 기천사라 불리는 마물—— 억지로 이어붙인 듯한 그 마물과 싸우던 무쿠로는 완전히 그런 느낌이었다.

하지만 평소에 그는 온화한 사람이었다. 그 모습은 어떤 사람과 매우 닮았고, 방심하다가는 그 사람의 이름으로 불러버릴 것 같을 정도였다.

페이트…….

그에게 그런 힘은 없다. 지금은 하트 가문의 저택에서 하인으로 지내고 있을 것이다. 그런 내 생각이 무인 무쿠로와 페이트 그래파이트를 한데 묶는 것을 거부하고 있었다.

나 자신이 형편 좋게 그를 보고 있었기 때문이다.

더 일찍 눈치챘더라면 이렇게 되지는 않았을지도 모른다.

스탬피드를 막아내고 있던 우리 앞에 나타난 천룡. 압도적인 힘에 나도 아버지가 간 곳으로 가버릴 거라며 각오할 정도였다. 천룡이 내지른 포효는 몰려든 마물들을 태우며 왕도군을 향해 왔다. 이제 틀렸다고 생각했을 때, 그는 우리와 천룡 사이에 끼어들었다.

그리고 까맣고 커다란 방패를 들고 모든 것을 불태우는 천룡의 포효를 막아냈다. 그 행동을 보고 나를 포함한 왕도군 모두가 시선을 빼앗겼다. 사람이 살아 있는 천재지변의 공격을 막아내다니, 상상도 하지 못했기 때문이다. 그것도 다른 누구의 힘도 빌리지 않고, 혼자서.

나는 빨려들어 가는 듯이 그가 있는 곳으로 서둘러 갔다. 그리고 싸우다가 해골 마스크를 잃은 그를 보고 나는 알아버렸다……, 아니, 확신하게 되었다.

무인 무쿠로는 페이트 그래파이트였다는 것을.

그의 붉은 눈은 평소와는 달리 겁을 먹고 있었다. 그 표정을 보고 나는 페이트가 해골 마스크로 얼굴을 가리고 있던 이유를 알아버렸다. 분명 이런 자신을 받아들여 주지 않을 거라 생각하고 겁을 먹은 것이다.

그렇지 않다고 페이트에게 전하고 싶다. 목소리를 내서 그가 알아듣게 해줬으면 하는데.

그 붉은 눈으로 바라보니 몸이 움직이지 않게 되었고, 목소리조차 낼 수가 없게 되어버렸다. 아무것도 할 수 없는 자신이 한심하고……, 페이트가 이대로 멀리 가버릴 것 같아서 눈물만 흘리고 있었다.

그가 등을 돌리고 나서 눈의 속박이 사라진 뒤에서 천룡을 향해 나아가는 그를 쫓아갈 수가 없었다. 그래도 손을 뻗어…… 기다려달라 말하고 싶었다. 그리고 그 너머에 있는 천룡이 보였다. 그는 저것과 망설임 없이 싸울 수 있다. 발조차 앞으로 내디딜 수 없고, 도망칠 수밖에 없는 나는 당연하게도 천룡과 맞설 수 없었다.

그때, 나는 무력하다는 사실을 깨닫게 되었다.

페이트가 싸우고 있는 곳은 내가 어찌할 도리가 없을 정도로 너무 멀다.

그래서 나는 지금 내가 할 수 있는 일을 해야만 한다고 생각했다. 페이트가 말한 대로 왕도군의 대피를 우선시한 것이다.

싸우면서 흩어진 부대장들을 찾으면서 지시를 내려서 적어도 페이트가 싸우는 데 방해되지 않게끔 바빌론으로 대피했다.

모든 병사가 바빌론 정문을 지났을 때, 무적인줄 알았던 천룡이 대지로 가라앉고 있었다. 나를 포함해서 바빌론에 있던 사람들 모두가 살아 있는 천재지변의 최후를 목격한 것이다.

기뻐한 것도 잠시, 기분 나쁜 예감이 들어서 서둘러 그가 있는 곳으로 향했다.

그곳에서 있었던 일은 지금 생각해봐도 슬퍼진다. 하지만 페이트는 그렇게 되어야만 하는 이유가 있었다.

그에게 무슨 일이 있었고, 무엇을 떠안고 있는지 나는 알고 싶다.

페이트는 천룡과 전투를 벌인 뒤 다친 몸을 치료하기 위해 군사 지구의 의료실로 옮겨졌다. 그리고 지금도 침대에서 잠들어 있다. 그 이후로 1주일이 지났지만 여전히 깨어날 것 같지는 않다.

그 전투로 인해 그는 왼팔을 잃어버려서 그 모습을 보면 답답한 마음이 들었다.

하루 업무가 끝난 뒤 날마다 그랬던 것처럼 그의 병실에 들르기 위해 걸어가다 보니 지나가는 병사들이 평소와는 다르다는 것을 눈치챘다. 뭐라고 해야 하나, 다들 넋이 나간 것 같은 느낌으로 천장을 올려다보고 있었다.

내가 불러도 꿈을 꾸는 듯이 건성으로 대답하기만 했다.

"대체 무슨 일이 일어난 거지?"

페이트가 걱정되어서 그가 잠들어 있는 방의 문을 열자.

"말도 안 돼……, 어째서…….."

그가 잠들어 있던 침대에는 아무도 없었다. 급하게 달려가 보았지만 그는 어디에도 없었다.

남아 있는 건 내게 쓴 편지뿐이었다. 침대 옆에 있는 자그마한 테이블 위에 조용히 놓여 있었다.

그 편지를 든 손이 떨렸다. 무슨 내용이 적혀 있을지 두려웠기 때문이다. 작별 인사라면 어떻게 하지?

이래선 안 된다. 심호흡하고 마음을 다잡았다.

접혀 있던 편지를 펼치고 훑어보았다. 내용은 그가 가리아로 오

기 전까지 있었던 일, 가리아로 온 뒤에 있었던 일이 적혀 있었다.

하트 영지에서 북쪽 계곡으로 쳐들어온 코볼트들을 쓰러뜨리기 위해 마구 날뛰었던 게 자신이라고 했다. 그때 내게 거짓말을 했던 것.

그리고 몰래 인신매매범을 이용해서 어리고 가지지 못한 자들을 괴롭히다가 죽인 성기사 하드 브레릭을 살해했다는 내용도 있었다. 아마 그것만이 아닐 것이다. 내가 브레릭 가문 때문에 가리아로 오게 되었기 때문이기도 할 것이다.

읽다 보니 페이트가 거짓말을 할 때마다 조금씩 괴로워하고 있는 것 같았다. 가리아에 도착한 뒤에는 내게 정체를 숨기기 위해서라고 하면서도 그런 자신으로부터 도망치기 위해 그 해골 마스크에 의존하는 것 같았다.

그리고 폭식이라는 대죄 스킬 보유자라는 것도. 그 스킬은 일반적인 스킬과는 달리 위험한 성질을 지니고 있다는 것까지 전부 적혀 있었다. 처음에는 성에 숨어든 도적을 죽였을 때 발동되었다고 한다. 그렇다면 나는 그의 폭식 스킬이 깨어난 순간에 함께 있었던 것이다. 전혀 눈치채지 못했다…….

폭식 스킬은 생물의 혼을 원하고 있으며 정기적으로 어떤 목숨을 빼앗아야만 살아갈 수 있다고 한다. 폭주해버리면 천룡을 쓰러뜨린 뒤에 있었던 일이 일어나 버리는 모양이다. 그리고 지금은 폭식 스킬이 너무 불안정해서 아직 나와 만날 수가 없다고 한다.

페이트는 그 스킬 때문에 돌아갈 곳이 없어서 계속 방황하는 게 아닌가 하는 생각이 들었다.

마지막으로 그 해골 마스크가 필요하지 않게 되면 다시 내 곁으로 와서 지금까지 있었던 일을 사과하고 싶다고 적혀 있었다.

"페이……, 괜찮으니까. 이렇게 괴로운 마음을 혼자서 떠안고 있으면…… 안 돼. 나는 그냥 당신에게 말하고 싶어……, 고맙다고. 고작 그것뿐인데 왜 이렇게 멀어진 걸까."

편지를 쥔 손에 나도 모르게 힘이 들어가 버렸다.

그래도 페이트가 다시 만나러 와준다면, 나는 그때를 기다릴 것이다.

내가 알고 있는 페이트 그래파이트는 약속을 어길 사람이 아니다. 그러니까 나는 그를 믿는다. 소중한 편지를 가슴 속 숨겨진 주머니에 살며시 넣었다.

지금 내가 할 수 있는 일을 하자. 방어도시 바빌론은 천룡이 사라진 탓에 혼란스러워졌다. 우선 그걸 진정시키자.

"또 만날 수 있지? 페이."

반드시 다시 만날 수 있다. 나는 아무도 남지 않은 병실의 문을 열었다.

번외편 그리드와 마인

천룡을 쓰러뜨린 페이트. 그리고 E의 영역에 도달한 혼을 연달아 먹음으로써 폭식 스킬을 억누르지 못하게 되어 폭주 직전 상태에 빠져버렸다.

설마 그 타이밍에 자신의 스테이터스를 이 몸에서 억지로 바칠 줄은 상상도 못 했지만.

무기인 이 몸은 어찌할 수도 없이 페이트의 스테이터스를 받게 되어버렸다. 그리고 제4위계 형태── 마장으로 변한 뒤 내던져졌다.

페이트다운 것 같기도 하다. 자아를 잃고 폭주해버릴 때를 대비해서 스테이터스를 대부분 잃고 약해졌을 때 이 몸 같은 무기까지 버리다니……, 정말 그 녀석답잖아. 평소였다면 위계를 해방시켜서 얻은 새로운 모습을 보란 듯이 자랑하며 설명해주었을 텐데, 그럴 여유조차 없었다. 정말 안타깝다.

그리고 이제 페이트와 헤어지게 된다고 생각하니…… 그것 또한 안타까웠다.

이 몸이 보기에도 그 녀석은 확실히 한계였다.

가리아의 황폐한 땅바닥에 굴러다니고 있는 이 몸은 이제 아무것도 해줄 수가 없다.

페이트에게 부탁받은 마인도 그런 건 원하지 않을 것이다. 하지만 폭식 스킬을 억누르지 못하고 삼켜진 자의 말로를 알고 있는 마인이라면 마지막에는 고개를 끄덕일 거라 생각했다.

예상했던 대로 조용히 흑부 슬로스를 들었다. 그리고 마인 앞에 무릎을 꿇은 페이트의 목을 향해 흑부를 내려치려 하고 있었다.

작별이다……, 짧은 시간이었지만 꽤 즐거웠다.

멀리 떨어진 곳에서 작별인사를 하고 있자니 마인의 흑부를 가로막으려는 듯이 금발 여자가 뛰어들었다.

"안 돼애애애애애애애애!"

후퇴했어야 할 록시였다.

페이트를 끌어안고 세차게 먼지를 일으키며 굴러간 다음 이몸 바로 옆에 멈췄다.

그런 다음 기적 같은 일이 일어났다. 록시의 무언가에 반응한 폭식 스킬이 천천히 잠잠해지기 시작한 것이다. 그 사실을 통해 생각해볼 수 있는 이유는 록시가 페이트에게 기둥이 되어줄 수 있다는 것이다. 구하고 싶다고 생각하면서 여기까지 온 이유가 기둥이라니……, 폭식 스킬은 이번에도 보유자의 소중한 것을 원하는 건가?

하지만 지금은 그 덕분에 살아날 수 있었다. 좋게 생각하자고. 안 그래……? 페이트.

비가 온 뒤에 땅이 굳는다는 거지. 응, 응, 잘됐다, 그렇게 생각하며 지켜보고 있자니 정신을 잃은 페이트를 록시가 방어도시 바빌론으로 데리고 가려 했다.

자, 이 몸도 함께 돌아가야지. 록시는 페이트 때문에 정신이 없는지 바로 옆에 있던 이 몸을 눈치채지 못했다. 뭐, 어쩔 수 없지.

마인이 이 몸을 주워서 돌아가면 되니까.

그렇게 생각했는데 마인이 이 몸을 쳐다보지도 않고 페이트를 업은 록시와 함께 돌아가는 게 아닌가?!

『이봐, 이봐. 그건 아니지! 눈치챌 수도 있잖아! 무표정한 척하면서 속으로는 꽤 당황했던 거야!』

이것저것 하고 싶은 말은 많지만, 목소리가 들릴 리가 없었다. 독심 스킬을 통하지 않으면 내 목소리가 들리지 않기 때문이다.

점점 멀어져가는 그녀들의 모습은 아예 점처럼 작아져 버렸다.

『두고 간 거야, 이 몸을…….』

설마 하던 전개인데. 엔비, 천룡과 벌인 전투의 흔적이 깊숙하게 남아 있는 가리아 땅에서 이렇게 혼자 남게 될 줄이야.

『하지만 다들 진정이 되면 이 몸이 없다는 걸 금방 알아채겠지. 그러면 페이트가 헐레벌떡 뛰어올 테고!』

나는 그렇게 큰소리를 치면서 회수되기까지 기다리기로 했다.

그리고 몇 시간 정도가 지난 것 같다. 늑대처럼 생긴 마물이 이 몸 근처로 다가왔다.

보아하니…… 털이 은빛인 저 마물의 이름은 데저트 울프였을 텐데. 스탬피드의 생존자인 것 같은 그 녀석은 지면의 냄새를 맡으면서 이 몸이 있는 곳까지 왔다.

"멍멍, 멍멍."

의외로 귀여운 울음소리를 내는군. 크기도 일반적인 중형견과 비슷한 정도고, 털이 더부룩하게 난 개 같은 느낌이다.

그리고 이 몸을 낼름낼름 핥기 시작했다. 아마 싸우다가 묻은 적의 피를 핥고 있는 것 같다.

『으엇, 그만둬라! 네 침 때문에 찐득찐득해지잖아.』

지금 이 몸은 제4위계 형태다. 다시 말해 마장 형태. 흑검처럼 칼날이 없어서 핥기는 편할 것이다.

그렇다면 흑검으로 변해주지, 그렇게 생각했지만 제4위계에 도달한 영향으로 형태를 마음대로 바꿀 수가 없었다. 계속 핥아 댄 것 때문에 내가 질색하고 있자니 데저트 울프가 무슨 생각을 했는지…… 놀랍게도 나를 물었다.

『이봐! 그만둬, 이거 놔라!』

"멍멍!"

『빌어먹을, 이거 놓으라고.』

"멍~!!"

데저트 울프는 꼬리를 살랑살랑 흔들면서 뛰어가기 시작했다. 그것도 깜짝 놀랄 만한 속도로.

아니, 잠깐. 가리아의 마물은 왕도를 향해 북상하는 습성이 있다. 그렇다면 이대로 물려가면 바빌론으로 다가갈 수 있지 않을까……하는 어설픈 생각은 단숨에 버리게 되었다.

『반대 방향으로 달려가고 있잖아! 이 멍청한 개가.』

그렇게 욕을 해보았지만 이 데저트 울프는 독심 스킬을 가지고 있지 않았기에 들리지도 않았다.

점점 가리아에서 남쪽으로 나아가는 이 몸. 페이트 일행이 있는 바빌론에서 점점 멀어지고 있었다.

"멍멍멍멍멍."

『이 몸을 어디까지 데려갈 셈이냐…….』

팔다리가 없는 무기에 불과한 이 몸은 어떻게 해볼 수가 없었다. 불평하는 것도 피곤했기에 한숨을 쉰 다음 가리아의 경치를 멍하니 바라보았다.

오, 저건 예전에 페이트와 함께 보았던 기괴한 이끼군. 사람 키 정도까지 자라나서 때때로 포자를 방출하고 있었다.

꽤 남쪽으로 와버린 모양인데.

주위에는 녹색 포자가 피어오르고 있었고, 안개처럼 깔려 있어서 앞이 잘 보이지 않았다. 그리고 저 포자를 너무 많이 마시면 폐 안에 이끼가 증식해버리기 때문에 매우 위험하다.

일반적인 무인이라면 이런 곳을 지나가지 않고 우회하거나 다리에 자신이 있다면 단숨에 돌파한다.

이 몸을 물고 있는 데저트 울프는 후자를 선택했다.

눈 깜짝할 새에 이끼 군생지를 지나쳤다. 그리고 멈출 줄을 모르고 멍멍, 씩씩하게 짖어대며 이 몸을 가리아 안쪽으로 인도했다.

『오, 저건 대계곡이잖아.』

이 몸의 칼집을 만드는데 필요한 소재── 마수정을 채집하기 위해 예전에 왔었던 대계곡이 보였다.

황폐한 가리아에서 유일할지도 모르는 식물이 자라나 있는 곳은 마물을 끌어들이는 미지의 힘이 작용하고 있다. 하하하하하, 이거 좋은데!

데저트 울프도 이 몸이 생각했던 대로 대계곡을 향해 빨려들어가는 듯이 달려갔다.

『여기가 네 종착점이다.』

이 몸은 물린 채 대계곡으로 돌입했다. 지면에는 풀과 꽃이 군데군데 피어나 있었고, 여기가 피비린내 나는 공기로 가득 찬 가리아라는 것을 느낄 수가 없을 정도로 상쾌했다.

이상적인 상황은 저 큰 나무 그늘에서 느긋하게 구출되기까지 기다리는 것이다. 음, 데저트 울프는 대체 언제쯤 멈추려나.

대계곡에 사로잡혀서 숨통이 끊어진 마물들이 잔뜩 굴러다니고 있는 곳을 지나쳤다. 그리고 오랜 세월에 거쳐 석화되어버린 마물들도 지나친 뒤 정신을 차리고 보니 대계곡을 빠져 나온 상황이었다.

"멍, 멍~!"

『오오오오오, 지나쳐버렸네……, 믿기지 않는군.』

이미 대계곡은 아득히 먼 곳에 있어서 보이지도 않았다. 이 몸의 생각을 배신하고……, 대체 어디로 가는 거야? 이 멍청한 개가…….

이 너머는 위험하다. 가리아의 중심부로 다가가고 있다.

중심부에는 기능이 정지된 기천사들이 많이 잠들어 있다. 그리고 가장자리에 있는 마물 따위는 비교도 되지 않을 정도로 강력한 인공 마물도 있을 테고.

만약 그런 곳에서 해방된다면 회수하기가 힘들어진다. 그리고 페이트도 설마 이렇게 가리아 중심부 근처로 내가 와 있다는 걸 상상하지 못할 것이다.

『이거……, 진짜 돌아가지 못할지도 모르겠는데.』

이 몸이 조용히 이곳에서 계속 잠들게 되는 건가……, 이럴 수가.

그렇게 생각하고 있자니 중간에 있던 작은 마을 폐허 쪽으로 데저트 울프가 다가갔다.

좋았어!

그렇게 멈추지도 않고, 진로를 거의 변경하지도 않고 계속 달리기만 하던 이 멍청한 개가 처음으로 크게 방향을 틀었다. 이 몸은 확신했다. 이번에는 멈출 거라고!

터무니없이 오랜 세월 동안 풍화되어버린 건물은 무너진 벽만 조금 남아 있을 뿐, 뼈대가 다 드러나 있었다. 그 건물 흔적이 모래와 흙에 파묻힌 채 이곳에 마을이 있었다고 주장하는 것 같은 곳이었다.

그 마을에서 가장 큰 건물이었던 것 같은 곳으로 다가간 데저트 울프는 그제야 멈춰 섰다.

『오, 이제야 멈췄나.』

안심한 것도 잠시, 어떤 검은 그림자가 재빠르게 다가왔다. 올려다보고 깜짝 놀랐을 때는 이미 이 몸이 공중으로 솟구치고 있었다.

"쿠엑~, 쿠엑~!"

얼빠진 울음소리를 내며 이 몸을 데저트 울프에게서 빼앗은 것은 로크 버드라 불리는 컬러풀한 괴조였다. 깃털의 색이 붉은색과 푸른색, 노란색, 녹색 등 일곱 가지 색이었고, 그 화려한 깃털은 주로 장식품에 사용한다. 반짝거리는 것을 모으는 습성이 있기 때문에 아마 이 몸의 검게 빛나는 마장에 반응했을 것이다.

갑자기 하늘에서 날아든 로크 버드에게 이 몸을 빼앗긴 데저트 울프는 미간을 찌푸리며 처음으로 분노를 담아 짖어대고 있었다.

이런 벽지까지 열심히 이 몸을 가져왔는데 마지막 순간에 빼앗긴 것이다. 화가 나는 것도 이해가 된다.

이 몸도 이대로 하늘 저편으로 날아갈 수는 없다. 로크 버드의 둥지는 적이 습격하기 힘들게끔 매우 높은 곳에 만든다고 한다.

이 근처에서 높은 곳은 그곳밖에 없다. 지금도 가리아 중심부에 드높게 솟아있는 1000미터 이상의 건물들일 것이다.

가리아 중심부만은 가고 싶지 않다. 이거 놔라, 이 멍청한 새!

데저트 울프 때문에 이런 곳으로 오게 되고, 로크 버드 때문에 공중을 산책하게 되다니⋯⋯. 왜 이렇게 운이 없는 거야⋯⋯. 뭐, 예전부터 운이 없긴 했지만 이번에는 특히 위험하군.

크윽, 각오를 다지도록 할까. 작별이다, 멍청한 개야.

"멍!!"

로크 버드가 하늘 높이 날아오르려 한 순간, 데저트 울프가 근처에 있던 건물 폐허의 벽을 이용해 크게 뛰어올랐다.

『오오, 이건.』

놀랍게도 로크 버드가 있는 높이까지 뛰어오른 데저트 울프가 날개를 물어뜯었다. 로크 버드는 견디지 못하고 비명을 질렀고 이 몸을 물고 있던 부리의 힘이 느슨해졌다. 미끄러진 이 몸은 지면에 떨어져서 위기에서 벗어났다.

데저트 울프는 기세등등하게 울부짖은 다음 로크 버드를 내쫓았다.

꽤 하는구나! 그 멍청한 새는 다친 날개로 비틀비틀 날면서 둥지가 있는 쪽 같은 가리아의 중심부를 향해 날아갔다.

『잘했다, 이 멍청한 개야.』

"멍멍~."

가리아의 중심부로 가지 않게 되어서 다행이다. 이런이런, 그런데 데저트 울프가 앞다리를 사용해 구멍을 파기 시작했다.

기분 나쁜 예감이 든다. 설마⋯⋯.

『내 예상이 맞았어! 한순간이나마 너를 칭찬했던 내가 바보였지.』

데저트 울프는 파낸 구멍에 물고 있던 이 몸을 떨어뜨렸다. 방금 기습을 받고 경계한 나머지 이 몸을 가장 안전한 곳에 넣으려 하는 모양이었다.

그리고 무자비하게도 이 몸 위에 흙을 덮기 시작했다.

투욱, 투욱, 그 소리와 함께 이 몸의 시야가 가려지게 되었다.

『생매장이냐. 무슨 짓을 하는 거야.』

"멍멍."

『귀엽게 울지 마! 흙으로 덮지 마!』

"멍~!"

『젠장…… 이런 곳에서 묻힐 수는 없지.』

기쁜 듯이 이 몸을 파묻는 데저트 울프.

역시나……, 이 몸이 마음에 든 데저트 울프가 누구에게도 뺏기지 않게끔 흙 속에 숨겨두고 만족스러운 듯이 소리를 내고 있었다. 하하하하하, 이놈의 인기란……, 젠장!

흙 안에 완전히 묻힌 이 몸은 그 안에서 억지로 잠들게 되었다. 싸늘한 흙이 이 몸에 달라붙어서 왠지 졸음을 유발하는 것 같았다.

잠들 수는 없지! 하지만 점점 의식이 멀어지는 느낌이 들었다.

이 몸은 개의 날카로운 비명을 듣고 깨어났다.

그러자 위에 덮여 있던 흙의 무게가 조금씩 가벼워지기 시작했다.

잠시 후 흙 틈새에서 빛이 희미하게 보였다.

혹시 나를 구하러 온 건가?

『페이트냐!』

그런 줄 알았지만 다른 사람이었다.

하얀 머리카락에 붉은 눈동자, 그리고 몸집이 작은 소녀. 손에는 체격에 어울리지 않을 정도로 커다란 도끼를 들고 있었다.

그 녀석은 무표정한 얼굴로 이 몸을 들어 올린 뒤 말했다.

"어째서 이런 곳에 묻혀 있는 거야? 찾느라 고생했잖아."

『마인! 네가 이 몸을 가지고 가는 걸 깜빡해서 말도 안 되는 일이 일어난 거 아니냐!』

"이렇게 챙기러 다시 왔어. 그리고 그리드는 예전부터 운이 없었고."

『시끄러워.』

마인은 페이트와 마찬가지로 독심 스킬을 가지고 있으니 계속 쌓이기만 했던 불평을 털어놓았다.

그러자 이 몸을 보고 눈살을 찌푸리며 말했다.

"슬로스는 이렇게 조용한데, 그리드는 시끄러워."

『그 녀석은 항상 자는 것뿐이잖아.』

"역시 마음이 바뀌었어. 여기에 두고 가야지. 페이트에게 말해둘게. 그리드는 돌아오지 못하는 검이 되었다고."

『잠깐, 잠깐. 침착하게 이야기를 하자고.』

마인이 좀 전까지 내가 묻혀 있던 곳에 다시 넣으려 했기에 급하게 말렸다. 이 녀석……, 이 몸을 찾으러 온 주제에 진짜로 두고 가려 하다니.

휴……. 페이트라면 이렇게 말도 안 되는 짓은 하지 않을 텐데, 마인은 여전히 위험한 여자다.

『그런데 페이트는 좀 어때?』

"정신을 잃은 채 계속 자고 있어."

『그렇군……, 그럴 만도 하지. 천룡을 쓰러뜨린지 얼마나 지났지? 이 몸은 계속 흙 속에 있어서 시간 감각이 애매해졌거든.』

"그로부터 나흘 정도가 지났어."

예상했던 것보다 시간이 많이 지났군. 그렇다면 어서 돌아가야만 하겠어.

이 몸이 돌아갔을 때도 잠들어 있다면 흑검 끝으로 살짝 찔러 줘야지.

맞다, 아직 마장 형태였지. 시간이 꽤 지났으니 페이트가 없어도 형태 정도는 바꿀 수 있을 것 같다.

시험 삼아 해보니 흑장에서 흑검으로 돌아올 수 있었다.

"으으음. 변형할 거면 미리 말해줘. 깜짝 놀랐잖아."

『미안, 미안.』

"여전히 그리드는 가벼워. 슬로스처럼 묵직하면 좋을 텐데."

분위기가 아니라 무기로서 그렇다는 거지? 물어보고 싶었지만 포기했다.

이번에는 진짜로 흙 속에 묻힐지도 모르니까.

『그러고 보니 이 몸을 여기로 데리고 온 데저트 울프는 어떻게 되었어?』

"그 개는 저기 있어. 그리드가 묻혀 있는 곳으로 다가오지 못하게끔 방해하길래 얼굴을 살짝 때렸더니 기절했어."

마인이 바라본 곳에는 입에서 침을 흘리며 기절한 데저트 울프한 마리가 쓰러져 있었다.

그래도 귀여운 마물이었으니까. 마인에게 두 동강 났다면 좀 마음에 걸렸겠지만, 살아 있다니 다행이다.

"죽일까?"

『그만둬. 슬슬 바빌론으로 돌아가지?』

"응."

그건 그렇고 흑부 슬로스는 조용하네. 마인에게 물어보니 역시 푹 잠들어 있다고 한다.

『정말 잘 자는 녀석이로군. 깨어난 경우는 손꼽을 수 있을 정도로 적잖아.』

"잠이 보약이야!"

왜 그렇게 뿌듯해하는 거야? 그런 그녀에게 신경 쓰였던 점—— 페이트와 헤어진 뒤 이곳에서 뭘 하고 있었는지 물어봐야지.

하지만 바빌론을 향해 걸어가기 시작한 마인은 멈추지도 않고 말했다.

"묵비권을 행사하겠어."

『그렇게 말할 줄 알았지. 그럼 맞춰볼까? 그 땅으로 가는 문을 찾고 있었던 거지?』

"…………."

정곡을 찌른 거냐. 만약 그게 지금도 존재하고 있다 해도 들어가선 안 된다는 걸 네가 가장 잘 알고 있을 텐데.

『마음대로 하라고. 그게 너의 양보하지 못하는 거니까. 하지만 미리 말해두마. 페이트를 끌어들이지 마라. 그 녀석은 이제 막 E의 영역에 도달한 참이야……. 그것도 억지로. 아직 너무 일러.』

"나도 알아."

그럼 상관없지만. 페이트의 성격으로는 마인에 대해 알아버리면 움직일 수밖에 없을 것이다.

그리고 그 녀석이니까. 천룡과 싸운 것처럼 계속 무리할 것이다. 이번에는 어떻게든 해결되었지만, 그건 무리라고 확신할 수 있다.

황폐해진 마을을 나선 뒤 북쪽으로 가는 마인. 역시 페이트와는 힘의 차원이 다르다. 참 빠르다.

바람을 가르며 나아가는 마인 앞을 가로막으려는 듯이 오크 무리가 나타났다. 숫자는 300마리가 넘는 것 같은데.

"걸리적거려."

그녀가 그렇게 말하며 왠지 모르겠지만 이 몸을 쥐고 있던 왼손에 힘을 주었다. 기분 나쁜 예감이 든 것도 잠시, 마인이 이 몸을 투척 무기처럼 오크 무리를 향해 내던졌다.

『마인! 두고 보자아아아.』

"좋았어!"

좋았어는 무슨. 이 몸을 이렇게 써먹는 걸 싫어한다는 사실을 알고 있을 텐데.

이 몸이 오크들을 찢어발긴 길을 따라 마인이 질주했다. 곧바로 지면에 꽂혀 있던 이 몸을 회수했다.

"잘했어."

『슬로스를 쓰라고. 네 무기잖아!』

"왠지 모르게?"

이 몸의 대우가 너무 조잡하다. 어서 원래 있던 곳으로 돌아가야 해.

그 뒤로도 이 몸은 다섯 번 정도 투척 무기가 되어버렸다. 크으~, 마인이 회수한 것까지는 좋지만 온몸이 오크의 피와 살점으로 더러워졌다.

"그리드, 꽤 더러워졌어."

『네 입에서 그런 말이 나오냐?』

"어쩔 수 없지, 씻겨줄게."

마인이 가방에서 물통을 꺼낸 다음 이 몸에게 뿌리기 시작했다. 그게 다였다.

가리아에서는 귀중한 물을 써주는 건 좋지만, 박박 닦아주는 것 같은 서비스는 없나⋯⋯. 페이트라면 해줬을 텐데.

『박박 닦아주는 것을 요구한다.』

"싫어. 귀찮아."

이 몸의 요구는 허무하게 사라졌다. 페이트라면 이몸의 요구를 투덜대면서도 들어주는데.

이런 부분이 주인과 주인이 아닌 자의 차이인가?

뭐, 조금 깨끗해졌으니 됐지. 문득 시야 안에 기천사 하니엘과 싸웠던 곳이 보였다.

『페이트의 폭식 스킬이 루나를 먹었는데, 그래도 괜찮냐?』

"⋯⋯그럴 수밖에 없었어."

『대답이 안 되는데.』

"페이트에게는 고마워하고 있어. 여동생을 그대로 둘 수는 없었으니까."

『그러냐. 뭐, 그 싸움 도중에 폭식 스킬 안에 있는 루나와 만났는데, 이러쿵저러쿵해도 잘 지내고 있는 모양이었으니까.』

"⋯⋯다행이야."

마인은 그렇게 말한 다음 더욱 빠르게 걸어갔다.

무표정하지만 참 알아보기 쉬운 녀석이다. 마인은 무언가를 떨쳐내려는 듯이 기천사 하니엘과 싸웠던 곳을 벗어났고, 그곳은 순식간에 보이지 않게 되었다.

올 때는 데저트 울프에게 물린 채 어디까지 가는지 몰랐던 여행이었다. 하지만 돌아갈 때는 마인 덕분에 문제없이 페이트 곁으로 갈 수 있을 것 같다.

돌아가면 이것저것 무리한 것에 대해 잔소리를 좀 해야겠다. 이번만은 확실하게 말해둬야지.

『페이트는 누가 돌보고 있지?』

"록시가 열심히 봐주고 있어."

그렇군. 만약 페이트가 그 사실을 알게 되면 기뻐할 것 같다.

"하지만 페이트가 한쪽 팔을 잃은 걸 슬퍼했어."

『그건 치료할 방법이 있으니 문제없을 거다. 그건 그렇고 네가 용케도 이 몸을 찾으러 왔구나.』

마인은 지긋지긋하다는 듯이 말했다.

"에리스에게 엄청 혼났어. 무서웠어."

『분노를 겁먹게 하다니, 꽤 대단한데.』

"천룡하고 싸웠던 곳으로 찾으러 갔는데, 그리드가 안 보였어. 그래서 기척을 따라서 찾으러 돌아다녔어. 설마 가리아 중심부 근처에서 흙 속에 묻혀 있을 줄은 상상도 못 했고."

이 몸 때문이 아니라고. 불평할 거면 그 데저트 울프에게 해줘. 그 멍청한 개가 이 몸을 너무 좋아한 게 잘못이야.

『그때는 이 몸도 이제 틀렸다고 생각했지.』

"이번만이야. 다음에 그렇게 멀리 가면 이제 나도 몰라."

마인이 그렇게 말했지만, 사실 잘 돌봐주는 성격이다. 페이트와 둘이서 여행을 했을 때도 마찬가지였다. 매우 서투른 방식으로 싸우는 페이트를 보다 못해 어설픈 말솜씨로나마 가르쳐 주었고, 스스로 선두에 서서 싸우기도 했다.

그 덕분에 그 녀석이 지금까지 싸울 수 있었다는 건 분명하다.

경치가 기괴한 형태로 자라난 이끼 군생지 근처로 바뀌어 있었다. 여기를 넘어가면 이제 바빌론까지 금방이다.

『그렇게 차갑게 대하지 말라고.』

"내게는 해야만 하는 일이 있어."

『그래. 그 땅으로 가는 문, 그 정보를 얻을 때까지만이라도 상관없어. 그때까지만이라도 페이트의 곁에 있어주면 안 되겠냐. 그 녀석은 아직 불안정한 상태야. 마인이 있어주면 그 녀석도 안심할 텐데.』

"……알았어."

그 제안을 받아들인 마인은 왠지 탐탁지 않은 것 같은 표정이었다. 이 몸은 그 이유를 이해할 수 있었다.

터무니없이 오랜 시간 동안 살아온 우리는 만남과 이별을 반복하는 것이 점점 괴로워졌기 때문이다. 오랜 시간 동안 함께 지내다 보면 헤어질 때 더욱 괴로워진다.

그리고 이번에는 이별을 전제로 페이트의 곁에 있게 되는 거니까 그 결과는 뻔하다.

『이 몸이 억지를 부리는 거다. 미안하군.』

"그렇지 않아. 나도 페이트와 함께 지내는 시간이 즐거워."

『그렇지…….』

언젠가 오게 될지도 모르는 이별을 잊어버리고 지금을 즐겨야겠지.

눈앞으로 다가온 바빌론의 두꺼운 외벽. 저 안에 있는 군사 지구의 의무실에서 페이트가 치료를 받고 있다고 한다.

자, 마음을 다잡고 그 녀석에게 돌아가자고.

페이트가 이런 곳에서 멈춰서면 곤란하니까.

후기

드디어 폭식의 베르세르크가 제3권까지 나왔습니다.

작년 1월부터 '소설가가 되자'에서 연재하기 시작했을 때는 설마 여기까지 출판할 수 있을 줄은 상상도 하지 못했습니다.

처음 쓰기 시작한 당시에는 7대 죄악을 이용해서 강탈 계열 주인공 이야기를 쓰면 재미있는 작품이 될지도 모르겠다……, 이런 느낌으로 마구 쓰기만 했습니다. 그래서 플롯도 없고 지금은 페이트에게 없어선 안 되는 파트너인 그리드도 생각하고 있지 않았습니다.

그리드는 정말 쓰다 보니 얼떨결에 떠오른 캐릭터입니다. 페이트의 성격이나 입장으로 인해 혼자 행동하게 될 경우가 많을 것 같다. 그렇다면 수다를 떠는 검을 들려주면 어떨까? 괜찮을지도 모르겠다! 그럼 7대 죄악 중 하나를 주면 페이트와 더욱 깊은 관계를 맺을 수 있지 않을까……. 그리고 페이트의 성격은 얌전하니까 그리드는 맛이 간 성격으로 만들자.

그리고 페이트에게는 부모가 없으니 아버지나 형 같은 존재가 되면 좋겠다.

그런 생각을 하다 보니 그리드라는 캐릭터가 생겨나 버렸습니다.

지금은 저도 그리드에게 애착이 생겼습니다. 그리고 전체적인 스토리에서 항상 페이트와 함께 지내기 때문에 그가 진정한 히로인일지도 모르겠다고 착각할 정도입니다. 물론 페이트에게는 록시가 히로인이라는 건 명백한 사실입니다만……

이번 제3권에서는 지금까지 조금 존재감이 희미했던 록시가 꽤 중요한 부분에서 페이트 앞에 등장할 수 있게 된 것 같습니다. 이 부분은 WEB 버전과는 꽤 많이 달라졌기에 읽어주신 분들께서 뜨거운 전개라고 느껴주셨다면 좋을 것 같습니다. 이건 담당 편집자분께서 매우 강조하셨던 부분이기에 괜찮은 느낌으로 나오지 않았나? 이렇게 생각하고 있습니다. 담당 편집자분, 감사합니다!

그리고 이번 권에서는 1권부터 언급된 강적인 천룡과 전투를 벌이기도 했습니다. 꽤 허무하게 쓰러져 버렸다는 지적을 받을지도 모르는 천룡입니다. 처음에는 더 날뛰게 할까도 생각했습니다.

하지만 그다음 전개야말로 페이트가 원하던 것 아닐까……, 그렇게 생각하고 그런 이야기로 만들었습니다.

이제 록시의 히로인력이 강해진 것 아닐까? 작가로서는 그렇게 바라고 있습니다.

일러스트는 계속 fame 씨께서 담당해주셨습니다. 항상 완성된 일러스트를 볼 때마다 자잘한 곳까지 예쁘게 그려주셔서 대단하다……, 그렇게 감명을 받고 있습니다. 페이트의 새로운 장비는 지금까지 남몰래 암약하던 모습에서 무대 위로 뛰쳐나왔을 때 확실하게 느낌이 오는 형태로 디자인해주셨습니다. 표지에 나온 새로운 캐릭터인 에리스도 색욕 스킬 보유자라는 이미지가 잘 느껴지는 의상을 생각해주셔서 그냥 야하기만 한 게 아니라 야하고 멋진 캐릭터가 된 것 같습니다. 감사합니다!

담당 편집자분께서는 평소보다 많이 도와주셨습니다. 이번 권과 코미컬라이즈 1권이 동시에 발매되었기 때문에 익숙하지 못한 제가 많은 폐를 끼쳐드린 것 같습니다. 생각해보니 1년 반 넘게 함께 일을 하고 있네요.

많은 일들이 있었구나……, 그렇게 새삼 떠올려보고 있습니다. 이 시리즈가 계속 이어지는 한, 부디 잘 부탁드립니다!

마지막으로 서적 1권부터 읽어주신 여러분, 그리고 '소설가가 되자'에 투고했을 때부터 응원해주신 여러분, 감사합니다!

그럼 제4권에서 다시 뵙겠습니다!!

역자 후기

안녕하세요. 천선필입니다.

〈폭식의 베르세르크〉 3권, 재미있게 읽으셨는지 모르겠습니다.

이번 3권에서는 1권과 2권에서 전개되었던 이야기가 어느 정도 정리된 것 같다는 느낌이었습니다. 1권부터 깔아두었던 천룡이라는 복선이 해결되었고, 각자 따로 가리아를 향해 떠났던 페이트와 록시가 바빌론에서 합류(?)하기도 했죠. 밀리아와 무간이 페이트와 함께 이러쿵저러쿵 소동을 벌이는 모습을 보니 갈라졌던 물줄기가 합쳐졌다는 느낌이 들었습니다. 그리고 2권에서 마인이 잠깐 언급했던 E의 영역도 본격적으로 등장했습니다. 무엇보다 천룡을 쓰러뜨린 뒤 주인공인 페이트가 떠안고 있던 고뇌가 어느 정도 해소되었다는 점이 이야기가 마무리되었다는 느낌을 강하게 나타내고 있는 것 같습니다.

그리고 번외편에서는 어울리지 않는 콤비(……), 그리드와 마인이 주인공인 페이트와는 다른 시점에서 이야기를 전개한 것도 마음에 들었습니다. 1권과 2권에 등장했던 번외편이 록시 시점에서 전개되는 이야기였기에 3권에서도 그럴 줄 알았는데 뜻밖에도 저 두 캐릭터가 등장해서 그런지 매우 신선한 느낌이 드네요. 특히 그리드는 이번 3권에서 정말 예상치 못한 곳에서 예상치 못한 모습으로 등장하기도 했으니 이런 번외편이 더 반갑게 다가온 것 같기도 합니다. 개인적으로는 그리드를 물어갔다가 기절한 멍멍이, 데저트 울프가 나중에 또 나와주면 좋을 것 같고요.

이번 3권에서는 새로운 히로인 후보(?) 캐릭터도 등장했습니다. 2권에서 페이트와 싸우다 쓰러졌던 기천사 하니엘의 코어 루나, 그리고 이번 3권 표지를 장식하며 새롭게 등장한 에리스. 그런데 작가분께서 말씀하시는 걸 보니 히로인 배틀은 이미 록시의 승리로 끝난 것 아닌가 하는 생각이 듭니다. 마인, 에리스, 루나, 쟁쟁한 캐릭터들이 계속 등장하고 있는데 정작 히로인 배틀은 시작도 하지 않은 상태에서 끝이라니……. 어디까지나 제 생각일 뿐이니 앞으로 이야기가 어떻게 전개되는지 지켜봐야겠죠.

그런 생각을 하면서 이번 〈폭식의 베르세르크〉 3권 번역을 마무리했습니다. 감사의 인사 드리고 후기를 마치려 합니다.

항상 고생이 많으신 담당 편집자분과 소미미디어 관계자 여러분, 그리고 가족 여러분과 친구들, 고맙습니다.
하지만 그 누구보다 독자 여러분께 감사드리고 싶습니다. 번역을 마치고 이 후기를 쓸 수 있는 건 이 책을 읽어주시는 독자 여러분 덕분이라 생각합니다. 진심으로 감사드립니다.

큰 문제를 해결하고 훌쩍 떠난 페이트 일행이 다음 권에서는 어떤 이야기를 보여줄지 저도 기대됩니다. 4권 후기에서 다시 뵙겠습니다.

  항상 건강하시고 행복한 하루 보내시길 바랍니다.
  감사합니다.

  천선필

BOSHOKUNO BERSERK ~OREDAKE LEVELTOIUGAINENO TOPPASURU~ Vol.3
© 2018 by Isshiki Ichika
First published in Japan in 2018 by Isshiki Ichika
Korean translation rights reserved by Somy Media, Inc.
Under the license from MICRO MAGAZINE, INC., Tokyo JAPAN

폭식의 베르세르크 3

2019년 12월 1일 1판 1쇄 발행
2020년 5월 1일 1판 2쇄 발행

저   자 잇시키 이치카
일러스트 fame
옮 긴 이 천선필
발 행 인 유재옥
본 부 장 조병권
담당편집자 김민지
편집 1팀 정영길 김민지 조찬희
편집 2팀 김다솜 이본느
편집 3팀 오준영 곽혜민 김혜주
미   술 김보라
라이츠담당 한주원 김슬비
디 지 털 박상섭 박지혜 이성호
물   류 허석용 최태욱
발 행 처 ㈜소미미디어
등   록 제2015-000008호
제 작 처 코리아피앤피
주   소 서울시 마포구 토정로222, 403호(신수동, 한국출판콘텐츠센터)
판   매 ㈜소미미디어
마 케 팅 한민지, 권지수
경영지원 유하나
전   화 편집부 (070)4164-3962, 3963 기획실 (02)567-3388
            판매 및 마케팅 (070)4165-6688, Fax (02)322-7665

ISBN 979-11-6389-997-6 04830
      979-11-6389-460-5 (세트)